Wolfgang Habel wurde am 30.März 1951 in Seligenthal, Thü-
ringen, geboren. Nach Verlassen der DDR Ende der 50er
Jahre und Übersiedlung nach NRW, studierte er nach Abschluss des Gymnasiums Chemie an der Universität Dort-
mund mit anschließender Promotion. Anfang der 70er Jahre
war er bei R.W. Oberhausen Fußballprofi in der Bundesliga.
2016 beendete er seinen Hochschuldienst an der Universität
Duisburg-Essen.

Wilhelm Meisters Lehrjahre

Wer nie sein Brot mit Tränen aß,
Wer nie die kummervollen Nächte
Auf seinem Bette weinend saß,
Der kennt euch nicht, ihr himmlischen Mächte.

Ihr führt ins Leben uns hinein,
Ihr laßt den Armen schuldig werden,
Dann überlaßt ihr ihn der Pein,
Denn alle Schuld rächt sich auf Erden

Johann Wolfgang von Goethe

Wolfgang Habel

Auf der Straße ins Ungewisse

2.Teil

Das Lager

© 2018 Wolfgang Habel
Umschlag, Illustration:
Lektorat, Korrektorat:
Weitere Mitwirkende: Erhard Habel

Verlag: tredition GmbH, Hamburg

ISBN:
978-3-7469-2272-0 (Paperback)
978-3-7469-2273-7 (Hardcover)
978-3-7469-2274-4 (e-Book)

Printed in Germany

Inhalt

Was bisher geschah

Auf der Straße ins Ungewisse - 1.Teil: Die Flucht

Im letzten Monat vor Kriegsende treffen sich die beiden Jugendfreunde Hardi und Mikosch durch Zufall in einem Lazarett nahe Prag. Gemeinsam im Einsatz vor ihrer Heimatstadt Ostrau, beschließen sie, als sowjetische Truppen die Stadt besetzen, den Krieg für sich zu beenden. In Zivil wollen sie sich zu ihren Verwandten durchschlagen. Ihr Vorteil ist, dass sie die tschechische Sprache perfekt beherrschen. Dem und einer reichlichen Portion Glück ist es auch zu verdanken, dass sie auf ihrer Flucht eine ganze Woche unentdeckt bleiben.

Dann, nachdem sich ihre Wege getrennt haben, wird Hardi gefasst und als "Deserteur" zum Tode verurteilt. Mut und Zufall lassen ihn der drohenden Exekution entgehen. Unter Versprengten trifft er seinen Freund wieder, und beide sollen nochmals an der Front eingesetzt werden.

Ein erneuter Fluchtversuch, um sich zu den Amerikanern durchzuschlagen, schlägt fehl.

Mikosch sucht eine Verwandte in Böhmen auf, während Hardi auf einem Pferdefuhrwerk in seine Heimatstadt zurückkehrt. Er wird begleitet von Vera, einem Mädchen, das sich ihm unterwegs angeschlossen hat.

In Ostrau sind inzwischen fast alle Deutschen aus ihren Wohnungen vertrieben und in Lagern interniert worden. Zur großen Überraschung wohnen aber seine Eltern noch in ihrer alten Wohnung. Groß ist die Wiedersehensfreude als der verlorene Sohn unerwartet mit Vera erscheint und mit ihnen für Stunden die ungewisse, drohende Zukunft vergisst.

Hier nun lassen wir Hardi erzählen.

Die Verhaftung

Am späten Abend des 13. Mai war ich mit Vera daheim, in Ostrau, bei meinen Eltern angekommen. Die folgenden Tage verbrachten wir in unserer Wohnung, ohne sie auch nur ein einziges Mal zu verlassen.

Vom Fenster aus, hinter dem Vorhang verborgen, konnten wir beobachten, was sich draußen in der schnöden Welt ereignete.

Der jahrelang angestaute Hass der Tschechen gegen die Deutschen kam nunmehr spontan zum Ausbruch. Zahn um Zahn, Auge um Auge, das war die Devise in diesen ersten, chaotischen Tagen nach dem Zusammenbruch. Die Deutschen hatten diesen schrecklichen Krieg vom Zaun gebrochen und sie alle trugen die Schuld an dem unsagbaren Leid und der bitteren Not. Sie hatten diesen blutigen, ungerechten Krieg verloren. Jetzt war die Zeit gekommen, da sie alle für das büßen sollten, was sie in ihrer rücksichtslosen Machtgier und ihrem maßlosen Hochmut angerichtet hatten. Alle sollten sie dafür büßen, alle ohne Ausnahme, die einen mehr, die anderen weniger.

Die von den Deutschen geräumten Wohnungen wurden nach Brauchbarem durchsucht und ausgeräumt. Deutsche Bücher warf man zum Fenster hinaus und schichtete sie zu hohen Haufen auf dem Bürgersteig.

Alle Deutschen mussten vorne auf der linken Seite ein schwarzes "N" tragen. Das war der Anfangsbuchstabe des Wortes "Němec", (Deutsche). Der vorgeschriebene Durchmesser des Stoffkreises betrug 15 Zentimeter, die Balken des Buchstabens N mussten zwei Zentimeter breit sein. Ehemalige Parteigenossen hatten sich dieses weithin sichtbare Zeichen auch noch auf dem Rücken anzunähen. Auch in den sonstigen Lebensbereichen sollte es den Deutschen nunmehr wie einst den Juden ergehen. Das Begehen des Bürgersteiges war für sie verboten, ebenso durften sie keinerlei öffentliche Verkehrsmittel benutzen oder sich im Park auf eine Bank setzen. Das Betreten eines Lokals, eines Kinos oder Theaters war selbstverständlich allen Deutschen verwehrt.

Alles andere, was sich in den ersten Nachkriegswochen ereignete, sollten wir alle noch zur Genüge am eigenen Leibe erfahren.

Vorausschicken möchte ich an dieser Stelle, dass mich bei der Schilderung der folgenden Ereignisse weder Rache- noch Hassgefühle bewegen oder ich die Absicht verfolge, ähnliche Gefühle zu erzeugen.

So mussten viele für etwas büßen, wofür andere verantwortlich waren, mussten viel Leid ertragen, da besonders in den ersten Wochen Elemente auftauchten, die ihrem Hass freien Lauf ließen und aus jedem Lager am liebsten ein kleines Konzentrationslager gemacht hätten.

Jedenfalls geschah viel Unrecht in dieser Zeit, Unrecht als Folge eines verlorenen Krieges in einem besetzten Land an denen, die man für den Krieg und das damit verbundene Elend pauschal verantwortlich machte.

So bilden diese Ereignisse den Rahmen für die kleinen Geschichten, die sich ganz am Rande der Geschehnisse ereigneten.

Die erste Nacht nach meiner langen Irrfahrt verging viel zu schnell. Ich schlief zwar erst sehr spät ein, bin aber überzeugt davon, in meinem ganzen Leben nie wieder so gut und tief geschlafen zu haben wie in dieser Nacht.

Vera erging es nicht viel anders.

So blieb meiner Mutter nichts anderes übrig, als uns zum Mittagessen aus dem Bett zu holen.

Herrliche, schon lange Zeit nicht mehr wahrgenommene Gerüche durchzogen die Wohnung. Die mitgebrachten Büchsen waren jetzt Gold wert und sicherten unsere Verköstigung für die nächsten Tage.

Tagsüber standen wir stundenlang am Fenster und beobachteten das Treiben auf der Straße. Bereits früh am Morgen ging es los. Deutsche Arbeitskolonnen tauchten auf, die Männer in Arbeitskleidung, hohlwangig, müde und abgezehrt, mit kahl geschorenen Köpfen und ihre groben Holzschuhe erzeugten auf dem Straßenpflaster ein unüberhörbares Klappern. Auf ihrem Drillich leuchtete der weiße Kreis mit dem schwarzen "N". Begleitet wurde jede Kolonne von ein bis zwei bewaffneten Posten, die die Marschierenden stets zur Eile antrieben.

Auch Arbeitskolonnen mit Frauen sahen wir vorbeiziehen, auch sie kahl geschoren, ohne Kopftücher, in Holzschuhen und grober Arbeitskleidung und mit dem weithin sichtbaren "N" gezeichnet.

Eines Tages kam ein Handwagen angerattert, auf dem ein Deutscher stand. Er hatte die Hände auf dem Rücken zusammen geschnürt und trug um den Hals ein mit Draht festgemachtes Schild mit der deutlich lesbaren Aufschrift: "Ich habe drei Tschechen auf dem Gewissen". Gezogen wurde das Gefährt von zwei ehemaligen Parteigenossen, wie an dem "N" auf dem Rücken zu erkennen war. Hinterher zog eine grölende Menge.

„Na, Servus", sagte ich, „die treiben es ja ganz schön mit uns! Ich bin gespannt, wann wir an der Reihe sind."

„Vielleicht lassen sie uns in Ruhe", hoffte mein Vater, „schließlich war ich nicht in der Partei." Er sagte das, um uns zu beruhigen, obgleich er genau wusste, dass wir alle vom Gegenteil überzeugt waren.

Meine Mutter warf keinen Blick aus dem Fenster. Sie wollte von all dem Schrecklichen nichts sehen und nichts hören.

So vergingen die nächsten Tage für uns in völliger Abgeschiedenheit und trügerischer Ruhe.

Bis uns eines Tages Vera eröffnete, dass es für sie an der Zeit sei, nach Hause zu gehen. Teschen, ihre Heimatstadt, war ungefähr 30 Kilometer östlich von Ostrau gelegen. Sie konnte, wenn sie Glück hatte und man sie unterwegs nicht aufgriff, sogar in einem Tag zu Hause sein.

Wir respektierten ihren begreiflichen Wunsch, rieten ihr nicht ab und hielten sie nicht. Schließlich konnten wir nicht wissen, was mit ihr geschah, wenn sie bei uns blieb.

Sie ging und versprach, uns sofort zu schreiben, sobald sie in Teschen ankam.

Wir haben nie wieder etwas von ihr gehört. Wahrscheinlich hat man sie unterwegs eingefangen und in irgendein Lager gesteckt, so dass sie keine Gelegenheit mehr fand, uns ein Lebenszeichen zukommen zu lassen.

Während das Leben draußen auf der Straße wie ein Film vor uns ablief, schien oben in unserer Wohnung die Zeit stillzustehen. Allmählich begannen wir in der Tat zu hoffen, dass man uns vergessen hatte und wir von einer etwaigen Verhaftung verschont bleiben könnten.

Und was ich nie und nimmer geglaubt hätte: Sogar meinen Geburtstag konnte ich noch zu Hause verbringen.

Meine Mutter, eine wahre Meisterin in der Herstellung schmackhafter Buttercremetorten, ließ es sich nicht nehmen, mir an diesem Festtag mit Hilfe der allerletzten Lebensmittelreserven eine Torte zu backen. In ihrer Mitte prangte die schneeweiße, süße Schrift aus Zuckerguss: "Zum 21. Geburtstag".

Ich aß und aß, während meine Eltern mir gegenübersaßen und mir erst verwundert, dann maßlos erstaunt und schließlich äußerst entsetzt zusahen.

„Er hat sich nicht geändert. Immer muss er alles auf einmal aufessen", meinte meine Mutter und lächelte. „Hardi, heb dir doch noch etwas für heute Abend auf!"

Ich war gerade beim letzten Viertel. „Der Abend ist noch weit. Wer weiß, was bis dahin passiert." Ungerührt schob ich das nächste Stück in den Mund und schaffte, wenn auch mit ein wenig Gewalt und Würgen, den Rest.

Meine Mama sah mich bewundernd an. „Du meine Güte, du hast immer noch denselben Appetit wie früher! Weißt du noch, wie du zu deinem 16. Geburtstag 32 Pflaumenknödel verdrückt hast?"

Und ob ich das wusste! „Schade, dass die Zutaten fehlen, ich glaube, heute könnte ich den Rekord von damals noch brechen."

Und wir lachten alle drei.

Unser Lachen jedoch erstarb jäh, als die Klingel anschlug und gleichzeitig derbe Fäuste an die Tür trommelten. Bewegungslos saßen wir am Tisch und sahen uns an. Jetzt war sie wohl endgültig vorbei, die stille, ruhige Zeit.

Ich begab mich ins Eckzimmer, setzte mich ans Fenster und nahm ein Buch zur Hand. Dann harrte ich der Dinge, die auf uns zukamen.

Meine Mutter wollte öffnen, sie trug sich mit der vagen Hoffnung, dass bei ihrem Anblick die Herren der Volksmiliz sich mit einem tiefen Diener wieder verabschieden würden.

Aber so weit kam es natürlich nicht. Bald vernahm ich aus dem Nebenzimmer ein herrisches Geschrei, jemand riss die Tür auf, dass sie beinahe aus den Angeln sprang, und herein traten zwei Männer, bewaffnet mit Maschinenpistolen und durch rote Armbinden legitimiert.

„Wen haben wir denn da an der Angel?", schrie einer und richtete den Lauf seiner Maschinenpistole auf mich. „Kannst du mir verraten, was du hier treibst?"

„Wie du siehst", sagte ich, „lese ich gerade."

„Sieh einer an", höhnte der zweite, „das deutsche Dreckschwein beliebt zu lesen." Er ergriff das Euch, öffnete das Fenster und warf es auf die Straße.

Es war "Quo vadis" von Sienkiewicz, das damals davon flatterte. Der Titel "Wohin gehst du?", schoss es mir durch den Kopf, stimmte in diesem Fall nicht mehr ganz. "Wohin fliegst du?", hätte viel besser gepasst.

„Du bist Soldat?", fragte er. Stolz auf seine glorreiche Tat schloss er tief befriedigt das Fenster, ohne zu ahnen, dass er soeben das Werk eines großen polnischen Dichters auf die Reise geschickt hatte.

„War", berichtigte ich, „ich war Soldat."

Er streckte gebieterisch seinen Arm aus. „Soldbuch!"

Ich zuckte mit den Schultern. „Das habe ich leider nicht mehr, es ist verloren gegangen."

Die beiden sahen mich drohend an. „Los, mach deinen Arm frei!", schrie der Bücherwerfer und fuchtelte mit seiner Maschinenpistole vor meiner Nase herum.

Ich tat ihm den Gefallen. „Bei der SS war ich nicht, wenn ihr das denkt", sagte ich, „dafür habe ich auch genügend Zeugen hier in der Gegend."

Meine Eltern standen in der Tür. Sie waren beide bleich und verstört und sahen besorgt zu, was die beiden mit mir anstellten.

„Wir haben noch einen Pass und den Taufschein. Wenn das genügt, hier in der Schublade finden Sie alles. Auch die Geburtsurkunde", warf mein Vater ein.

Er erhielt ein Zeichen, die Ausweise selbst zu holen.

Jetzt erst sah ich, dass im Esszimmer noch, ein Rotmilizionär stand, der seine Waffe auf meine Eltern richtete und so diese beiden gefährlichen Menschen in Schach hielt.

In der Zwischenzeit hatten die beiden sich überzeugt, dass ich nicht nummeriert war. Sie blätterten sämtliche Ausweise und Urkunden durch, hielten sie gegen das Licht und verglichen die Fotos mit den Originalen.

Schließlich wandte sich der Bücherwurm noch einmal an mich: „Wie kommst du hierher?", wollte er wissen.

„Ach, das ist eigentlich die einfachste Sache der Welt. Ich war auf der Landecke im Einsatz. Und von dort war es nicht weit nach Hause."

Der Mann von der Volksmiliz schien meinen Worten Glauben zu schenken. Er machte eine unmissverständliche Geste mit seiner Waffe. „Los, mitkommen", herrschte er uns an, „alle drei mitkommen."

Wir durchquerten das Esszimmer und strebten der Diele zu.

„Und legt alle drei die Hände schön auf den Hinterkopf!", kommandierte der Anführer der drei Tschechen. Man musste dies zumindest annehmen, da er sich bisher am stärksten hervorgetan hatte.

Ich drehte mich noch einmal um. „Ja, dürfen wir denn nichts mitnehmen? Wenigstens eine Zahnbürste?"

„Du wirst schon keine Zahnbürste brauchen, wenn sie dir beim Verhör alle Zähne ausschlagen", höhnte der Genosse von der Miliz und schob mich durch die Diele. Da war nichts zu machen. Schweigend, die Hände am Nacken verschränkt, gingen wir voran, von den drei waffenstarrenden Männern verfolgt.

„Das hätte euch so gepasst, euch da oben auszufaulenzen und zuzugucken, wenn die anderen für euch arbeiten!"

Wir gaben keine Antwort, da wir von der Sinnlosigkeit eines solchen Unterfangens restlos überzeugt waren. Nur meine Mutter klagte, sie könne ihre Hände nicht länger oben halten, sie hätte Gelenkrheuma und leide große Schmerzen. Sie erhielt sogar die Erlaubnis, ihre Arme herunterzunehmen.

So marschierten wir aus dem Haus, überquerten die Bahnhofstraße und gingen an Hawlitscheks Kolonialwarenladen vorbei. Der Ladenbesitzer war nicht zu sehen. Er kannte mich gut, hatten mein Freund Mikosch und ich den Kaufmann oft genug geärgert, ihm Stinkbomben ins Geschäft geworfen und mit Hilfe von Stöcken die Büchsenpyramiden in seinem Schaufenster zum Einsturz gebracht. Ich hielt vergeblich nach Herrn Havlitschek Ausschau, dafür erschien seine Frau unvermittelt in der Tür und sah uns kommen. Sie musterte uns, ohne auch nur eine Miene zu verziehen und verschränkte die Hände hinter dem Rücken. Man konnte ihr nicht ansehen, was sie bei unserem Anblick dachte.

Ganz unverhofft bekam ich mit dem Gewehrlauf einen kräftigen Stoß in den Rücken, dass mir für einen Augenblick die Luft wegblieb.

„Willst du vielleicht auf der Straße gehen, du Hundesohn!", schrillte die wohlbekannte Stimme hinter mir.

Ich biss die Zähne zusammen und verließ den Bürgersteig. Die erste Aufforderung mit dem Gewehrlauf hatte mir vollkommen genügt.

Unser Marsch blieb nicht unbeobachtet und wir mussten einige Bemerkungen über uns ergehen lassen, die uns das Blut in die Wangen trieben oder uns vor Scham oder Wut erbleichen ließen. Alle, ob Frauen oder Männer, machten ihrer Empörung und ihrem Hass gehörig Luft. Sie schimpften hinter uns her und wünschten uns alles nur erdenklich Schlechte.

An der Evangelischen Kirche trennten sich unsere Wege. Für mich, den ehemaligen Soldaten der Deutschen Wehrmacht, war ein anderes Gefängnis vorgesehen.

Wir erhielten keine Gelegenheit, uns noch auf Wiedersehen zu sagen. Ein kurzer, aufmunternder Blick, ein leichtes Kopfnicken, ein schnelles, verstohlenes Winken, dann war ich mit meinem Bewacher allein. Während wir nach links abbogen und die Richtung zum Rathaus einschlugen, wurden meine Eltern in entgegengesetzter Richtung weggeführt.

Mich schien man als einen äußerst gefährlichen Kriegsverbrecher einzustufen, denn mein Bewacher brachte mich zum Polizeipräsidium am Neuen Rathaus. Hier dirigierte er mich bis zu einer Tür, die zum Keller führte.

Wieder einmal ein Keller! Nun, das alles war mir allmählich schon zur Gewohnheit geworden und vermochte mich nicht aus dem seelischen Gleichgewicht zu bringen. Es machte mir einfach nichts mehr aus.

Der Mann übergab mich einem mürrischen Wachposten, der die Kellertür bewachte und dastand, als hätte er einen ganzen Zaunpfahl unzerkaut verschlungen. Wortlos riss er die Tür auf und gab mir mit einer einladenden Geste zu verstehen, dass ich hinuntersteigen durfte.

Tastend tappte ich ein paar Schritte vor, dann wurde hinter mir die Tür mit einem lauten Knall zugeschlagen. Entsetzt hielt ich den Atem an. Ein ganzer Schwall übelster Gerüche drang mir entgegen. „Na, Prost Mahlzeit!", stieß ich hervor und versuchte, etwas mehr von meiner Umgebung zu erkennen.

Hatte ich erwartet, vor mir eine hell erleuchtete Treppe und unten ein paar saubere Räume mit Bänken oder sonstigen Sitzgelegenheiten zu sehen, so wurde ich jetzt eines Besseren belehrt.

Erst als ich mich an das düstere Halbdunkel gewöhnt hatte, begannen sich vor meinen Augen dunkle Konturen abzuzeichnen. Der Treppenaufgang war mit Menschen vollgestopft. Sie saßen auf den Stufen oder standen seitlich an die Wand gelehnt, einige saßen sogar der Länge nach auf einer der staubbedeckten Steinstufen.

„Du da oben, hör mal, hier an der Tür darfst du auf keinen Fall stehen bleiben", raunte eine Stimme in meiner Nähe.

Ich blickte angestrengt in die Richtung, aus der die Stimme kam. Zwei Stufen unter mir stand, mit dem Rücken an die Wand gelehnt, ein Mann zwischen 30 bis 40 Jahren, soweit ich das bei der Dunkelheit schätzen konnte.

„Dem Kerl da draußen macht es nämlich großen Spaß, die Tür mit voller Wucht aufzureißen, wenn er einen in den Keller schickt. Dabei bekommst du so einen Stoß, dass du die ganze Treppe hinunter fliegst. Also such' dir irgendwo da unten einen Platz! Wirst schon einen finden."

Das leuchtete mir ein, und wie ich den Burschen da draußen einschätzte, würde er diesen Spaß bei jeder neuen Ein-
lieferung treiben.

Vorsichtig begann ich mit dem Abstieg, kletterte wieder
einmal über Arme und Beine, über ausgestreckte oder zusammen gekrümmte Körper, über Köpfe, dann wieder musste
ich mich mit Gewalt zwischen Menschenleibern hindurch-
zwängen, die dicht gedrängt nebeneinander standen. Oft er-
tastete ich keinen festen Halt oder fand keine freie Stelle, auf
der ich meinen Fuß aufsetzen konnte.

Einmal trat ich auf etwas Weiches, und als ich schnell den
Fuß wegzog, verlor ich den Halt und fiel der Länge nach mitten hinein in dieses unentwirrbare Knäuel ineinander verkeil-
ter Menschen.

Aber niemand schimpfte, ich hörte weder einen Schmer-
zenslaut noch lautstarken Protest. Schweigend, ohne jegliche
innere Teilnahme, gleichgültig und abgestumpft durch das
endlose Stehen, ertrugen die Gefangenen alles widerspruchslos und ohne erkennbare Regung.

Endlich hatte ich den Treppenaufgang hinter mich gebracht und zwängte mich durch den Gang. Allmählich hatten
sich meine Augen an die Dunkelheit gewöhnt, und ich vermochte etwas mehr von meiner Umgebung zu unterscheiden.
Ganz hinten am Ende des Ganges pendelte an einem Draht
eine verstaubte Glühbirne und verbreitete dürftiges Licht.
Links und rechts führten Türen in die eigentlichen Kellerräu-
me, die auch nur spärlich beleuchtet waren. Meine Hoffnung,
hier unten etwas mehr Bewegungsfreiheit vorzufinden, erfüllte sich nicht. Nirgends sah ich auch nur den kleinsten Zwi-
schenraum, in den ich mich hätte hineinzwängen können.

Als der Gang endete, blieb mir nichts anderes übrig, als
einen der beiden Räume rechts oder links zu betreten.

Der Gestank war penetranter geworden, denn am Gang-
ende befand sich eine Toilette. Die Tür ließ sich nur anleh-

nen, und der beißende Gestank nach Urin und Kot war ekelerregend und ließ die Augen tränen.

Ich beschloss, mein Glück auf der rechten Seite zu versuchen. Hier schien es nicht gar so voll zu sein. Leider aber schien es nur so, denn sobald ich es geschafft hatte, mich durch die Türöffnung zu zwängen, wurde ich eines Besseren belehrt. Eine schier undurchdringliche Wand aus Menschenleibern versperrte mir den Durchgang. Es schien nahezu unmöglich, hier durchzukommen. Aber zurück? Noch einmal an der alten Frau vorbei, die hilflos eingekeilt direkt in der Türöffnung saß? Sich nochmals zwischen den drei Mädchen hindurchquälen, die neben der Frau standen und leise vor sich hin weinten? Nein, auf keinen Fall wieder zurück. Also weiter!

So kämpfte ich mich verbissen Zentimeter um Zentimeter vorwärts und erreichte nach mühsamen, kraftraubenden Anstrengungen völlig erschöpft und ausgepumpt die äußerste Ecke des Raumes. Die elektrische Beleuchtung fehlte. Ein schmales, vergittertes Fensterchen knapp unter der niedrigen Decke warf einen Schimmer des grauen Tages in das mit Menschen vollgestopfte Kellergewölbe.

Da wurde ich angerufen. „Hallo, du da, komm her, setz dich neben mich! Hier ist noch Platz." Ein Mädchen hatte gerufen, das hinten an der Wand saß. Sie mochte 18 Jahre alt sein, soweit ich das bei der Dunkelheit zu erkennen vermochte. Ihr Gesicht und ihre Haare starrten vor Schmutz. „Komm, setz dich zu mir, vielleicht kann ich mich dann besser verstecken. Ich heiße Karin."

Ich ließ mich auf dem mit einer dicken Staubschicht bedeckten Boden nieder. „Vor wem willst du dich denn verstecken?", fragte ich sie arglos, nachdem ich es mir halbwegs bequem gemacht hatte.

„Man merkt , dass du eben erst gekommen bist! Alle naselang kommen Russen herein und suchen Mädchen zum Saubermachen. Meine Freundin haben sie gestern geholt, und sie ist bis jetzt noch nicht zurück. Deshalb habe ich mich so mit Dreck beschmiert, vielleicht lassen sie mich dann in Ruhe. Außerdem verkrieche ich mich immer hinter den beiden da, wenn sie kommen. Und jetzt kannst du dich auch noch davorsetzen."

Ich blickte in die Richtung, in die sie deutete. Da saßen ihre beiden Beschützer: ein schwarz gelockter, schlanker Jüngling, höchstens 18 Jahre alt und ein schätzungsweise sechzigjähriger Mann. Bleich und völlig abgezehrt, saß der Alte auf der Erde und lehnte sich kraftlos an die Wand.

„Der macht nicht mehr lange", flüsterte mir das Mädchen zu, „er hat schon drei Tage nichts mehr gegessen."

Von Karin erfuhr ich, dass es hier überhaupt nichts zu essen gab, nicht einmal einen Schluck schwarzen Kaffee hatte man für die Eingesperrten übrig. „Wenn ihr zu viel fresst, müsst ihr zu viel scheißen, und dafür reicht das Klo nicht aus", so begründete einer der Posten diese unmenschlichen Maßnahmen. So einfach also ließen sich Probleme lösen.

Hin und wieder wurden ein paar Namen aufgerufen. Die Genannten drängten hinaus, wohin, das wusste niemand. Gleichzeitig aber wurden dauernd neue Gefangene eingeliefert, so dass das unerträgliche Gedränge nicht nachließ. Hinzu kam noch, dass jede Weile ein paar Tschechen im Keller auftauchten und unter den Eingesperrten bekannte Gesichter suchten. Mit Taschenlampen leuchteten sie jedem ins Gesicht, und wehe dem Armen, den sie als ehemaligen Parteigenossen oder Funktionär wiedererkannten. Er musste mitgehen und wurde erbarmungslos verprügelt.

„Guck dir doch den an, der da drüben an der Wand lehnt", raunte mir Karin ins Ohr, „den haben sie seit gestern schon dreimal geholt. Auf den haben sie es besonders abgesehen."

Ich drehte mich um und blickte in ein Gesicht, das schwarz war von Schlägen. Der Mann lehnte mit geschlossenen Augen an der Wand und rührte sich nicht. So etwas hatte ich in meinem ganzen Leben noch nicht gesehen, und mir wurde nun doch etwas mulmig zumute. „Was hat er denn verbrochen?", erkundigte ich mich und vermied es, noch einmal in dieses zerschlagene, geschwollene Antlitz zu blicken.

„Der muss ein paar Tschechen angezeigt haben. So wenigstens hat der eine gebrüllt, der ihn holte. Genaues weiß ich auch nicht."

Ich sollte noch am gleichen Abend erleben, wie so etwas vor sich ging.

Karin stieß mir plötzlich ihren Ellenbogen in die Rippen. „Hörst du, jetzt kommen welche!" Sie sprang auf, gleichzeitig rückten die Männer etwas vor, so dass sie sich hinter ihnen an die Wand legen konnte. Ich setzte mich neben die beiden, und so verdeckten wir zu dritt den Körper des Mädchens fast völlig.

Vom Gang her ertönten die lauten Rufe: „Platz da! Platz da!"

So dicht die Leute auch aneinander standen, die Masse der Menschenleiber wich zur Seite, und ein breiter Gang entstand.

Zwei Mann kamen zu uns herein: ein bewaffneter Posten und ein Mann in Zivil. Der Mann von der Miliz blieb vor dem Deutschen mit dem zerschundenen Gesicht stehen und richtete den blendenden Strahl seiner Taschenlampe auf ihn.

Der Mann rührte sich nicht und hielt die Augen geschlossen. Der Zivilist trat näher heran und beugte sich vor. „Man muss schon genau hinsehen, wenn man ihn erkennen will. Aber er ist es, der Hund!" Dann versetzte er seinem Opfer einen Tritt und brüllte: „Steh auf, du Schwein, wenn ich mit dir spreche!"

Der Getretene erhob sich mühsam.

„Kennst du mich?", fragte ihn der Tscheche scharf.

Der Befragte schüttelte verneinend den Kopf, was ihm einen kräftigen Tritt gegen das Schienbein einbrachte.

„Kerl, ich habe dich gefragt, ob du mich kennst!"

Der Mann hob den Blick und nickte. „Ja, ich kenne Sie", würgte er mit gepresster, heiserer Stimme hervor.

„So, so, jetzt auf einmal erkennst du mich! Weißt du auch noch, wie du mich damals genannt hast?"

Keine Antwort. Wieder zuckte er unter einem Tritt zusammen.

„Ich.., ich weiß es nicht mehr", stöhnte er auf.

„Dann will ich es dir sagen! Miese tschechische Ratte hast du mich genannt! Stimmt's?"

Wieder keine Antwort. Der nächste Tritt. „Ja, ja, es stimmt! Ich habe es gesagt", erklang der gequälte Aufschrei.

„Und weißt du auch, wie lange ich wegen dir gesessen habe?"

„Nein, ich weiß es nicht."

„Dann weißt du es jetzt: Zwei Jahre habe ich wegen dir gesessen, zwei lange Jahre, du dreckiges Nazischwein! So, und jetzt wirst du sagen, was du bist!"

Der Mann schwieg.

Diesmal versetzte ihm der Posten einen Hieb mit dem Gewehrkolben. „Was sollst du sagen?", schrie er.

„Dass ich ein dreckiges Nazischwein bin."

„Also los, dann sag' es!"

Der Geschlagene sagte es: „Ich bin ein dreckiges Nazischwein."

„Lauter!" schrie der Tscheche, „lauter!"

Der Mann wiederholte die Worte mit erhobener Stimme.

„Ich höre nichts! Noch lauter!"

Das ging eine Weile so weiter, und sie gaben nicht eher Ruhe, bis ihr Opfer sich mindestens zehnmal beschimpft und gedemütigt hatte. Anschließend nahmen sie ihn doch noch mit und brachten ihn erst nach einer Stunde wieder. Blutverschmiert und am Ende seiner Kräfte lehnte sich der Mann an die Wand und rutschte langsam nach unten.

Wir fragten ihn, ob wir ihm irgendwie helfen könnten, aber er hielt die Augen geschlossen und antwortete nicht.

Die Stunden tropften unendlich langsam dahin. Selten sprach jemand, und wenn ein Posten mit mehreren Tschechen oder Russen erschien, wurde es so still, dass man eine Stecknadel hätte fallen hören. Sie gingen von Mann zu Mann, leuchteten jedem mit der Taschenlampe ins Gesicht und fragten hin und wieder nach dem Namen. Ich blieb von dieser Prozedur auch nicht verschont, erregte aber ihr Interesse in keiner Weise. Das lag begreiflicherweise auch nicht in meiner Absicht.

Nur einmal fiel mir das Herz in die Hose. Da hatte mich wieder ein Kerl angeleuchtet und wollte zu meiner Erleichterung weitergehen, als er dann doch wie angewurzelt stehen blieb und mir noch einmal seine Taschenlampe unter die Nase hielt. Dabei trat er dicht an mich heran und musterte mich eindringlich.

„Kerl, dich kenn' ich doch", zischte er und starrte mich durchdringend an, wenn ich nur wüsste, woher!"

Ich kniff die Augen zusammen und sah ihn an. Kein Zweifel, ich kannte ihn auch, nur fiel mir ihm Moment ebenfalls nicht ein, wer der Kerl sein konnte. „Ich kenne dich auch", sagte ich daher schnell, „aber ich komme nicht dahinter, woher."

Eine Zeitlang standen wir uns bewegungslos gegenüber, sahen uns lauernd an und überlegten krampfhaft, wo wir uns früher über den Weg gelaufen waren. Wenn mir nicht bald die rettende Erleuchtung kam, nahm er mich mit hinaus, das war mir klar.

„Aber mir wird gleich einfallen, wann du mir begegnet bist! Dann wird dir kein Hitler mehr helfen!"

Plötzlich fiel es mir wie Schuppen von den Augen. Es musste fünf Jahre her sein, als wir im Hinterhof unser beliebtes Spiel "Räuber und Gendarm" spielten. Es war schon dunkel, und wir schlichen, mit Taschenlampen und Spielzeugpistolen bewaffnet, über enge Hinterhöfe, krochen über Zäune und Mauern. Damals waren wir nur zwei Räuber. Der Petr Holubek vom Nachbarhaus und ich. Wir hatten bereits einen gehörigen Vorsprung gewonnen und schwangen uns gerade auf das Dach des Fotoateliers, um von dort über die Teppichstange auf unseren Hof zu gelangen, wo wir uns hinter einem Stapel Kisten verstecken wollten, als es geschah.

Petr glitt von der Stange ab und trat so unglücklich auf, dass er sich das Schienbein brach. Ich stand noch oben auf der Mauer, als ich das hässliche Knacken vernahm, dann einen Aufschrei. Petr begann zu jammern. „Au, mein Bein, ich glaub', es ist kaputt!"

Erschreckt schwang ich mich von der Mauer und half ihm hoch. Seinen Arm auf meine Schultern legend, hüpfte er auf einem Bein in unseren Hausflur. Ich setzte ihn auf der Treppe ab und alarmierte Antschi, die Köchin des Caféhauses, die sogleich einen Krankenwagen herbeirief.

Das alles fiel mir nun zu meinem Glück ein und ich begann zu grinsen, obwohl mir der Bursche immer noch ins Gesicht leuchtete. „Ich weiß jetzt, woher ich dich kenne", stieß ich erleichtert hervor, „du bist der Petr Holubek von der Bahnhofstraße 37."

„Und du, wer bist du?", knurrte er, „woher kennen wir uns?"

Er schaltete seine Lampe aus und starrte mich durchdringend an.

„Ich bin der Hardi aus dem Nachbarhaus. Wir haben doch früher immer zusammen "Räuber und Gendarm" gespielt, auch damals, als du dir das Bein gebrochen hast."

Holubek schlug sich auf die Stirn. „Richtig! Du bist der Hardi! Natürlich, jetzt erkenne ich dich!" Er hatte es plötzlich sehr eilig. „Ich will sehen, ob ich etwas für dich tun kann", flüsterte er mir so leise zu, dass nur ich ihn verstehen konnte.

Dann ging er, ohne seine Taschenlampe auch nur einmal anzuknipsen.

Ich habe Petr Holubek nicht wieder gesehen, viel schien er für mich auch nicht getan zu haben, denn der Abend kam, eine nicht enden wollende Nacht begann, und nichts geschah, kein Mensch holte mich heraus.

Als der Morgen anbrach, wurde vom Posten wieder eine größere Anzahl von Namen verlesen. Wie immer, wurden die Aufgerufenen aufgefordert, unverzüglich nach oben zu kommen.

Endlich bekamen wir ein wenig Luft und etwas mehr Platz. Karin hatte in der Ecke sogar einige Ziegelsteine aufgestöbert, so dass wir nicht mehr auf dem feuchten, staubigen Boden zu sitzen brauchten. Sie hatte die Schwärze in ihrem Gesicht erneuert, eine Sicherheitsmaßnahme, die sich bisher ausgezeichnet bewährt hatte. Nun saß sie auf ihrem Ziegelstein und krümmte stöhnend ihren Körper zusammen. „Was hab' ich für einen entsetzlichen Hunger! Seit drei Tagen habe ich keinen Bissen mehr über die Lippen bekommen", klagte sie.

So gerne ich es getan hätte! Aber ich konnte ihr leider nicht helfen. Mir ging es dafür dank der genossenen Geburtstagstorte noch ganz gut.

Umso schlechter erging es dem älteren Mann, der leise vor sich hin stöhnte.

Sein Nachbar, der schwarzhaarige junge Bursche, ergriff ihn am Arm und fragte: „Fehlt Ihnen etwas?"

Er erhielt keine Antwort. Nur das leise Wimmern hörte auf.

„Er hat in der Nacht angefangen, den Putz von der Wand zu kratzen und in den Mund zu stecken. Ich glaube, es geht mit ihm zu Ende", sagte sein junger Nachbar.

„Man müsste den Posten rufen! So kann man ihn doch hier nicht liegen lassen!", machte ich meiner Empörung Luft.

„Der würde dir was anderes erzählen", ertönte eine Stimme im Hintergrund.

Wir konnten wirklich nicht viel für den Sterbenden tun. Etwas Essbares besaß niemand hier im Keller, ein Arzt befand sich auch nicht unter den Inhaftierten, so blieb uns nur noch eines: dem Mann in einem aus Zeitungspapier gefalteten Becher Wasser zu bringen.

Draußen am Gang war an der grau verputzten Wand ein mit Grünspan bedeckter Wasserhahn angebracht, aus dem sich, wenn man den Hahn voll aufdrehte, mühsam ein paar Wassertropfen herausquälten. Da es nichts zu essen gab, war der Andrang an dieser einzigen, mehr als dürftigen Wasserquelle stets besonders groß. Es dauerte meist den ganzen Tag, ehe man einmal, an die Reihe kam.

Der Sterbende reagierte auf das ihm gereichte Wasser nicht mehr. Als sein Nachbar ihn aufrichten wollte, sank er kraftlos vornüber.

„Er ist tot! Er ist gestorben", flüsterte der Junge und hielt den Toten krampfhaft mit beiden Händen fest. Er war selbst so bleich wie ein Toter, und seine Hände zitterten.

Wir riefen nach dem Posten. Es dauerte zwar eine Zeitlang, aber schließlich kam er. „Was ist hier los? Gestorben ist einer? Wo ist denn der Tote?", fragte er und ließ den Strahl seiner Taschenlampe über die düsteren Gestalten gleiten.

Wir wiesen ihm den Weg. „Aha, der ist das", meinte er ungerührt, nachdem er den Leichnam gebührend lange angeleuchtet hatte. Er drehte sich um und marschierte wieder hinaus. „Er wird gleich abgeholt", brummte er im Hinausgehen.

Wenige Minuten später kamen zwei tschechische Posten mit einer Bahre und trugen den Verstorbenen hinaus.

Gleichzeitig wurde ein ganzer Schwall neuer Leute in den Keller geschickt, so dass wir wieder dicht aneinander rücken mussten.

Für Karin schufen wir ein besseres Versteck, und sobald wir hörten, dass jemand kam, verschwand sie mit Windeseile hinter vier Mann, die ihren Körper völlig verdeckten. Sie hatte noch einige Male den Dreck auf ihrem Gesicht und den Haaren erneuert und sah aus wie ein Bergmann nach der Schicht. Ich konnte mir ihr Gesicht frisch gewaschen gar nicht vorstellen, bestimmt hätte ich sie dann gar nicht mehr erkannt. Ich konnte nicht einmal erkennen, ob sie sehr hübsch oder ausnehmend hässlich war.

So verging auch dieser öde, düstere Tag. Abwechslung gab es zwar immer genug, denn andauernd kamen irgendwelche Leute herein und suchten Opfer. Mal waren sie in Begleitung von tschechischen Zivilisten, dann waren ein paar Russen dabei, die meist weibliche Arbeitskräfte zum Saubermachen suchten. Freiwillig meldete sich ohnehin niemand, obwohl die Russen stets gutes Essen versprachen. Da sich dennoch kein Mensch rührte, ging einer von ihnen im Keller herum, deutete mit dem Finger auf einige Frauen und sagte nur: „Ty, ty, ty i ty!"

Am Abend des zweiten Tages begann mein Magen auch schon, sich durch lautes und anhaltendes Knurren bemerkbar zu machen. Nach bewährtem Rezept begann ich, meinen Gürtel enger zu schnallen.

Karin quälten bereits heftige Magenkrämpfe, und das bisschen Wasser half ihr nicht viel.

Wir saßen trübsinnig nebeneinander, und jeder hing seinen Gedanken nach. Die Zeit schien stillzustehen, sie tröpfelte so langsam dahin wie das Wasser draußen aus dem Wasserhahn sickerte.

Ich dachte an meine Eltern. Wo würden die beiden jetzt sein? Ob man sie beide auch in irgendein Lager oder Gefängnis gesteckt hatte? Ob sie vielleicht längst wieder zu Hause waren? Hoffentlich erging es ihnen besser als mir. Ich wusste damals nicht, dass meine Mutter inzwischen erfahren hatte, wo ich steckte. Es war ihr gelungen, ihren gesamten Schmuck aus dem Versteck herauszuholen. Sie brachte alles, Uhren, Armbänder, Perlenketten und Ringe, einem Posten und bot ihm die Sachen an, falls er mir ein paar Brote zusteckte. Der Posten nutzte das Angebot. Leider erfüllte er nur den ersten Teil des Vertrages und nahm die Belohnung für seine unterbliebene Hilfsbereitschaft.

Wie bereits gesagt, wusste ich damals von Mutters Bemühungen nichts, und das war auch gut so. Denn in diesem Falle hätte ich sehnsüchtig auf die Brote gewartet, die ich nie bekam.

Am Nachmittag wurden wieder einige Deutsche herausgeholt, unter ihnen auch Karin. Sie freute sich mit den anderen Aufgerufenen, endlich hier wegzukommen. „Schlimmer kann es bestimmt nicht werden", sagte sie zum Abschied, „und vielleicht bekommen wir draußen endlich etwas zu essen."

Das wünschte ich ihr vom Herzen. Vielleicht sehen wir uns in den nächsten Tagen wieder", sagte ich, als sie mir ihre schwarze Hand reichte, „obwohl ich dich gewaschen ganz bestimmt nicht wieder erkennen werde."

„Aber ich dich", lächelte sie, und ihre Zähne blitzten förmlich in dem geschwärzten Gesicht, „und denke ja nicht, dass du so sauber bist."

Als sie gegangen war, kam ich mir in diesem düsteren Keller trotz der vielen Menschen, zwischen denen ich eingekeilt war, noch einsamer vor.

In der Nacht plagten mich die ersten Magenkrämpfe. Zum Glück gelang es mir, den Papierfaltbecher gleich mehrere Male zu füllen. Das war aber nur deshalb möglich, weil aus unerfindlichen Gründen in der Zwischenzeit das Wasser aus dem mit Grünspan bedeckten Wasserhahn etwas lebhafter zu fließen begonnen hatte.

Danach schnallte ich meinen Gürtel noch etwas enger und versuchte, ein wenig zu schlafen. Das musste mir auch gelungen sein, denn ich wachte erst auf, als es draußen hell wurde.

Ein Glück, dass an der einen Seite der Wand ein vergittertes Fenster angebracht war. So verirrte sich an diesem Morgen sogar ein Sonnenstrahl in unseren Keller und ließ die dichten Staubwolken in seinem Schein tanzen.

Ich setzte mich wieder auf meinen Ziegelstein und beobachtete das Spiel der wirbelnden Staubteilchen. Das Hungergefühl war verflogen. Dafür waren die Magenkrämpfe heftiger geworden. Erst als es mir gelang, den Gürtel noch um ein Loch enger zu schnallen, den Körper zusammenzukrümmen und die Knie fest anzuziehen, ließen sich die Schmerzen am besten ertragen.

Den anderen erging es nicht besser, kein Wunder, dass alle apathisch dalagen und die Gespräche allmählich verstummten.

Mein Trost war, dass die meisten nach drei bis vier Tagen geholt wurden. Da ich bereits vier Tage in diesem scheußlichen Keller herumlungerte, hoffte ich zuversichtlich, noch heute von dieser Quälerei befreit zu werden.

Gegen Mittag erschien ein Rotarmist und begann sein Abzählverschen: „Ty, ty, ty, i ty!" Diesmal holte er sich junge Männer heraus. Bei einem seiner "Ty" zeigte er unmissverständlich auf mich. Dann bedeutete er uns, ihm zu folgen.

Als ich die Treppe hochging, wurde mir schwarz vor den Augen, zum Glück ging dieser Schwächeanfall schnell wieder vorüber. Im dritten Stockwerk betraten wir einen mit spärlichem Mobiliar eingerichteten Raum. Der Soldat zeigte auf einen Schreibtisch und gab uns durch Zeichen zu verstehen, dass wir diesen zu tragen hätten.

Viel Kraft besaßen wir nicht mehr, aber zu viert schafften wir es, wenn auch mit Mühe, das Möbel hoch zu wuchten und in einen anderen Raum zu schleppen.

Diese Schlepperei blieb für die nächsten Stunden unsere einzige Beschäftigung. Wir transportierten Schränke, Stühle und Schreibtische von einem Raum in den anderen. Das ging so lange, bis wir sämtliche Möbelstücke dieses Stockwerks. im Kreise herumgetragen hatten.

Endlich schien unser Werk vollendet zu sein. So jedenfalls dachten wir und atmeten auf, denn unsere ohnehin so schwachen Kräfte schwanden dahin wie der Schnee in der Frühlingssonne. Aber der Rotarmist bedeutete uns mit Hilfe seiner unmissverständlichen Gesten und einem "Dawaj", dass wir ihm weiterhin zu folgen hätten.

Unsere Hoffnung, man würde uns jetzt für unsere Mühe eine kleine Stärkung reichen, erwies sich sehr schnell als trügerisch. Wir mussten dem Sowjetfreund lediglich auf den Hof folgen, wo zu unserem Entsetzen noch ein paar dieser unhandlichen Möbelstücke herumstanden, die nur darauf warteten, von uns herumgetragen zu werden. Ich begann schon mit dem Gedanken zu spielen, einfach umzufallen und eine Ohnmacht vorzutäuschen. Der Russe bedeutete uns, hier zu warten. Anscheinend wollte er genauere Erkundigungen einziehen, wohin diese Schreibungeheuer transportiert werden sollten.

Erschöpft lehnten wir uns an die Schreibtische und hofften inbrünstig, dass unser Iwan erst am Abend erfahren würde, wo die Möbel gebraucht werden.

Dicht hinter uns standen an der Wand einige Mülleimer. Als wir sie erblickten, traten wir wie auf ein Kommando an die Tonnen heran und hoben die Deckel hoch. Wir wollten unbedingt etwas Essbares finden, egal, was es war. Hier hatte man etwas in Zeitungspapier eingewickelt. Hastig rissen wir das Papier auseinander. Kartoffelschalen! Schöne, dicke, frische Schalen von rohen Kartoffeln. Welch ein kostbarer Fund!

Ohne Zögern stopften wir uns den Mund voll und kauten, was das Zeug hielt. Jeder achtete aufmerksam darauf, dass keiner zu oft zulangte oder zu viel auf einmal in den Mund schob.

Nach dieser bescheidenen Mahlzeit fühlten wir uns etwas besser. Wir waren zwar nicht gesättigt, aber der Magen nahm anscheinend befriedigt zur Kenntnis, dass wir ihn ein wenig mit Arbeit versorgt hatten.

Wenn ich heute an diese Mahlzeit denke, kann ich ein flaues Gefühl in der Magengegend nicht unterdrücken. Damals aber schmeckten uns die rohen Kartoffelschalen so gut, dass nicht ein einziges Stückchen übrig blieb.

Die letzten drei Schreibtische brauchten wir zum Glück nur im Parterre zu verteilen. Dann wurden wir wortlos in den Keller zurückgebracht.

Im Lager

Vor der Kellertür hatte sich wieder ein größerer Trupp Deutscher versammelt, die fortgeschafft werden sollten. Als der Sowjetsoldat uns abgeliefert hatte, fragte der Posten jeden von uns nach seinem Namen und sah in seiner Liste nach, ob wir auch zu den Auserwählten gehörten. Mein Name war zu meiner größten Erleichterung dabei, und ich freute mich damals sehr, denn wie alle anderen war auch ich fest davon überzeugt, dass sich unsere Lage nur noch verbessern konnte. Ich durfte gleich oben bleiben und mich den anderen anschließen, die in Zweierreihen auf dem Gang angetreten waren.

Ich hatte mich gerade wieder auf ein paar Stunden Wartezeit eingestellt, als ein Mann von der Volksmiliz erschien, die Liste übernahm, alle Namen noch einmal verlas und am Schluss sagte: „Ihr kommt heute in ein Lager in Oderfurt. Auf der Straße geht ihr zu zweit, die Männer vorne, die Frauen hinten. Und merkt euch das: Den Bürgersteig darf keiner betreten!"

Nun, diese neuen Sitten waren mir inzwischen zur Genüge bekannt und berührten mich wenig.

Wie befohlen, formierten wir uns zu zweit und setzten uns auf ein Kommando unseres Begleiters schleppend und müde in Bewegung.

Vom Rathaus waren bis Oderfurt nur wenige Kilometer zurückzulegen. Dennoch zog sich der Weg bis zum Lager endlos dahin. Meine Beine schienen mit Blei ausgegossen zu sein, und mein Magen war offensichtlich mit seinem Inhalt nicht zufrieden, denn mir wurde immer flauer zumute. Als wir am Schlackenberg vorbeizogen, war das Würgen so unerträglich geworden, dass ich mich übergeben musste.

Kaum aber hatte ich die Reihen der Marschierenden verlassen und mich an die steinige Böschung gestellt, erhielt ich einen derben Stoß mit dem Gewehrkolben, zu meinem Pech auch noch genau auf dieselbe Stelle wie vor einigen Tagen.

„Los, kotz hier nicht herum, du Ferkel, sonst werde ich dir deine Wampe massieren!", gellte hinter mir die Stimme des Postens. So taumelte ich weiter, im Bauch einen rotierenden Magen und eine schreckliche Wut.

Nach einer knappen Stunde erreichten wir nachmittags gegen fünf Uhr endlich das sogenannte Internierungslager.

Ein hoher Bretterzaun erstreckte sich parallel zu einem Eisenbahndamm. Es war die Eisenbahnstrecke, die zum Oderfurter Bahnhof führte. Auf dem schmalen, dafür aber umso längeren Platz standen zwischen dem erhöhten Damm und dem Zaun in einer Reihe mehrere Holzbaracken, die uns in den nächsten Monaten als Unterkunft dienen sollten.

An der nördlichen Schmalseite stand das Postenhäuschen. Ein vergittertes, oben mit mehreren Reihen Stacheldraht versehenes Tor und zwei mit Maschinenpistolen bewaffnete Posten, die vor dem Tor hin und her patrouillierten, wiesen unmissverständlich darauf hin, dass man hier eingesperrt wurde.

Nach Übergabe der Listen und einer Mappe mit unseren Papieren schwangen die eisernen Torflügel quietschend zur Seite und gaben uns den Weg in das Lager frei.

Während wir durch den Eingang schritten, zählte einer der Posten noch einmal sorgfältig seine Schäfchen und verglich sein Zählergebnis mit der angegeben Zahl in der Liste. Anscheinend hatten wir uns unterwegs nicht vermehrt, denn er ließ uns anstandslos passieren und schmetterte hinter uns das Tor zu.

Nun hatten wir Gelegenheit, uns das Lager von innen näher anzusehen. Zu unserer Rechten standen die einfachen Holzbaracken der Länge nach hintereinander, die Fenster dem schmalen Lagerplatz zugewandt. Die erste Baracke enthielt nur die Küche und den angrenzenden Essraum. Daran schlossen sich fünf Wohnbaracken, die uns aus leeren Fensterhöhlen trübe anstarrten. Anscheinend waren die Bewohner noch nicht von der Arbeit zurückgekehrt. Hinter der letzten Baracke verlief quer über den Platz ein hoher Maschendrahtzaun, die Grenze des Männerlagers. Dahinter standen noch einige Gebäude, in denen die internierten deutschen Frauen untergebracht waren.

Wir mussten an der vorletzten Wohnbaracke stehenbleiben und wurden auf die einzelnen Stuben aufgeteilt. Mich schickte man mit vier meiner Leidensgenossen in die Stube 11. Es ging ein paar Stufen hoch durch den breiten Eingang auf den ebenso breiten Gang, der kerzengerade bis zum gegenüberliegenden Ausgang führte. Links und rechts lagen die einzelnen Räume.

Unsere neue Behausung näher zu beschreiben, lohnt sich nicht, sieht doch eine Baracke aus wie die andere. Da gibt es wenig Unterschiede.

Das Zimmer 11 war gleich das erste Zimmer links. Seine Einrichtung war, wie erwartet, spartanisch einfach: zehn Doppelbetten, mit ausgemergelten Strohsäcken und strohgefüllten Kopfkissen ausgestattet, fünf schmalbrüstige Spinde, ein mittelgroßer Tisch, zwei Holzbänke ohne Lehnen, einige wackelige Hocker, das war alles, was man uns als Komfort zu bieten hatte.

Das Fenster gestattete einen Blick auf den hohen Holzzaun, der sich ungefähr zwei Meter vor der Baracke über die gesamte Länge des Lagers entlang zog. Auch er war oben mit mehreren Reihen Stacheldraht verziert.

Auf der rechten Seite des Zimmers waren die Betten bereits belegt. Dafür entdeckten wir links noch einige freie Schlafstellen. Ich beeilte mich, gleich das erste obere Bett in der äußersten Ecke der Stube zu ergattern. Dieser Ort bietet ungeahnte Vorteile. Man fällt nicht so schnell auf, ist nicht so leicht zu erreichen und steht niemandem im Wege.

Wir warfen uns auf die Betten, dass die Bretter nur so krachten und freuten uns, endlich wieder etwas mehr Bequemlichkeit genießen zu dürfen. Der Mensch wird sehr schnell bescheiden, wenn ihn die Umstände dazu zwingen.

Jedenfalls waren wir alle überzeugt, dass wir im Vergleich zum Keller des Polizeipräsidiums einen guten Tausch gemacht hatten. Bis jetzt sah es zumindest so aus, und wir ahnten damals nicht, dass wir eigentlich nur wenig Grund zur Freude hatten.

Inzwischen waren nach und nach die Arbeitskommandos eingerückt. Auch die restlichen Insassen der Stube 11 erschienen allmählich auf der Bildfläche. Müde, erschöpft, mit mürrischen Gesichtern und von der Arbeit total verdreckt, traten sie ein, warfen ihre Arbeitsjacken auf ihre Betten und gingen in den Waschraum. Uns Neuen schenkten sie vorerst wenig Beachtung. Nur ein kleingewachsener, drahtiger Mann mit dunklem Haar und gebräuntem Gesicht riet uns, so schnell wie möglich die Betten zu verlassen, da dies bei Strafe verboten sei.

Wir glaubten ihm nicht so recht, blieben liegen und freuten uns immer noch.

Dass wir keinen Anlass hatten, derartige Gefühle zu hegen, sollten wir schneller erfahren als uns lieb war. Als wir gemütlich dalagen und uns ausruhten, ertönte draußen das uns allen verhasste Trillern von Pfeifen. Nichts war in dieser Zeit leichter zu verstehen als Pfeifengetriller. Es bedeutete immer dasselbe: So schnell wie möglich den Bau verlassen und draußen in Reih und Glied antreten.

In Scharen spuckten die breiten Tore der Baracken die Gefangenen aus, die inzwischen alle von der Arbeit zurückgekehrt waren. Allmählich ordnete sich das Durcheinander, dann standen wir, der Größe nach sortiert und stubenweise auf dem Appellplatz. Die Stubenältesten meldeten die Vollzähligkeit ihrer Belegschaft einem der Posten. Dann trat ein bärtiger, ziemlich stämmiger Kerl hinzu, der sich als Lager-kommandant entpuppte.

Er kam mir sogleich bekannt vor, und als ich genauer hin-sah, traute ich meinen Augen nicht. Hatte ich denn wirklich während meiner Schulzeit alle die Kerle kennengelernt, die heute mit einer roten Armbinde herumliefen? Den jedenfalls, der da breitbeinig vor uns stand, den Burschen erkannte ich auf Anhieb. Es war der Tonda Dvořák von der Fifejda. Wir hatten früher auf dem Haldenplatz oft zusammen, meistens aber gegeneinander Fußball gespielt. Dvořák kämpfte stets als Stürmer, während ich das gegnerische Tor hütete. Tonda spielte ohne jeden Trick. Er umspielte niemand, er schob auch seinen Mitspielern nie den Ball zu. Er lief einfach gera-deaus und rannte alles rücksichtslos über den Haufen, was sich ihm in den Weg stellte, er arbeitete mit Händen und Fü-ßen, stieß, trat, rempelte und boxte - es war einfach nicht zum Ansehen. Eines Tages hatte er auf diese gegen alle sportlichen Regeln verstoßende Weise drei Verteidiger aus-geschaltet, kam auf mich zugelaufen und schob laut schrei-end den Ball an mir vorbei ins Tor. Nach dieser ruchlosen Tat lief er, die Hände hochhebend und triumphierend, zur Mitte.

Das war mir dann doch zu viel. Zornentbrannt lief ich hin-terher und versetzte ihm einen kräftigen Tritt in den Hintern, etwa mit dem gleichen körperlichen Einsatz, mit dem man einen Torabstoß ausführt.

Dvořák hüpfte erst ein Stück hoch, blieb danach wie er-starrt stehen, so dass ich die Gelegenheit nutzen konnte, mich möglichst schnell und weit abzusetzen. Er verfolgte mich zwar wutschnaubend, konnte mich aber nicht mehr er-reichen, da er zwar sehr stark dafür aber umso langsamer war. Damals brüllte und schimpfte er hinter mir her und ver-sprach mir beim nächsten Mal eine derartige Tracht Prügel, dass mich meine eigene Mutter nicht wiedererkennen würde.

Zur Erfüllung dieses Versprechens war es damals nicht mehr gekommen.

Und jetzt stand er vor mir als Lagerkommandant.

„Leute", begann er mit einer ausgesprochen versoffenen, heiseren Stimme, „ihr seid hier in einem Arbeitslager. Das heißt, hier wird gearbeitet, und das vom frühen Morgen bis zum späten Abend. An euren KZ-Toren stand ja "Arbeit macht frei!" Also werdet ihr, je mehr ihr schuftet, immer freier. Aufgestanden wird um fünf Uhr, Rückkehr von der Arbeit erfolgt um 18 Uhr. Morgens gibt es Kaffee und Brot, abends Suppe. Mittags gibt's nichts, weil ihr ja nicht da seid." Er grinste über seinen dämlichen Witz. „Ab 22 Uhr darf keiner sein Zimmer verlassen. - Und noch was: Eure Haare lasst ihr im Laufe der Woche beim Lagerfriseur abschneiden. Aber ratzekahl, verstanden!"

Nach diesen gewichtigen Worten trat er dicht an uns heran, um jeden Neuankömmling aus der Nähe zu betrachten. Als er an mir vorbeidefilierte, erkannte er mich sofort. Er blieb stehen, fixierte mich grinsend und sagte dann: „Sieh mal einer an! Der Torwart, der Stürmer in den Hintern tritt, die ihm ein Klassetor schießen! Da bin ich dir ja noch etwas schuldig." Er ging weiter, blieb aber dann noch einmal stehen.

„Komm nachher gleich zur Wache und melde dich bei mir!"

Das fing ja gut an. Müsste ich auch gleich diesem Dvořák über den Weg laufen! Ob er jetzt sein Mütchen an mir kühlen wollte? So genau kannte ich ihn nicht, um zu wissen, was mir bevorstand.

Nach dem Appell durften wir in unsere Quartiere zurückkehren, um uns ein wenig einzurichten. Diese Tätigkeit war schnell erledigt, da kein Mensch auch nur ein Gepäckstück mitgebracht hatte.

Danach begab ich mich mit recht gemischten Gefühlen zur Wache, die sich in der letzten Baracke vor dem Frauenlager befand. Was hatte Dvořák mit mir vor? Wollte er sich wirklich für den Tritt revanchieren? Das war aber doch fast vier Jahre her, also mit Sicherheit verjährt. Verjährt, welch eine bescheuerte Idee.

Na ja, es wird schon nichts so heiß gegessen ... Ich gab mir einen Ruck und betrat das Wachlokal. Dvořák saß am Holztisch und löffelte, tief über seinen Teller gebeugt, seine Kartoffelsuppe. Ich roch das sofort, und mir lief das Wasser in wahren Sturzbächen im Munde zusammen.

Wie oft hatte ich in den letzten Wochen schon gehungert! Kein Wunder, dass das ständige Bestreben, den knurrenden Magen zu füllen, koste es, was es wolle, das bohrende Hungergefühl zu stillen, damals den absoluten Vorrang besaß. Alles andere war von zweitrangiger Bedeutung, bei weitem nicht so wichtig und erstrebenwert. Jeder dachte und handelte so, ohne Ausnahme, und nur der, der selbst in seinem Leben wirklich gehungert hat, wird verstehen können, wie schnell dieses allererste, primitivste Gesetz der Selbsterhaltung, sich Nahrung zu beschaffen, alles andere restlos verdrängt. Wie diese eine, einzige große Sorge all die vielen kleinen Sorgen völlig in den Hintergrund drängt.

Dvořák blickte auf und fragte mich: „Hast du Hunger?"

Welch eine Frage! Nach vier Tagen Fastenzeit.

Zwar war der Topf, der in der Mitte des Tisches stand, recht groß und noch bis zur Hälfte mit Suppe gefüllt, ich traute mir aber zu, ihn ganz allein bis auf den Grund auszulöffeln. Eilig bestätigte ich ihm also, dass ich sehr großen Hunger verspürte.

Dvořák bedeutete mir, mich zu setzen, und schob mir einen Teller und einen Löffel zu.

Die beiden Tschechen, die noch in der Wachstube herumsaßen, blickten reichlich verwundert drein und durchbohrten mich mit finsteren Blicken, sagten aber kein Wort. „Der da ist ein alter Kumpel von mir", erklärte ihnen der Lagerkommandant", er wird uns heute beim Wacheschieben helfen."

Zwar war ich vollkonzentriert damit beschäftigt, mir in möglichst kurzer Zeit möglichst viel von der Suppe einzuverleiben, dennoch wurde mir der Sinn seiner Worte bewusst. Ich hörte wohl nicht recht? Vor Staunen ließ ich den Löffel im Mund stecken. Mich wollten sie als Posten einsetzen! Das schlug doch wohl dem berühmten Fass den Boden aus!

„Du musst nämlich wissen", wandte sich Dvořák an mich, „für die ganze Nacht hab' ich nur zwei Mann. Die können ja nicht die ganze Nacht herumlaufen und Posten schieben. Und mehr Leute bekomme ich vorerst nicht. So steht jeder von uns drei Stunden. Du kommst von 20 bis 23 Uhr dran, klar?"

Der brave Soldat Schwejk hätte an meiner Stelle geantwortet: „Melde gehorsamst, Herr Lagerkommandant, das Ja!"

Ich nickte nur und nutzte die günstige Gelegenheit, meinen Teller noch einmal bis an den Rand mit Suppe zu füllen. Schließlich war ich als Posten sogar berechtigt dazu, so lange zu essen, bis sie mich hinausschmissen. Daran dachten sie aber jetzt ganz bestimmt nicht mehr. Im Gegenteil. Als ich nach dem vierten Teller endgültig kapitulierte, forderte Dvořák mich auf: „Los, iss noch etwas, du bist doch bestimmt noch nicht satt. Außerdem gibt es für die Neuankömmlinge heute Abend noch nichts."

Um ihn nicht vor den Kopf zu stoßen, würgte ich noch einen halben Teller Suppe hinunter und versicherte ihm dann, nunmehr völlig gesättigt zu sein. Ich durfte gehen.

„Aber punkt halb acht bist du da, verstanden!"

Auf der Stube 11 erwartete man mich mit großer Neugierde. „Was wollte der Kerl von dir?" – „Haben sie dich verdroschen?" – „Bist du dem Kommandanten verdächtig vorgekommen?" - alle nur möglichen und unmöglichen Fragen drangen von allen Seiten auf mich ein.

Ich erzählte ihnen, welch eine ehrenvolle Aufgabe ich übernehmen musste. Schließlich hatte mir keiner gesagt, über meinen Auftrag Stillschweigen zu bewahren.

Die Reaktionen der Stubeninsassen waren unterschiedlich. Die einen fanden die Sache sehr lustig und versprachen sich auch für die restlichen Insassen der Stube gewisse Vorteile. Einige blickten mich ein wenig misstrauisch von der Seite an und meinten, dass mich die Tschechen vielleicht als Spitzel einsetzen wollten. Ein einziger vertrat die Ansicht, ich hätte dieses unerhörte Ansinnen unter allen Umständen energisch von mir weisen müssen. „Du musstest sofort aufstehen und sagen, dass du so etwas nicht machst", sagte der Mann, wobei er dicht an mich herantrat und mich von unten herausfordernd anblickte. Er entpuppte sich als ein engbrüstiger, kleingewachsener, dürrer Mensch mit rabenschwarzem Haar, tiefliegenden, dunklen Augen und schmalen, stets wütend zusammengekniffenen Lippen.

Er hatte jetzt gut reden, an ihn hatte man dieses Ansinnen auch nicht zwischen dem vierten und fünften Teller Suppe gestellt. Außerdem konnte ich damit bestimmt niemand schaden, im Gegenteil. Also klopfte ich dem dürren Männchen wohlwollend auf die eckige Schulter und sagte nur: „Soso, hättest du gesagt."

Ich hatte keine Lust, mit ihm zu streiten. Dazu sollten wir alle später noch ausreichend Gelegenheit erhalten. Denn der Dürre war wirklich ein äußerst unverträglicher Kerl, der mit einer wahren Besessenheit Streit suchte und aus Prinzip allem und jedem widersprach.

Stube 11

An dieser Stelle ist es an der Zeit, die Insassen der Stube 11 vorzustellen, die in den kommenden Monaten mein Lagerschicksal teilen mussten. Natürlich lernte ich sie erst im Verlaufe dieser Zeit genauer kennen, ich halte mir aber für die nachfolgende Schilderung so viel dichterische Freiheit zugute, um einiges vorwegzunehmen.

Mein Bett - ich will dieses mit einem ausgemergelten Strohsack bedeckte, quietschende und knirschende Brettergestell der Einfachheit halber so bezeichnen - mein Bett also befand sich ganz links in der Ecke. Das war ein beneidenswert günstiger Platz, denn wenn ein wütender Posten ins Zimmer geschossen kam, um hier sein Unwesen zu treiben und irgendein Unheil anzurichten, ließ er seinen Zorn meist an den Pechvögeln aus, die sich in seiner Blickrichtung aufhielten. Ich blieb daher in der Regel von Ohrfeigen und sonstigen Schlägen oder Fußtritten verschont, was ich verständlicherweise sehr zu schätzen wusste.

Unter mir lag ein sehr stiller und äußerst zurückhaltender Zeitgenosse. Er trug eine Brille mit ungewöhnlich dicken Augengläsern, und wenn er einen anblickte, dann vergrößerten die lupenähnlichen Gläser seine dunkelbraunen Augen fast um das Doppelte. Sein Kopf war bereits kahlgeschoren, als er in das Lager eingeliefert wurde, aber sein blauschwarzes Haar wuchs so schnell und dicht nach, dass schon nach kurzer Zeit von der Glatze nicht mehr viel zu sehen war. Das brachte ihm im Laufe der Zeit viel Ärger ein, denn sobald er dem Lagerkommandanten in die Quere lief, wurde er auf der Stelle zum Lagerfriseur geschickt, um sich dort die Schädelplatte auf Hochglanz bringen zu lassen.

An unseren Gesprächen beteiligte er sich selten. Meist lag er mit unter dem Kopf verschränkten Armen auf seinem Strohsack und starrte düster und weltverloren auf die Bretter meines Bettes über ihm. Die Unmengen Ungeziefer, die unsere Betten und auch uns bevölkerten, schienen ihm nichts auszumachen. Während wir unsere gesamte, meist recht kärgliche Freizeit dazu benutzten, hinter den blutgierigen Wanzen, den hüpfenden Flöhen und den über alle nicht erreichbaren Körperstellen krabbelnden Läusen herzujagen, während wir uns juckten und kratzten, lag er unbeweglich da und starrte an die Decke.

„Mann, Schülke, wie hältst du das bloß aus?", fragte ich ihn, während ich damit beschäftigt war, eine wohlgenährte Laus zwischen meinen Hemdfalten aufzustöbern und zwischen den Daumennägeln mit einem hörbaren Knacks ins Jenseits zu befördern.

„Das ist nur eine Sache des Willens", murmelte er vor sich hin, um anschließend wieder in seine Meditationen zu versinken.

Na, der musste einen Willen haben! Welch einen Willen und welche Kräfte Schülke besaß, sollten wir später noch zu unserem größten Erstaunen erfahren.

Dennoch probierte ich seine Methode selbstverständlich aus. Ich nahm mich fest zusammen, starrte ebenfalls an die Decke, biss die Zähne mit Macht aufeinander und redete mir ein: "Es juckt nicht! Sie beißen dich nicht! Es juckt überhaupt nicht!"

Es war wie verhext! Noch nie hatte es so gejuckt wie jetzt. Ich fand bald keine Stelle am ganzen Körper, die nicht juckte, an der es nicht kribbelte und krabbelte. Das genügte mir vollkommen. Mein Wille war gebrochen. Im Gegenteil, ich wollte überhaupt keinen Willen mehr besitzen, und es dauerte lange, ehe ich mich wenigstens ein bisschen von diesem unerträglichen Juckreiz befreit hatte.

Schülke nahm das klägliche Scheitern meiner Willensanstrengungen ungerührt und schweigend zur Kenntnis. Er schien überhaupt ein Mann ohne jegliche Leidenschaften zu sein. Hinzu kam noch, dass er weder rauchte noch irgendeinem alkoholischen Getränk zusprach, nie lachte oder die Miene zumindest andeutungsweise zu einem Lächeln verzog. Auch Schmerzen schienen ihm nichts auszumachen. Seine stoische Haltung forderte die Posten richtig heraus, ihn mit Fußtritten oder Schlägen zu bearbeiten, aber im Laufe der Zeit erwies es sich, dass Schülke die größere Ausdauer besaß.

Nur ein schmaler Gang trennte uns vom nächsten Doppelbett. Unten lag Peppo. Ich erkannte ihn sofort und war mehr als überrascht, ihm hier im Lager zu begegnen, hatte ich doch immer angenommen, dass Peppo ein waschechter Tscheche war. Ich kannte ihn aus der Zeit unserer Jugendstreiche. Gegenüber unserer Wohnung befand sich das Kolonialwarengeschäft der Herrn Havlitschek, eines ehrenwerten Mannes, der uns nicht gerade ins Herz geschlossen hatte, da wir ihm einmal unter Anwendung von Stinkbomben für einen Tag sämtliche Kunden vergrault hatten. Peppo arbeitete damals als Stift in diesem Laden. Mein Freund Mikosch und ich standen oft vor dem Schaufenster und sahen Peppo zu, wenn er riesige Büchsenpyramiden errichtete. Wir betrachteten sein mühevolles Werken schweigend, vergruben unsere Hände in den Hosentaschen und grinsten so höhnisch wie möglich. Das ärgerte Peppo mächtig. Er lief rot an, seine Sommersprossen wurden im gleichen Verhältnis dunkler und seine höchstens einen Zentimeter langen Haare seines Borstenschnitts richteten sich steil auf. Und dann kam endlich das, worauf wir die ganze Zeit geduldig gewartet hatten. Er streckte uns seine erdbeerfarbene Zunge soweit heraus wie er nur konnte und verlängerte sie noch mit beiden Händen. Und das wäre eigentlich gar nicht nötig gewesen. Denn ich habe seither nie wieder einen Menschen gesehen, der eine so lange Zunge vorzuweisen hatte. Sie reichte weit unter die Kinnspitze, er konnte sich mit ihrer Hilfe sogar seine Nasenlöcher sauber halten. Nachdem wir uns eine Zeitlang an diesem Anblick erfreut hatten, gingen wir zufrieden unserer Wege.

Am Abend aber, wenn Peppo die Rollläden heruntergelassen hatte, revanchierten wir uns, indem wir mit Hilfe eines längeren Stockes, den wir durch die Luftschlitze steckten, Peppos Büchsenpyramiden zum totalen Einsturz brachten. Auch die beiden plumpen, pausbäckigen Englein und die dürre Madonna, die die Spitzen der Pyramiden zierten, wurden entthront. Diesen Streich spielten wir mehrere Male und erreichten damit, dass Peppo sich zum wahren Meister im Aufstellen von Büchsenpyramiden entwickelte.

Außerdem bekamen wir seine ellenlange Zunge noch des Öfteren zu sehen. Ich erinnere mich noch, wie Mikosch damals grinsend sagte: „Wenn der wüsste, wer ihm die Büchsen einschmeißt, der würde seinen Bettvorleger bis zum Knie herausstrecken!"

Jetzt sah ich also den Peppo wieder. Es stellte sich heraus, dass er seinen unfreiwilligen Aufenthalt hier im Lager seinem Vater zu verdanken hatte. Dieser war zwar ein waschechter Tscheche, wurde aber, vielleicht um seiner Frau auch auf diesem Gebiet zu widersprechen, ein fanatischer Anhänger Hitlers. Er glaubte fest an den Sieg der Deutschen Wehrmacht und richtete sein Leben danach ein. Mit Peppo sprach er nur Deutsch, und sein Sohn musste ihm in derselben Sprache antworten. Peppos Mutter hingegen war das genaue Gegenteil. Ihr kam kein deutsches Wort über die Lippen, sie sprach mit ihrem Mann und Peppo nur Tschechisch und verlangte dasselbe auch von ihrem Sohn. Kein Wunder, dass der arme Peppo daheim hin- und hergerissen wurde und oft nicht wusste, wo ihm der Kopf - die hlava - stand.

„Du wirst schon sehen, wo du mit deinem Hitler hinkommst", pflegte sie oft zu schimpfen, „du wirst uns noch alle ins Unglück stürzen!"

„Red' nicht so einen Bledsinn daherr", pflegte er in seinem harten Deutsch zu antworten, „ich weiß, was ich mach', und ich weiß, was ich sag'!"

„Hovno víš", (Scheiße weißt du) war die tschechische, nicht ganz stubenreine Antwort, die erneut Anstoß zu einer der häufigen, lautstarken Auseinandersetzungen lieferte. Die Folge war, dass sich die Fronten immer mehr versteiften und Peppo eine unglaubliche Fertigkeit entwickelte, abwechselnd die jeweils geforderte Sprache zu gebrauchen.

„Geh in den Keller und hol Kohlen!", befahl ihm die Mutter in tschechischer Sprache.

„Hol mir im Keller ein Birr!", forderte der Vater seinen Sohn in deutschem Jargon auf.

„Mi se nechce" (Ich will nicht), sagte Peppo darauf zu seiner Mutter. Und danach in getreuer Übersetzung an seinen Vater gewandt: „Mirrr will sich nicht!"

Nach der Besetzung Ostraus durch die Rote Armee sperrte man Peppos Vater noch am gleichen Tag als Kollaborateur ein. Zu Peppos Pech befand sich seine Mutter gerade zu Besuch bei ihrer Schwester in Troppau. Und da sich ihr Einziggeborener in Abwesenheit des Vaters immer noch der deutschen Sprache bediente, nahm man ihn auch gleich mit und steckte ihn ins Lager.

Als Peppo mich erkannte, grinste er erfreut und zeigte dabei seine mächtige Zahnlücke. „Jetzt ich weiß, wer du bist", verkündete er und riss die Augen auf wie ein Uhu. Das tat er immer, wenn er sich über irgendetwas freute. „Du hast immer mit deine Freind vor Geschäft gestanden!"

Ich nickte und verriet ihm, wie damals der häufige Pyramidenzusammensturz zustande gekommen war.

Peppo schlug sich auf seine dünnen Schenkel. „Hab' ich mir doch gedacht, dass ihr zwei Hadrlumpen das immer gemacht habt. Liebe Leutchen, was hat der alte Havlitschek da immer geschumpfen!"

Mit Peppo konnte man gut auskommen, wenn er auch ein Deutsch sprach, das seine Anwesenheit hier im Lager Lügen strafte. Seine Lagerstatt teilte im oberen Stockwerk Heribert Rochel, ein ehemaliger Klassenkamerad von mir. Sein stets zerzaustes, fettiges, dunkelblondes Haar hing ihm tief über die Stirn bis an seine kreisrunden, nie geputzten Brillengläser, hinter denen zwei wasserblaue, etwas schläfrige Augen treuherzig hervorblinzelten. Seine steil nach oben gereckte Stupsnase mit den auffallend großen Nasenlöchern und der stets halbgeöffnete Mund verliehen seinem Antlitz einen leicht beschränkten Ausdruck. Fast jeder Lehrer, der das zweifelhafte Vergnügen hatte, in unserer Klasse sein Wissen an den Mann zu bringen, pflegte es irgendwann einmal auszusprechen. Der eine früher, der andere später, aber jeder ließ sich zu dieser Äußerung verleiten, auf die wir mit beharrlicher Geduld warteten: „Rochel, sehen Sie mich nicht so blöde an!", und wunderte sich maßlos über den unerwarteten Heiterkeitsausbruch, den dieser so oft zitierte Satz auslöste. In Wirklichkeit war Rochel keinesfalls so dumm, wie er dreinschaute. Besonders in Mathematik war er eine wahre Koryphäe, was ihm unser damaliger Mathematiklehrer, Herr Dr. Frank, eigentlich bis zum Abitur nicht so recht glauben wollte.

Eine unübersehbare Angewohnheit hatte sich, wie ich bald feststellen sollte, bei ihm bis zum heutigen Tag erhalten. Beim Nachdenken pflegte Heribert mit unglaublicher Zielsicherheit seinen ausgestreckten Zeigefinger in einem seiner beiden ihm zur Verfügung stehenden Nasenlöcher zu versenken, um dort seiner unterirdischen Wühlarbeit nachzugehen.

Eine zweite, ebenfalls recht auffällige Angewohnheit Rochels war in den letzten Jahren offenbar zu höchster Vollkommenheit gediehen. Er pflegte sich nämlich bei jeder passenden und unpassenden Gelegenheit zu bekleckern. Sein Hemd, seine Hose und auch jedes andere beliebige Kleidungsstück, das er am Leibe trug, waren mit Flecken übersät. Da sah man kleine, punktförmige, daneben große kreisförmige in allen nur erdenklichen Farbschattierungen, dazwischen längere, vertikale Streifen, die unten oft in Tropfenform übergingen.

Schließlich werden dem aufmerksamen Betrachter auch die unförmigen Flecken nicht entgehen, aus denen man mit ein wenig Phantasie Köpfe, Tiere und allerlei Gegenstände herauslesen konnte.

Durchaus verständlich war für mich die Anwesenheit der Flecke in Brusthöhe unterhalb der Mundöffnung und des Kinns, auf den Oberschenkeln und den Ärmeln, da flüssige wie auch feste Speisereste, den ehernen Gesetzen der Schwerkraft folgend, auf den erwähnten Stellen landen mussten. Auch die Flecken auf seinem Hosenboden ließen sich durch die Tatsache erklären, dass er sich stets dahin zu setzen pflegte, wo Fett, Öl, Marmelade, Schmierseife, Lack oder irgendeine andere Flüssigkeit unvergänglichen Kontakt mit seinem Hosenboden bekamen.

Schwerer zu erklären aber blieb die Herkunft der Kleckse, die, allen physikalischen Gesetzen zum Trotz, auf seiner Schulter, seinem Rücken und auf sonstigen Stellen prangten, die zu bekleckern man wahre artistische Leistungen vollbringen musste.

Einem kundigen Blick konnte es nicht schwerfallen, nach genauerer Betrachtung der Fleckensorten auf Anhieb sämtliche innerhalb der letzten Woche verzehrten Speisen aufzuzählen.

Hier im Lager stellte das überhaupt kein Problem dar, zumal auf Rochels Kleidung die ockergelben und schwärzlichen Flecken dominierten; schließlich gab es jeden Morgen schwarzen Kaffee und jeden Abend dieselbe Kartoffelsuppe.

Das nächste Doppelbett stand unmittelbar daneben. Das obere Lager bewohnte der Jüngste unserer Stube. Er zählte höchstens 15 Lenze und besaß rote Haare und wie Peppo eine Vielzahl von Sommersprossen. Er pflegte dauernd vor sich hinzugrinsen. Wenn er sich beobachtet fühlte, lief er rot an und begann noch konfuser zu stottern, als er es ohnehin schon tat. Als Kind hatte er sich bei einem Sturz die Zungenspitze abgebissen und diese auch noch verschluckt, so dass dieser wertvolle Organteil nicht wieder angenäht werden konnte. Kein Wunder, dass ihm die Artikulation der Zischlaute erhebliche Schwierigkeiten bereitete. So kam zu seinem Stottern auch noch ein unübersehbares Lispeln.

Seine Bewegungen waren von einer unnachahmlichen Langsamkeit. So konnten wir uns alle sehr gut vorstellen, welche Schlagkraft der Volkssturm durch seine Anwesenheit gewonnen hatte. Irgendwer in der Stube nannte ihn einmal Baby, und dieser Name ist ihm erhalten geblieben, solange er sein Lager mit uns teilte.

Unter unserem Baby lag ein stummer Zeitgenosse im wahrsten Sinne des Wortes. Es war ein taubstummer Tscheche, der, wie mir Schülke erzählte, nur durch eine tückische Verstrickung der Umstände in unser Lager geraten war. Seine Frau war eine taubstumme Deutsche. Das hatte wohl genügt, um auch den Mann zu verhaften und zum Verhör zu schleppen. In einem kahlen Raum wurden gleich mehrere Deutsche gleichzeitig befragt, wobei sich der Genosse von der Volksmiliz einer besonders originellen Verhörmethode befleißigte.

„Hast du Hitler geliebt?", fragte er den ersten Deutschen drohend.

„N-n-nein, n-natürlich nicht!", war die schnelle, ängstliche Antwort.

„Soso, du hast Hitler nicht geliebt", wiederholte der Mann mit der roten Armbinde ganz leise. Dabei klopfte er mit seinem abgekauten Bleistift ungeduldig auf die zerkratzte

Schreibtischplatte. Dann aber sprang er unvermittelt auf und schrie, dass ihm die Adern auf seinem Hals anzuschwellen begannen: „Sooo, du hast Hitler nicht geliebt, du verlogener nazistischer Hundesohn! Ich werde dir schon beibringen, hier die Wahrheit zu sagen!" Seine Worte aber begleitete er mit ein paar kräftigen Hieben, die er dem Ängstlichen versetzte, weil er so schamlos gelogen hatte.

Schülke war als nächster an der Reihe und glaubte, aus dieser Geschichte gelernt zu haben. Als an ihn dieselbe Frage gerichtet wurde, antwortete er daher etwas voreilig: „Ja, ich habe Hitler geliebt."

„Sieh mal einer an, du hast Hitler geliebt!" Die Stimme des Genossen schwoll an. „Der unverschämte braune Ganove gibt das auch noch zu! Diese deine Liebe werden wir dir schon noch abgewöhnen!"

So musste auch Schülke einige Fausthiebe und Fußtritte über sich ergehen lassen, weil er Hitler geliebt hatte. In Wirklichkeit, fügte Schülke hinzu, hätte er Hitler vom Anfang an nicht ausstehen können. So kam einer nach dem anderen an die Reihe, und keiner fand eine Antwort, die ihm die Prügel ersparte. Auch die Behauptung, Hitler zuerst geliebt, später aber gehasst zu haben, fruchtete wenig.

Dann kam der Taubstumme dran, der überhaupt nicht verstand, worum es hier eigentlich ging. Er stand stumm da und blickte den Tschechen tieftraurig an.

Dieser wurde ungeduldig. „Ich habe dich etwas gefragt, Kerl!", schrie er, und seine Halsschlagader nahm beängstigende Formen an.

Der Stumme öffnete den Mund wie ein Karpfen, breitete hilflos die Arme aus und hob die Schultern.

„Aha, du meinst, wenn du mir keine Antwort gibst, kommst du um deine Schläge herum. Also los, mach' endlich dein Maul auf, du Mistkerl!"

Wieder erfolgte naturgemäß keine Antwort. So hagelten die Schläge auch auf den armen taubstummen Tschechen herab. Er wurde mit den anderen in das Deutschenlager geschafft und eingesperrt.

Der verhängnisvolle Irrtum stellte sich erst viel später heraus. Vorerst aber saß er mit uns im Lager und ertrug sein Schicksal stumm und geduldig, Meist saß er am Fenster und starrte traurig hinaus, obwohl draußen nichts zu sehen war außer dem kahlen, stacheldrahtgeschmückten Bretterzaun, der das Lager umgab.

Wieder durch einen schmalen Gang abgetrennt, standen auf der Fensterseite links noch zwei Doppelbetten dicht nebeneinander. Das obere Bett auf der Gangseite bewohnte Fabricius, ein kleingewachsener, drahtiger Mann mit einem schmalen, braungebrannten Gesicht. Sein schwarzes, gelocktes Haar war eine wahre Pracht, auf die er leider nicht mehr allzu lange stolz sein durfte.

Fabricius war von Beruf Architekt und ließ sich durch nichts seine gute Laune verderben. Da er nie den Mund hielt und den tschechischen Posten gegenüber immer etwas zu meckern hatte, trug er auf seinem Antlitz immer ein paar blaue Flecken.

Die untere Lagerstatt gehörte einem Beinamputierten, der im Lager als Sani beschäftigt war. Hatte er seine Dienstzeit in der Sanitätsstube beendet, eilte er schnurstracks auf die Stube, schnallte seine Prothese ab und legte sich in die Falle. „Mal kurz den Strohsack behorchen", pflegte er dabei zu sagen. Diese Lage bevorzugte er auch in der Sanistube, wobei er die Untersuchungspritsche für sich in Anspruch nahm. Das konnte er sich erlauben, da er im Lager als Sanitäter gewisse Sonderrechte besaß, die auch unsere Bewacher respektierten.

Von Beruf war er Heilpraktiker. Da er aber außer Kopfschmerz und Abführtabletten keinerlei Medikamente besaß, teilte er seinen Kranken bei Beschwerden in der oberen Körperhälfte Kopfschmerztabletten zu, während er Schmerzen in den tiefer gelegenen Regionen mit Abführtabletten zu beseitigen versuchte. Da auch die Anzahl der Mullbinden bei weitem nicht ausreichte, beschränkte er sich meist darauf, gute Ratschläge zu erteilen und schmerzende Zähne mit Hilfe einer riesigen Kombizange herauszureißen. Ich sollte noch ausreichend Gelegenheit erhalten, mit diesem Werkzeug Bekanntschaft zu machen.

Ganz hinten in die äußerste Ecke des Zimmers hatte sich der "Boss" verkrochen. Wir nannten ihn jetzt noch immer so, obwohl an ihm nichts mehr an seinen respekteinflößenden Namen erinnerte. Einst war er der Direktor unseres Gymnasiums gewesen, von allen seinen Schülern und auch den Lehrern zutiefst gefürchtet, mit einer Stimme ausgerüstet, die sämtliche Fensterscheiben der ehrwürdigen Schule zum Erzittern bringen ließ. Böse Schülerzungen behaupteten sogar, dass sich die unzähligen Sprünge in den Wänden und die tiefen Risse an den Decken durch sein Löwengebrüll gebildet hatten. Hinzu kam seine massige, hohe Gestalt, der mächtige Stiernacken, die borstigen, stets steil nach oben gerichteten Haare, die buschigen Augenbrauen, die scharf gebogene Adlernase, der zusammengekniffene Mund und das vorstehende Kinn, ein Anblick also, der selbst den tapfersten Primaner langsam im Boden versinken ließ.

Der Boss war stets ein treuer Anhänger seines Führers gewesen und hatte auch bis zur letzten Sekunde an den Endsieg geglaubt. Zu seinem jetzigen Leidwesen hatte er seine politische Meinung immer sehr lautstark und zu jeder passenden wie auch unpassenden Gelegenheit verkündet.

Und das hatte man ihm nicht vergessen. An ihm ließen sämtliche Aufpasser des Lagers ihre Wut aus, er war die Zielscheibe aller Schikanen und Verhöhnungen. Was hatte der Mann schon an Schlägen einstecken müssen! Morgens

beim Appell ging es schon los. Da musste er mit ausgestreckten Armen vor den angetretenen Lagerinsassen hin und her
hüpfen und dazu auch noch laut singen. Und wenn er nicht
laut genug sein "Häschen, hüpf!" schmetterte, trugen kräftige
Fußtritte zu einer größeren Lautstärke seines Gesanges bei.

Es war schon ein Bild des Jammers, und während sich die
Posten immer wieder aufs Neue amüsierten, standen wir
stumm da und blickten gar nicht hin.

Kein Wunder, dass von dem Boss von damals nichts mehr
übriggeblieben war. Ging er früher hochaufgerichtet und festen Schrittes einher, so hielt er den Oberkörper jetzt weit nach
vorn gebeugt, den Kopf tief gesenkt und den Blick zu Boden
gerichtet. Sein grauer Anzug wies untrügliche Spuren der
schweren Arbeit auf, zu der er täglich abkommandiert wurde.
Übersät mit verschiedenfarbigen Flecken, voller Risse und
Löcher, schlotterte der einst maßgeschneiderte Anzug an
seinem abgemagerten Körper herunter.

Der Boss war ein gebrochener Mann. Er vermied es, uns
in die Augen zu sehen. Wenn er abends von der Arbeit kam,
verkroch er sich gleich in seinen Winkel. Hier saß er stumm
und abwesend auf seinem Lager und starrte stundenlang ins
Leere.

Über dem Boss hauste Karl der Kahle, ein kleiner Kerl mit
einer sommersprossenübersäten Glatze und weit abstehenden Ohren. Wir alle konnten nicht verstehen, wie er trotz der
mehr als mageren Kost noch so dick sein konnte. Er behauptete zwar, das sei bei ihm eine krankhafte Erscheinung, denn
sein Bauch stecke voller Gase, jedoch er konnte nicht verbergen, dass ihn zwei Leidenschaften beseelten. „Ich weiß
nicht, was mit mir los ist", sagte er einmal, „immer, wenn ich
esse, kann ich gar nicht erwarten, bis ich fertig bin und rauchen kann. Wenn ich aber dann rauche, krieg' ich wieder
Hunger!"

Wenn Karl satt war und auch noch zu rauchen hatte, ein Zustand, der bei ihm nur sehr selten eintreten konnte, dann sprang er auf sein Bett und begann mit hoher Fistelstimme zweideutige Lieder zu singen, die allerdings im Laufe seines Gesanges immer eindeutiger wurden.

Auf der gegenüberliegenden Seite des Zimmers standen ebenfalls fünf Doppelbetten. An den Fußenden der Lagerstätten stand auf jeder Seite eine einfache Holzbank ohne Lehne, dazwischen ein vernarbter, schmaler Holztisch. In dem schmalen Gang zwischen zwei Doppelbetten hatte mit Müh und Not noch je ein schwindsüchtiger Spind Platz gefunden, der jeweils für fünf Mann ausreichen musste. Und diese Aufgabe bewältigte er ohne weiteres, da kein Mensch etwas ins Lager gebracht hatte und auch weiterhin nichts mitbringen durfte.

Rechts in der Ecke neben der Tür hatten sich der weißhaarige Herr Svoboda und der stirnglatzige Herr Böhm einquartiert. Sie hatten sich den weitaus ungünstigsten Platz ausgesucht. Wenn ein Posten die Tür aufriss, und die Posten pflegten die Türen immer aufzureißen, so waren Schülke und ich durch die geöffnete Tür verdeckt, während Svoboda und Böhm sich dem Tschechen wie auf dem Präsentierteller anboten. Und da die beiden Bänke und die wenigen Schemel kaum für die Hälfte der Zimmerinsassen Platz boten, pflegten die beiden abends auf ihren Betten zu sitzen. Zu ihrem Glück kamen die Posten mit ihren genagelten Stiefeln stets angestapft wie eine Herde wilder Elefanten. Das schien ihnen so zu gefallen, sie kamen sich wie wahre Männer vor, mächtig und unschlagbar. Uns konnte das nur recht sein, besonders den beiden an der Tür. So konnten sie sich stets rechtzeitig erheben und wurden nie auf den Betten erwischt, was bis 10 Uhr abends bei Strafe verboten war. Und was war denn im Lager nicht bei Strafe verboten!

Svoboda und Böhm kannten sich schon sehr lange, hatten sie doch jahrelang als Mitglieder des Ostrauer Schachklubs im Caféhaus "Royal" so manchen erbitterten Kampf gegeneinander ausgefochten.

Trotz ihres vorgerückten Alters wurden sie gegen Kriegsende doch noch für würdig erachtet, die Reihen des Volkssturmes durch ihre Anwesenheit zu verstärken. Mit je einer Panzerfaust bewaffnet, über deren Bedienungsweise sie nur äußerst unklare Vorstellungen besaßen, waren sie tagelang in der Gegend herumgestreift, hatten dabei ihren Haufen verloren und sich so lange planlos in den Wäldern bei Hultschin herumgetrieben, bis sie das Kriegsspielen endgültig satt hatten. Sie warfen ihre Panzerfäuste in einen Bach und kehrten nach Hause zurück, ohne sich mit Kriegsruhm bekleckert zu haben.

Zu ihrem Glück marschierten in der darauffolgenden Nacht die Russen in Mährisch Ostrau ein. Immerhin konnten sie ihre Zugehörigkeit zum Volkssturm trotz ihrer sprichwörtlich unkriegerischen Gesinnung nicht verleugnen. Sie wurden daher schon in den nächsten Tagen verhaftet und ins Lager gesteckt.

Obwohl sich die beiden bereits seit so vielen Jahren kannten, siezten sie sich sogar hier im Lager, und es störte sie nicht im geringsten, dass sie wirklich die einzigen waren, die das "Sie" gebrauchten.

In Ermangelung von Schachfiguren und einem Schachbrett pflegten die beiden abends blind gegeneinander Schach zu spielen. Das ging dann ungefähr so vor sich:

Herr Böhm, der oben lag, hatte das Los gewonnen und spielte mit Weiß. „d2 - d4", begann er.

Darauf die Stimme von unten: „Ich möchte doch einmal erleben, Herr Böhm, dass Sie eine andere Eröffnung versuchen! Ihr ewiges Damengambit hängt mir allmählich zum Halse heraus."

Herr Böhm von oben: „Wenn Sie mit meiner Eröffnung nicht zurechtkommen, dann geben Sie doch auf, Herr Svoboda!"

Von unten ertönt meckerndes Gelächter. „Vielleicht erinnern Sie sich zufällig noch an unser Turnier 1941, wo ich Sie mit Ihrem Damengambit förmlich am Boden zertrümmert habe!"

Von oben: „Und Sie? Wie beginnen Sie denn? Dauernd mit ihrem stereotypen Königsgambit! Denken Sie an 1942! Wo waren Sie da nach dem 15. Zug?"

Von unten: „Herr Böhm, ich frage Sie: wollen wir nun endlich spielen oder nicht? Ich erwidere mit d7 – d5."

Von oben: „Dacht' ich mir's doch! c2 - c4."

Von unten: „Ich schlage c4 mit d5."

Von oben: „Aha, aha, Sie nehmen endlich einmal an. Das ist aber schön! Dann hole ich mein Springerchen von g1 auf f3."

Die ersten sieben bis zehn Züge ging das meistens ganz gut.

Wir saßen ringsherum, lauschten andächtig und warteten geduldig auf den ersehnten Knall. Und der kam so sicher wie das Amen in der Kirche.

Herr Böhm war am Zuge und schob im Geiste seine Dame von d1 auf a4.

Da ertönte auch schon von unten das misstönende, kicksende Gelächter. „Aber Herr Böhm, ich bitt' Sie, wie können Sie denn Ihre Dame auf a4 stellen, da steht doch schon Ihr Bauer!"

„Aber gehn's, was reden's denn da! Mein Bauer steht auf a3. Ich werd' doch nicht so blöd sein und meinen Bauern auf a4 stellen!"

„Warum denn nicht, Herr Böhm, warum denn nicht? Aber gut, gut, ich gebe wie immer nach. Ihr Bauer steht auf a3. Ich registriere, ihre Dame steht jetzt auf a4."

Eine Weile lief das Spiel reibungslos weiter.

Wir alle aber wussten, dass der Schein trog und warteten gespannt auf den nächsten, lautstarken Zusammenstoß, der meistens mit einem totalen Spielabbruch endete. Und lange brauchten wir in der Regel nicht zu warten.

Diesmal schlug der schwarze Läufer von g7 den weißen Turm auf a1. Das heißt, er wollte schlagen, aber sofort ertönte von oben lautstarker Protest. „Ich bitt' Sie, Herr Svoboda, seit wann können's mit dem Läufer springen? Ihr Springer steht doch auf f6!"

„Aber woher denn, haben Sie denn vergessen, dass ich schon längst auf h5 gezogen bin?"

„Nichts hab' ich vergessen, nichts! Aber auch rein gar nichts! Mit ihrem Bauern sind Sie gezogen. Mit Ihrem Bauern!"

Herr Böhm klatschte sich an die Stirne. „Ihr Gedächtnis, Herr Svoboda, hat wirklich stark nachgelassen. Es ist bestimmt nicht mehr das beste!"

„Passen Sie doch lieber auf Ihr Gedächtnis auf! Ich hab's gestern schon gesagt. Wenn Sie blind nicht spielen können, dann lassen's das lieber bleiben. Ich jedenfalls mache keinen einzigen Zug mehr!" Herr Svoboda war böse. Er machte eine Geste, als wollte er sämtliche Figuren vom Brett fegen, drehte sich ruckartig zur Seite und zog sich, irgendetwas Giftiges vor sich herbrammelnd, die Decke über den Kopf.

„Na denken Sie, ich? Das war mein letztes Spiel, merken Sie sich das, Herr Svoboda!"

Die beiden warfen sich noch ein paar saftige Unfreundlichkeiten an den Kopf und wechselten den ganzen Abend kein Wort mehr miteinander.

Am nächsten Tag war alles vergessen. Sie traten wieder gegeneinander an, während wir Wetten abschlossen, bis zum wievielten Zug das Spiel dieses Mal laufen würde. So vergaßen wir wenigstens für kurze Zeit unser wenig erfreuliches Los.

Das nächste Doppelbett bewohnten die beiden Schmidts. Ich glaube, der eine schrieb sich mit -tt, der andere hingegen mit -d.

Wir nannten der Einfachheit halber den mit dem D am Ende den weichen Schmid, den anderen entsprechend den harten. Spreche ich von beiden gleichzeitig, so werde ich stets "Schmidt" schreiben, damit keiner der beiden zu kurz kommt.

Wenn es bisher keine Doppelbetten gäbe, für die beiden hätten sie unbedingt erfunden werden müssen. Sie hingen nämlich zusammen wie siamesische Zwillinge. Meist saßen sie nebeneinander auf dem unteren Bett, steckten ihre kahlen Köpfe zusammen, hatten stets etwas zu tuscheln und warfen sich verstohlene, vielsagende Blicke zu. Fragte man den einen der beiden etwas, so beugte der sich zuerst zu dem anderen, ein kurzes, eindringliches Gewisper hob an, ehe der andere dann die Antwort gab.

Zurzeit trug jeder der beiden an der Stirn eine große Beule zur Schau. Diese hatten sie sich nur ihrem gegenseitigen Getuschel zuzuschreiben. Eines Abends, als sie von der Arbeit zurückkehrten, wurden sie, wie das so üblich war, am Eingang vom Lagerposten durchsucht. Es war ihr Pech, dass sie diesmal an Václav Smůla gerieten, einem kräftigen, breitschultrigen Bauernburschen mit einem mächtigen Stiernacken. Sorgfältig betastete er die beiden nach verborgenen Schätzen. „Habt ihr auch nichts versteckt?", fragte er drohend.

Darauf flüsterte der weiche Schmid dem harten Schmitt etwas ins Ohr, und dieser antwortete: „Nein, nichts."

„Auch keine Zigaretten?", fragte Smůla lauernd und übelgelaunt, denn er hatte seit Mittag nichts mehr zu rauchen. Seine vage Hoffnung, wenigstens ein paar Zigarettenkippen zu beschlagnahmen, sollte leider schnell zunichte gemacht werden.

Wieder steckten die beiden ihre glattrasierten Kahlköpfe zusammen, ehe sie verneinten.

Das brachte den Posten erst recht in Rage. „Ihr müsst eure Billardkugeln noch mehr zusammenstecken!", brüllte er wutentbrannt, ergriff die beiden Unzertrennlichen mit je einer Hand am Genick und schmetterte ihre Birnen aneinander, dass die Funken stoben. Dann ließ er sie los, und mit recht weichen Knien wankten die beiden ihrer Behausung entgegen.

Unmittelbar neben den zwei Schmidts lag ein ehemaliger Spieß, was er auch beim besten Willen nicht vor uns verbergen konnte. Immer noch schien vorne in seiner zerschlissenen Uniformjacke das einst so gefürchtete Notizbüchlein zu stecken. Wenn er mit jemand eine Meinungsverschiedenheit austrug, kam es sogar vor, dass er unwillkürlich nach oben griff, um das vermeintliche Büchlein hervorzuholen. Uns bereitete diese Geste natürlich einen Heidenspaß, kein Wunder, dass wir stets darauf aus waren, ihn zum Zücken seines Notizheftes zu verleiten.

Über dem Spieß neben dem weichen Schmid schlief Ewald der Schöne, ein blondgelockter, gutaussehender Jüngling. Die Schikanen im Lager, das schlechte, kaum für eine Mahlzeit ausreichende Essen, die ungewohnte, schwere Arbeit, das alles machte ihm nicht so viel aus wie eines: der absolute Mangel an Weiblichkeit. Für ihn existierte zu jeder Tages- und Nachtzeit nur ein Thema: Frauen. Wir konnten uns unterhalten, worüber wir wollten, Ewald brachte es immer fertig, das Gespräch auf sein Lieblingsthema überzuleiten. Unterhielten wir uns über die Unendlichkeit des Alls und die unzähligen Sterne, mischte er sich in die Unterhaltung ein und begann so: „Mein letzter Stern, ich kann euch sagen, das war vielleicht ein Biest!"

Sprachen wir vom Essen, und das kam sehr oft vor, begann er so: „Ich esse am liebsten Erdbeerklöße. Da kannte ich einmal eine blonde Miss, die machte mir erst ein paar Knödel. Und dann... „ Jeden Abend, wenn er sich auf seinen zerschlissenen Strohsack fallenließ, breitete er die Arme aus und rief: „Man reiche mir ein Weib!"

Niemand von uns bezweifelte, dass Ewald besonders großes Glück bei der holden Weiblichkeit besaß und ein Draufgänger war, von dem wir alle lernen konnten. Im Gegensatz zu ihm aber waren wir am Abend stets so ausgelaugt und erschöpft, dass wir den erholsamen Schlaf einem Weib bei weitem vorzogen.

In der rechten Ecke des Zimmers standen nochmal zwei Doppelbetten ohne Zwischengang. Die vorderen, noch leicht zugänglichen Schlafstätten bewohnten zwei recht unterschiedliche Naturen. Unten lag der Malermeister Schober aus dem Sudetenland. Er war zur Beerdigung seiner verstorbenen Mutter aus Neutitschein nach Ostrau gekommen. Sein Pech, dass in der ersten Nacht, die er in der Stadt verbrachte, die Russen einmarschierten. Schober wollte sich noch schnell aus dem Staube machen, wurde aber bald erwischt und war daher einer der ersten, den man ins Lager steckte.

Über ihm, vielleicht, um den Sternen etwas näher zu sein, lag der Astronom. Er war zwar kein studierter Sternenforscher, sondern hatte sich nur nebenbei als sein Steckenpferd mit dem Studium dieses interessanten Gebietes befasst und ein umfangreiches Wissen erworben. Er war gelernter Schornsteinfegermeister, und vielleicht hatten ihn seine Ausflüge auf die Dächer den fernen Sternen so nahe gebracht.

Das letzte, am schwersten zugängliche Doppelbett bewohnten zwei Zeitgenossen, die sich andauernd bekriegten. Die beiden stritten sich, wie man so schön zu sagen pflegt, den ganzen Tag nur einmal, und das immer.

Das Oberbett bewohnte ein mürrischer Kerl, mit dem ich bereits am ersten Tag einen Zusammenstoß erlebte. Seine buschigen Augenbrauen waren über der Nase ganz zusammengewachsen, was seinem finsteren Antlitz einen geradezu teuflischen Ausdruck verlieh. Der messerscharfe, leicht gebogene Nasenrücken ging in eine Nasenspitze über, die man sich spitzer gar nicht vorstellen konnte. Seine schmalen Lippen waren stets zusammengekniffen, die Mundwinkel hingen tief herunter. Auch das Kinn war spitz, und aus dem dürren, faltigen Hals ragte ein gewaltiger Adamsapfel, der sich dauernd auf und ab bewegte. Da er sich aus Prinzip dauernd ärgerte, hatte sein bleiches Gesicht schon eine gelbliche Färbung angenommen. Bei jedem seiner Wutanfälle sträubte sich sein pechschwarzes Haar an einem Wirbel seines Hinterkopfes und richtete sich steil auf, dass er herumlief wie ein Staubwedel. Daran änderte sich auch nichts, als sein Haupt kahlgeschoren wurde. Bereits nach wenigen Tagen war sein Kopf wieder mit einem dichten Flaum bedeckt, aber auch diese kurzen Härchen richteten sich wie die Borsten einer Bürste auf, wenn ihn seine geliebte Wut ergriff.

Es gab keinen in der Stube, mit dem er sich nicht schon gestritten hatte. Da er vom Jähzorn förmlich besessen war, bereitete es uns besonderen Spaß, ihn in Wut zu bringen. Das war eine Kleinigkeit. Es genügte, ein kleines Verschen auf seinen Namen zu reimen, und schon begann er zu schäumen und hüpfte aus seinem Bett.

"Pfotenhauer – Apfelklauer", hatte Rochel einmal ahnungslos gedichtet. Da war Pfotenhauer auch schon aus seiner Falle gesprungen hatte Rochels Bett ergriffen und rüttelte daran wie ein Affe an den Käfigstangen. „Mensch, ich warne dich", schäumte er, „du Bürschchen du, mach dich über meinen Namen nicht lustig, sonst erlebst du was!", drohte er. Und dann ließ er vom unschuldigen Bett ab und wandte sich an uns. „Das gilt übrigens für euch alle", schrie er.

Diesen Fehler hätte er nicht begehen dürfen, denn jetzt wurde er bei jeder passenden und unpassenden Gelegenheit mit einem Verschen bedacht. Und da er daraufhin jedes Mal aus seinem Bett sprang und am Bett des Dichters wackelte, war das für uns Anlass genug, es immer wieder zu probieren.

Unter ihm, ganz hinten in der Ecke, lag ein kleiner Mann mit einem zerknitterten Bulldoggengesicht und hellen Froschaugen. Er hörte auf den schönen Namen Waldemar Korsch. Ich brauche wohl nicht ausdrücklich darauf hinzuweisen, dass auch dieser Name zum Reimen geradezu verlockte. Und mein Nachbar Rochel versäumte auch hier keine Gelegenheit, irgendeinen kleinen Vers an den Mann zu bringen. Während Pfotenhauer wütend und voller Rachedurst an dem Bett des jeweiligen Verseschmiedes rüttelte, war Korsch nicht aus der Ruhe zu bringen. Er war ein überaus friedfertiger Mensch und beschäftigte sich mit Vorliebe mit zweierlei: entweder er rauchte oder er spielte Mundharmonika. Manchmal tat er auch beides gleichzeitig, so dass außer den klagenden Tönen dichte Qualmwolken seiner Mundorgel entstiegen.

Dennoch versetzte Korsch die ganze Stube in Aufruhr. Es waren seine unseligen Gehwerkzeuge, die unsere Riechorgane auf das schlimmste strapazierten. Sobald Korsch sich seiner Beinkleider entledigte, entquoll seinen Füßen ein infernaler Gestank, der sich anscheinend mit Lichtgeschwindigkeit im Zimmer verbreitete, denn fast gleichzeitig ertönte von allen Seiten lautstarker Protest. „Bah, der stinkt ja wieder wie ein ganzer Leichenzug", beklagte sich Böhm.

„Hilfeee, Gasmasken und Stahlhelme aufsetzen, Käsealarm!", schrie Rochel und verkroch sich unter seiner Decke.

„Dem Korsch, dem Orsch, die Füß' sein morsch", deklamierte Peppo und kicherte mit zugehaltener Nase.

Sogar Herr Svoboda wurde zum Dichter: „Und der Pfotenhauer, ist der sauer!", rief er.

Und der war in diesem Falle auch wirklich nicht zu beneiden, denn ihn traf es konzentriert und ohne Umwege. „Das ist ja unmenschlich, du Dreckskerl!", pflegte er zu brüllen. Danach sprang er mit einem Riesensatz aus dem Bett, riss das Fenster weit auf und beugte seinen gesamten Oberkörper weit hinaus.

Korsch war tiefunglücklich. „Was soll ich machen mit meinen Füßen, sie stinken schon immer so. Meine Frau hat mich sogar in der Hochzeitsnacht aus dem Bett geschmissen! 'Da vergeht einem aber auch alles', hat sie damals gesagt."

Auf unser Geheiß stellte er seine Schuhe und Strümpfe hinaus auf den Gang. Dort aber blieben sie nicht lange, da erschien mit zorngerötetem Gesicht der sonst so bleiche Posten Kohoutek. „Welcher Sau gehören die Schuhe da draußen?"

Korsch meldete sich kleinlaut.

„Aber ganz schnell hereinholen, sonst fahr' ich mit dir Schlitten, dass dir Hören und Sehen vergeht!"

Korsch eilte vor die Tür, steckte beim Bücken nach seinen Schuhen schweigend einen kräftigen Tritt ein und stellte seine Treter wieder unters Bett.

Wir litten schweigend einige Tage, bis Fabricius die geniale Idee hatte, Korschens Schuhe und Strümpfe über Nacht an einer Schnur aus dem Fenster hinauszuhängen. So war uns allen gedient, und seit der Zeit war draußen keine einzige Ratte mehr zu sehen.

Damit hoffe ich, die Insassen der Stube 11 vorerst ausreichend beschrieben zu haben. Wir lernten uns sehr schnell kennen, denn wir waren aufeinander angewiesen, und einer brauchte den anderen, wie das so ist, wenn es jedem dreckig geht, wenn der Magen knurrt, wenn man todmüde ist und alle Glieder schmerzen von der ungewohnten Schinderei.

Der Kollaborateur

Von Malermeister Schober, der mit als einer der ersten das Lager bevölkerte, erfuhren wir bald, wie es hier zuging.

Das Essen reichte natürlich bei weitem nicht aus. Morgens gab es nur eine Tasse schwarzen Kaffee, für den die Bezeichnung schwarzer Schweiß noch geschmeichelt war. Mittags gab es gar nichts, und abends klatschte man jedem einen Schöpflöffel Kartoffelsuppe auf den verbeulten Blechteller. Nachfassen durfte man natürlich auch nicht. Zur Suppe bekam jeder eine Scheibe Brot, die man für das Frühstück aufheben konnte.

An der Arbeitsstelle durfte uns niemand etwas zu essen geben, das war unter Androhung von schweren Strafen streng verboten.

Und mit der Arbeit sah es so aus: Da gab es feste Arbeitskommandos, die jeden Tag dieselbe Arbeitsstelle aufsuchen mussten. So blieb zum Beispiel das Arbeitskommando "Eisenbahn" vierzig ehemaligen Parteigenossen vorbehalten. Sie mussten Schienen und Eisenbahnschwellen herumschleppen und zerstörte Eisenbahnlinien in Ordnung bringen. Morgens um 6 marschierten sie los, abends gegen 19 Uhr kamen sie wieder, total erschöpft und dem Umfallen nahe.

Ebenso mies waren die Kanalfritzen dran. So hieß die Gruppe, die durch Bomben oder Minen zerstörte Kanalisationen in Ordnung bringen mussten. Auch diese Knochenarbeit blieb ehemaligen Parteigenossen vorbehalten.

Etwas angenehmer, wenn man überhaupt von angenehm sprechen kann, war die Arbeit in der Gruppe der Straßenkehrer. Oft waren es über 50 Mann, die morgens loszogen, um die Straßen und Bürgersteige vom überflüssigen Schmutz zu befreien. So viele Straßenkehrer wie zu dieser Zeit hatte es in der Stadt bisher bestimmt noch nicht gegeben.

Schließlich forderten auch die Sowjetfreunde hin und wieder ein paar Leute an. Jedoch erfreuten sich diese Arbeiten keiner besonderen Beliebtheit, weil man nie oder nur sehr selten Gelegenheit erhielt, sich irgendetwas zu essen zu organisieren. Und darum drehte sich eben damals alles: den ewig leeren Bauch zu füllen und das bohrende Hungergefühl zu beseitigen.

Zu guter Letzt gab es noch eine Vielzahl kleinerer Arbeitskommandos. Die Auswahl ging ganz einfach vor sich: Ein Tscheche, der auf seinem Grundstück oder an seinem Haus einen Bombenschaden oder einen anderen, durch den Krieg verursachten Schaden nachweisen konnte, ging aufs Amt und erhielt die Bewilligung, je nach Umfang der Arbeit eine festgelegte Anzahl deutscher Arbeitskräfte im Lager anzufordern. Mit dieser amtlichen Bescheinigung ausgerüstet, erschien er morgens am Lagertor und holte sich seine Arbeiter ab, die er dann abends wieder vollzählig abliefern musste. Dafür hatte er im Lager einen bestimmten, nicht zu hohen Betrag zu bezahlen.

Das waren die begehrtesten Arbeiten, wenn man natürlich im Voraus nicht wissen konnte, was einem blühte. Leichte Tätigkeiten waren es nie, meist erwartete die Lagerinsassen eine gehörige Schinderei. Schutt war wegzuräumen, Balken waren zu schleppen, Möbel mussten transportiert werden oder es galt, verschüttete Keller freizulegen.

Eine. Mittagspause während der Arbeit wurde nicht bewilligt. Der Grund war einfach und plausibel: die deutschen Arbeitskräfte durften ohnehin kein Essen erhalten. Oft nur aus Furcht vor der angedrohten Strafe richteten sich die meisten Arbeitgeber danach.

Am Abend trafen die einzelnen Arbeitskommandos so gegen 18 bis 19 Uhr wieder am Lagertor ein. Hier wurde jeder einzelne von den Posten gründlich durchsucht, denn es konnte ja sein, dass er irgendetwas ins Lager schmuggeln wollte.

Sie suchten vor allen Dingen nach Rauchwaren, da sie selbst kaum etwas zu rauchen hatten. Aber auch sonst beschlagnahmten sie alles, was sie fanden: Kartoffeln, Brot, Obst, tschechisches Geld, kurz gesagt alles, was man außer einem Taschentuch bei sich trug.

Im Lager selbst besaßen wir nichts. Wir erhielten jeder ein Stück sandige Seife, dazu ein Handtuch, das so hart war, dass man sich daran die Haut wund rieb, ein Aluminiumbesteck ohne Messer, einen Blechteller und einen Napf aus demselben Material. Außerdem besaß jeder eine Decke, einen abgemagerten Strohsack und ein mit Stroh gefülltes Kopfkissen.

Der Strohsack war bei allen reich bevölkert, denn es gab hier Ungeziefer in reicher Auswahl: fette Wanzen, quicklebendige Flöhe und flink krabbelnde Läuse. Während wir die Flöhe und Läuse mit uns herumtrugen, blieben die Wanzen stets brav zu Hause und beehrten uns des Nachts, um unser ohnehin wenig nahrhaftes Blut abzusaugen.

So war damals die Lage, als man mich ins Lager steckte. Es gefiel verständlicherweise niemand; aber auszubrechen, hatte keinen Zweck mehr. Wo sollte man auch hin, wo sich verbergen? Man konnte nur hoffen, dass dieses Elend bald zu Ende ging und wir nicht zu lange im Lager stecken mussten. Außerdem wird bekanntlich nichts so heiß gegessen, wie es gekocht wird.

Gegen Abend begab ich mich auf die Wachstube und meldete mich bei Dvořák. Smůla, der mich ablösen sollte, schlief bereits. Der Lagerkommandant saß am Tisch hinter der Tageszeitung. „Da bist du ja", blickte er auf, „hast du Hunger?"

Ich war zwar noch ziemlich satt, dennoch bejahte ich. Schließlich konnte man nie wissen, was der nächste Tag so mit sich brachte.

Er warf mir ein Stück Brot zu. „Da, iss! Die Wurst dazu musst du dir schon denken!" Er grinste und beugte sich wieder über die Zeitung.

Ich setzte mich auf die Bank und biss ins Brot.

Ohne aufzublicken, schob mir Dvořák eine Aluminiumkanne mit Kaffee zu. „Hier, nimm dir einen Schluck!"

Ich bediente mich.

„Was sagst du denn dazu, dass euer Hitler kaputt ist?", wandte sich mein Gegenüber erneut an mich.

„Tja, was soll ich da sagen. Es musste ja schließlich so kommen. Ich bin froh, dass alles vorbei ist ", bekundete ich.

„Für die Nazis ist noch lange nicht alles vorbei, das wirst du schon noch sehen. Denen werden wir den Arsch noch ganz schön aufreißen, verlass dich drauf! Und jetzt will auf einmal keiner ein Nazi gewesen sein."

Ich schob mir das letzte Stück Brot in den Mund und trank den Becher leer.

Dvořák sah mich nachdenklich an. „Du kannst jetzt Vacek ablösen. Er steht hinten an der Baracke. Lass dir sein Gewehr geben. Es ist geladen und gesichert."

Ich erhob mich. „Wird gemacht." Ich war schon draußen, als er hinter mir herkam. Ob er sich's doch noch überlegt hatte? Keine Spur! „Du musst noch die rote Binde umtun", grinste er, „es muss ja schließlich alles seine Richtigkeit haben."

Ich streifte mir die damals allgewaltige Binde auf den rechten Ärmel und begab mich an die bezeichnete Stelle.

„Um 11 Uhr wirst du abgelöst", rief mir der Lagerchef noch nach, ehe ich um die Baracke bog. Ich meldete mich bei dem bleichen Kohoutek, der mir zwar einen undefinierbaren Blick zuwarf, mir aber dann widerspruchslos sein Gewehr aushändigte und sich wortlos in Richtung Wachstube verzog.

Da stand ich also wieder einmal auf Posten. Diesmal sollte ich auf meine eigenen Landsleute aufpassen, die ab 22 Uhr ihre Stuben nicht mehr verlassen durften, es sei denn, sie mussten ganz dringend die Latrine aufsuchen.

Es war still geworden im Lager. Alles lag in den Betten, kein Wunder bei der Verpflegung und der schweren Arbeit.

Ich lehnte mich an die Wand der Baracke und überdachte meine Lage. Wieder war eine für mich überraschende Wende eingetreten. Ich war satt, Schläge hatte ich bei dem Kommandanten ohnehin nicht zu erwarten, und wenn ich nachts Posten schieben musste, würde man mich tagsüber wohl nicht an die Arbeit schicken. Wie später alles weitergehen sollte, darüber machte ich mir keine Gedanken. Wozu auch. Es lohnte nicht, sich darüber den Kopf zu zerbrechen. Das hatte ich mir schon längst abgewöhnt.

Vor mir schimmerte im Mondlicht der Maschendrahtzaun, der das Männerlager vom Frauenlager trennte. Auch drüben auf der anderen Seite herrschte Ruhe. Man sah niemand mehr draußen herumlaufen, und das war mir recht, denn der Anblick kahlköpfiger Frauen war nicht gerade erhebend.

Als ich so dastand und meinen Gedanken nachhing, vernahm ich hinter mir ein leises Geräusch. Der Urheber war ein älterer, sehr schlanker Herr, eingehüllt in ein langes, weißes Hemd. Schüchtern näherte er sich mir, stand stramm und bat mit leiser Stimme, dringend die Latrine aufsuchen zu dürfen.

Ich erkannte ihn sofort, meinen Lehrer aus der Volksschulzeit. Fröhlich hieß er, wenn er auch jetzt nicht gerade so aussah. Er trat näher heran und legte die Hände an die vermeintliche Hosennaht. „Ich bitte, die Latrine aufsuchen zu dürfen", wiederholte er. Dann erst erkannte er mich. „Du?..... Sie?", stammelte er verwirrt, „was machen Sie ...." Er unterbrach seine Frage und sah mich ratlos an.

Ich klopfte ihm beruhigend auf die Schulter. „Gehen Sie doch nur. Ich bin nur aushilfsweise hier, als Ersatz sozusagen."

Er nickte. „Aha", sagte er nur. Dann verschwand er, mit seinen Holzschuhen schlurfend, in Richtung Latrine.

Als er wiederkam, versuchte ich, ihm meine prekäre Situation etwas näher zu erklären und schilderte ihm, wie ich zu dieser zweifelhaften Ehre gekommen sei.

Mein ehemaliger Lehrer nickte immer verstehend und zustimmend und machte dabei einen Schritt nach dem anderen rückwärts auf den Barackeneingang zu. „Aha", ließ er dabei vernehmen, „aha", und ich sah ihm an, dass er mir kein Wort glaubte. Schließlich nutzte er eine kleine Pause, um blitzschnell hinter der Tür zu verschwinden. „Dobrou noc!", wünschte er mir noch, ehe er leise die Tür schloss.

Erst gegen Mitternacht erschien Smůla, um mich abzulösen. Er war sichtlich schlechter Laune, heiser, unausgeschlafen, müde. Irgendetwas vor sich hin brummend, kam er an. „Da bin ich", teilte er mir mit.

„Das habe ich gemerkt", rutschte es mir heraus, als ich ihm das Gewehr übergab.

„Werd' mir ja nicht frech, du blöder Deutscher", schnauzte er mich wütend an, „bilde dir ja nicht ein, du könntest dir eine Extrawurst braten!"

Ich zog es vor, nichts zu entgegnen und wandte mich zum Gehen.

„Um sechs Uhr bist du noch einmal dran", brummte er unwillig hinter mir her.

Ich nickte, obwohl er das nicht mehr sehen konnte und begab mich in die Wachstube. Ungeniert legte ich mich auf eine der Pritschen und schlief sofort ein.

Es war draußen noch dunkel, als jemand an meinen Schultern zu rütteln begann, als wollte er mir beide Schultergelenke mitsamt den Schlüsselbeinen herausreißen. Ich riss erschreckt die Augen auf und starrte benommen in ein mir völlig unbekanntes Gesicht, dessen Ausdruck, milde betrachtet, mehr als zornentbrannt war. Der Mann kochte vor Wut, seine strähnigen, dunkelblonden Haare standen ihm förmlich zu Berge. „Du bist also ein Deutscher!", schrie er mich an und schüttelte mich immer noch, obwohl ich ihm deutlich zeigte, dass ich erwacht war. „Antworte, Kerl, oder ich schlage dir deine dreckige Fresse ein!"

Der Bursche hatte gut brüllen. Wie sollte ich denn bei dieser mörderischen Schüttelei überhaupt ein Wort herausbringen. Ich wollte zustimmend nicken, aber mein Kopf pendelte ohnehin auf und ab wie eine Blattknospe im Wind.

„Steh auf, du Miststück!", brüllte er, und seine Stimme überschlug sich.

So ist das immer im Leben: der Mächtige maßt sich an zu schreien, er demonstriert mit seinem Gebrüll seine Stärke, vor der sich der Machtlose, der Ohnmächtige, zu beugen hat. Er muss antworten, aber leise, zaghaft flüsternd.

Ich erhob mich, als er seinen Griff lockerte, und brachte, mit vom Würgen heiserer Stimme hervor: „Ja."

Er begann mich schon wieder zu schütteln wie einen Apfelbaum. „Was ja, was ja, antworte, du Faschist!"

„Ja, ja, ich bin freilich ein Deutscher."

Nachdem der Mann mir mit einem wütenden Ruck die rote Armbinde heruntergerissen hatte, ließ er endlich von mir ab und wandte sich an Dvořák, den ich erst jetzt wahrnahm. Er stand am Ofen und hielt den Blick schuldbewusst gesenkt.

„Du warst mir ja ein äußerst verantwortungsbewusster Lagerkommandant, Genosse Dvořák! Erst verschiebst du Brot aus dem Lager und jetzt stattest du Deutsche mit Gewehren aus! Vielleicht, damit sie uns hier alle umlegen, was?" Lauernd blickte er Dvořák an. „Das wird dir teuer zu stehen kommen, du Kollaborateur! Das schwöre ich dir!"

Dvořák blickte nicht auf und sagte kein Wort. Er schwieg auch, als zwei Polizisten eintraten und ihn mitnahmen. Nicht ohne ein gewisses Bedauern sah ich ihn gehen, denn mir war klar, dass ab sofort ein anderer, etwas heftigerer Wind wehen würde.

Als die Drei gegangen waren, wandte der dunkelblonde Wüterich seine Aufmerksamkeit wieder meiner bescheidenen Wenigkeit zu. „Und du marschierst auf dem allerschnellsten Wege in deine Bude. Ab jetzt bin ich der Lagerkommandant, und ich werde dafür sorgen, dass ihr das sehr schnell kapiert!"

Ich verzog mich.

„Los, hau ab, sonst mach' ich dir Beine, das schwöre ich dir!"

Rein instinktiv beschleunigte ich schlagartig meine Gangart, und daran hatte ich gutgetan, denn der wohlgemeinte Fußtritt erreichte den ihm zugedachten Körperteil nicht mehr. Und in dieser Form ist auch der kräftigste Tritt nichts als eitel Wind.

Ich war kaum draußen, da ertönten auch schon die Trillerpfeifen. Fünf Uhr! Da ich ohnehin bereits unterwegs war, begab ich mich sogleich in den primitiven Waschraum, wusch mich sehr lieblos und oberflächlich, dann holte ich meinen Blechtopf und stellte mich zum Kaffeefassen an. Zu essen gab es ja morgens nichts, schließlich lässt sich's mit vollem Bauch auch nicht gut arbeiten.

Um sechs Uhr standen wir alle in Reih und Glied vor unserer Baracke. Dann ging es auch schon los. Abzählen, nochmals abzählen, ein drittes Mal abzählen, danach die übliche Meldung an den Lagerkommandanten.

Dieser stand breitbeinig vor uns, die Hände in die Hüften gestemmt, die strähnigen Haare tief im Gesicht, den Blick bitterböse auf uns gerichtet.

Dann endlich stimmten die gemeldeten Zahlen mit seiner Liste überein. Er trat zwei Schritte vor und stellte sich mit seinen schlammverschmierten Stiefeln mitten in eine Pfütze. „Ich bin der neue Lagerkommandant und heiße Šubrt, Bohumil

Šubrt", schrie er und blickte in die Runde. Aber er wartete vergeblich auf irgendein Zeichen der Erregung oder der Unruhe. „Eure schönen Zeiten sind vorbei, merkt euch das! Ich werde euch schon Beine machen, das schwöre ich!"

Wir glaubten ihm aufs Wort und sahen ihn bewegungslos an.

„Ich sehe", fuhr er fort, „dass viele von euch noch lange Haare haben. Ich gebe euch genau drei Tage, dann sind die Haare ab, ratzekahl ab, sonst schere ich sie euch persönlich, das schwöre ich euch!"

Die bereits Kahlköpfigen nickten eifrig.

„So, und jetzt an die Arbeit!", beendete unser neuer Lagerchef Bohumil Šubrt seine Einführungsrede.

Es folgten die Kommandos: „Arbeitskolonne Eisenbahn, antreten!" – „Arbeitskolonne Bahnhof, antreten!" – „Arbeitskolonne Kanalisation, antreten!" Eine Kolonne nach der anderen wurde aufgerufen und rückte in Richtung Lagerausgang ab.

Schließlich hatte sich der größte Teil der Lagerinsassen entfernt. Nur wir Neuankömmlinge standen ziemlich verlassen da.

Der neue Lagerkommandant geruhte immer noch breitbeinig in der Pfütze zu stehen und ungeduldig auf - und abzuwippen. Er musterte uns wie die Schlange die Kaninchen. „Soso, wieder ein paar Neue, Langhaarige. Ihr habt ja gehört, was ich angekündigt habe. In drei Tagen sind die Haare ab! Und hier, ihr habt fünf Minuten Zeit, dann sind die Dinger vorschriftsmäßig angenäht!"

Šubrt stieg aus der Pfütze und reichte jedem von uns einen weißen Stoffkreis mit dem schwarzen "N". In jedem Abzeichen steckte eine Nähnadel mitsamt dem Faden. Genäht wurden unsere Erkennungszeichen nebenan im Frauenlager von Frauen, die aus gesundheitlichen Gründen nicht zur Arbeit ausrücken konnten.

Vor mir blieb Šubrt stehen und musterte mich mit zusammengekniffenen Augen. „Da ist er ja, der Posten", höhnte er. Ich blickte ihn todernst an.

„Dir wird das blöde Grinsen schon noch vergehen, das schwöre ich dir!", schrie er mich an und warf das mir zugedachte "N" in den Dreck. Dann ging er weiter, wobei er es nicht versäumte, auf den unschuldigen Stofflappen zu treten. Er blieb sogar darauf stehen und drehte sich nochmals nach mir um. „In fünf Minuten ist auch dein Ding angenäht, aber schön weiß, sonst wirst du selbst aussehen, wie das da, das schwöre ich dir!"

Er ging betont langsam weiter, so das mein Abzeichen allmählich wieder sichtbar wurde, oder zumindest das, was noch weiß geblieben war.

Ich dachte mir meinen Teil, bückte mich und zerrte den unkenntlichen Lappen aus dem Schlamm.

Nachdem auch die anderen Neuankömmlinge versorgt waren, die ehemaligen Parteigenossen erhielten sogar zwei "N", durften wir wegtreten, um unsere Näharbeit zu verrichten. Wir hatten kaum unser Zimmer betreten, da begann auch schon die schwierige Stichelei.

Ich setzte mich tatenlos auf die Bettkante und starrte trübsinnig auf das schlammige Dreckgebilde in meiner Hand.

Rochel hatte inzwischen einen Teil des Kreises mit riesigen, unregelmäßigen Stichen krumm und schief auf sein bekleckertes Hemd genäht, blickte auf, sah mich durch seine Mattscheiben an und begann meckernd zu lachen. Dabei warf er den Kopf zurück, riss den Mund sperrangelweit auf, dass man nicht nur seine gelben Zähne bewundern, sondern auch tief in seinen Schlund hineinblicken konnte. Und während er ein paar meckernde Laute erzeugte, die jeden Ziegenbock in den Schatten gestellt hätten, sah ich hinten im Rachen sein Zäpfchen flattern. Ich muss zugeben, dass ich mich ärgerte. Er hatte ja gut lachen, denn sein "N" ruhte auf makellosem, weißen Grund, wenn es auch grauenhaft anzusehen war, wie er das Ding an seinem Hemd befestigte.

Immer noch lachend, griff er in die Innentasche seiner zerschlissenen Jacke. „Hier, wie wär's damit? Das hat meine Mutter mir noch zu Hause gemacht." Rochel warf mir ein "N" aufs Bett, das besonders genau und sauber auf seinen schneeweißen Untergrund genäht war.

Das verschlug mir beinahe die Sprache. „Du, Rochelinus", sagte ich, „du bist ja ein wahrer Schatz!"

„Es wird Zeit, dass du's merkst. Aber komm, beeil dich, näh das Ding an, sonst schmeißt der Kerl dir das auch noch in den Dreck!"

Hinten in unserer Stube regte sich etwas. Es war der Sani, der anscheinend von seinen Sonderrechten Gebrauch machte und noch ruhte. „Wenn ich euch einen Rat geben darf: näht die Dinger ja gut und genau an, die reißen euch sonst die Lappen jeden Tag ein paarmal ab."

Er hatte gut reden. Schließlich hatte ich nur drei Minuten Zeit, und ein Nähkünstler war ich nie gewesen. Ich begann also wie besessen drauflos zu nähen, zog die Nadel in Wellenlinie außen um den Kreis herum, und es gelang mir tatsächlich noch, bis zum Ablaufen meiner Frist mein Abzeichen so halbwegs anzunähen.

Als wir wieder vor der Baracke standen, schien Šubrt nur darauf gewartet zu haben, mich genauer in Augenschein zu nehmen. Als er mein blütenweißes "N" erblickte, kam er doch ein wenig aus der Fassung. „Mit wem hast du getauscht?", herrschte er mich an.

„Mit niemand", entgegnete ich wahrheitsgemäß.

Er marschierte durch alle Reihen und inspizierte sämtliche Abzeichen. Dann blieb er wieder vor mir stehen und sah mich vernichtend an. „Wo ist das Dreckding, das du saubermachen solltest, will ich wissen!" Seine Stimme bekam einen drohenden Unterton.

Ich wies auf meine linke Brustseite. Šubrts Zornesader schwoll an. „Du denkst wohl, ich bin blöd, was!", begann er erneut zu brüllen, und diese Vorliebe für das Schreien schien eine seiner hervorstechendsten Eigenschaften zu sein. „Aber du wirst mich schon noch kennenlernen. Du wirst bald bereuen, dass dich deine Mutter überhaupt zur Welt gebracht hat, das schwöre ich dir!"

"Was das Bürschchen dauernd zusammenschwört", dachte ich und sah ihn unschuldig an.

Da begann er mich auch schon mit den Fäusten zu bearbeiten, riss mir den schönen Stoffkreis herunter, schleuderte ihn in den Dreck und begann wie ein Veitstänzer darauf herum zu trampeln.

Ich sah ihm ungerührt zu. "Ein Choleriker", dachte ich, "solche Leute muss man gewähren lassen."

Als Šubrt mit seiner Trampelei aufhörte, war von Rochels Abzeichen nichts mehr zu sehen. Er hatte es förmlich in Grund und Boden getreten, man konnte aber deutlich sehen, dass er jetzt zutiefst befriedigt war.

„Los, der ganze Haufen ab zum Besenfassen, aber schnell!"

Wir setzten uns in Bewegung.

„Ich habe gesagt, schnell! Also setzt euch in Bewegung, oder ich mache euch Beine, ihr Faschisten!"

Wir steigerten unser Tempo und liefen zum Geräteschuppen, um hier die primitiven Kehrwerkzeuge in Empfang zu nehmen.

Anschließend formierte sich der Haufe zu einer schier endlosen Kolonne von holzbeschuhten Straßenkehrern.

Šubrt erwischte mich nochmal an der Schulter. Er hatte es irgendwie auf mich abgesehen, was konnte ich dagegen schon machen.

„Heute Abend stellst du dich bei mir vor", zischte er, und

zwar mit einem funkelnagelneuen "N" vorne dran. Aber gleich, wenn du von der Arbeit kommst!"

„Wird gemacht", sagte ich und ging, mit Sicherheit einen kräftigen Fußtritt erwartend. Aber er blieb aus, anscheinend schonte der neue Lagerkommandant seine Kräfte. Wie der Kerl sich das bloß vorstellte! Schließlich konnte ich mir diese vermaledeiten Abzeichen nicht aus den Rippen schwitzen! Neue Besen kehren gut. Auch dieser Bohumil Šubrt wird sich eines Tages beruhigen, davon war ich überzeugt.

Bohumil Šubrt - welch ein schöner, friedlicher Name, wenn man ihn ins Deutsche übersetzte: Gottlieb Schubert.

Das Besenkommando

Wir schulterten unsere Besen und zogen los, um die Stadt vom Unrat des Krieges zu befreien. Ich glaube, so viele Straßenkehrer auf einmal hat es in der Geschichte dieser Stadt noch nie gegeben.

Begleitet wurden wir von zwei bewaffneten Aufsehern. Vorne ging Václav Smůla, der Stiernackige. Er war immer noch sichtlich schlechter Laune, sicherlich war er nicht ausgeschlafen und hatte nichts zu rauchen. Hinten schritt der Rote Eric. Sein wirklicher Name war keinem von uns bekannt, Eric jedenfalls hieß er ganz bestimmt nicht. Er besaß auch keine roten Haare, und seine politische Gesinnung dürfte bei der Namengebung keine Rolle gespielt haben. Eric war von kleiner körperlicher Statur, dürr und drahtig. Dafür aber brüllte er noch lauter als der Lagerkommandant, zumindest vormittags, solange seine Stimmbänder der dauernden Belastung standhielten. Und wenn er brüllte, dann lief sein schmales Gesicht von der Stirn bis zur Kinnspitze purpurrot an. Das hatte ihm wohl seinen Beinamen eingebracht. Erics Jähzorn war beinahe sprichwörtlich; die geringste Kleinigkeit brachte ihn zum Überschäumen. Er steckte voller Hass gegen alles, was deutsch war und musste im Krieg sehr schlechte Erfahrungen mit Deutschen gemacht haben. Wenn nachmittags seine strapazierten Stimmbänder ihren Dienst aufgaben und nur noch heisere Krächzlaute produzierten, begann er in schneller Folge Fußtritte und Fausthiebe zu verteilen, die in der Eile so schlecht gezielt waren, dass er selten traf. Danach blieb er meist keuchend stehen, holte aus der Innentasche seiner Jacke ein halbzerfetztes Notizbüchlein und einen total zerkauten Bleistiftstummel hervor, um mit gefurchter Stirne und hin- und herpendelnder Zungenspitze irgendwelche geheimnisvollen Notizen auf die zerknitterten Seiten zu kritzeln.

Inzwischen näherten wir uns allmählich dem Zentrum der Stadt. Es sah überall recht traurig und verwahrlost aus. An den Straßenrändern türmten sich langgestreckte Bücherhaufen, ein weithin sichtbares Zeichen, dass im anliegenden Haus Deutsche gewohnt hatten. Sobald deren Wohnungen geräumt wurden, warf man alle deutschsprachigen Bücher kurzerhand aus dem Fenster auf die Straße. Auf dem Bürgersteig warteten die Bücherberge darauf, dass man sie wegschaffte, aber das dauerte eben seine Zeit.

Im Vorbeigehen warf ich einen Blick auf die Buchtitel. Alle hatten sich hier eingefunden, die Rang und Namen hatten: Goethe, Schiller, Lessing, Uhland, Heine, da lagen ihre Werke unbeachtet im Dreck, wurden nass vom Regen, vergilbten in der Sonne, und der Wind blätterte die Buchseiten auf und zu und zerfetzte sie.

„Guck mal da, ein ganzer Stoß Karl May! So eine Schweinerei!" Rochel schimpfte. Die weggeworfenen Goethes und Schillers hatte er anscheinend noch verkraften können. Aber Karl May! Das gab ihm den Rest.

Wir waren in die Bahnhofstraße abgebogen. Jetzt wurde der Weg für mich spannend, denn wir näherten uns dem Café "Orient", dem Haus also, aus dem man uns vor ein paar Tagen herausgeholt hatte.

Vor ein paar Tagen! Und doch schien es mir, als wären inzwischen Monate verstrichen.

Wir hatten die Kreuzung erreicht, an der früher der dicke Polizist Lupo gestanden hatte, den wir einmal vom Dach des Eckhauses so lange mit Knallerbsen beschossen, bis er auf der Suche nach den hinterlistigen Schützen sich wie wild im Kreise drehte und den gesamten Verkehr durcheinander brachte. Links die Straße, die zur Evangelischen Kirche und zu unserem Gymnasium führte, rechts die Konditorei, deren Backstube sich unmittelbar neben unserem Hinterhof befand. Dann endlich das Haus mit der Nummer 39. Unten auf dem

Bürgersteig lagen keine Bücher. Keine Bücher, welch ein Glück! Wir besaßen Tausende! Mein Vater schon seines Berufes wegen, und mein Bruder und ich, weil wir geborene Leseratten waren. Auf dem Bürgersteig lag nichts, also war unsere Wohnung bisher noch nicht ausgeräumt worden.

Ich schielte nach oben zur dritten Etage. Die Fenster waren noch mit unseren Vorhängen verhangen. Sonst war nichts zu sehen, nichts rührte sich. Kein Gesicht, das vorsichtig hinter den Gardinen hervorlugte, keine Bewegung. Zu gerne wäre ich hinter dem Haus verschwunden, um mir Gewissheit zu verschaffen. Aber es ging nicht. Also blieb die Ungewissheit, wenn auch vermischt mit einer tröstlichen Beruhigung: die Bücher lagen nicht im Dreck. Noch nicht!

Die Aufteilung der Straßenkehrer ging denkbar einfach vor sich. An jeder Straßenkreuzung mussten zwei Mann stehenbleiben. Sie erhielten den fest umrissenen Auftrag, Straße und Bürgersteig bis zur nächsten Kreuzung von sämtlichen Unrat zu befreien, der sich im Verlaufe der letzten Wochen angehäuft hatte, und diesen auf einen Haufen zusammenzukehren. Falls kein Wind aufkam, bestand die berechtigte Hoffnung, dass die Dreckhaufen bis zum endgültigen Abtransport wenigstens zum Großteil auf ihrem Platz liegenblieben.

Da wir schätzungsweise 100 Feger waren, dauerte es ziemlich lange, bis die letzten von uns an die Reihe kamen. Jetzt ärgerte ich mich, dass ich diesmal meinem Prinzip, überall der Letzte zu sein, nicht ausnahmsweise untreu geworden war. Dann hätte ich vielleicht die Straße vor unserer Wohnung fegen und bestimmt etwas Näheres über das Schicksal meiner Eltern in Erfahrung bringen können.

So aber gelangten wir bis zum "Deutschen Haus ", oder, besser gesagt, zu den Resten des Gebäudes, das sich früher "Deutsches Haus" nannte. Hier hatten sich die Deutschen Ostraus zur ersten Kundgebung versammelt, als die Stadt von den Reichsdeutschen Truppen besetzt wurde, um uns ins Reich heimzuholen.

Ich entsinne mich, dass man mich damals auch hinbeordorte, am Oberarm mit einer Hakenkreuzbinde dekoriert. Ich weiß auch noch, dass mich das historische Ereignis der Besetzung Ostraus nur insofern besonders ergriff, weil am Sonntag darauf die Fußballspiele der tschechischen Liga ausfielen. Das ärgerte mich maßlos, denn der SK Slezská Ostrava sollte damals gegen Slavia Prag antreten, ein Schlagerspiel, auf das ich mich wochenlang gefreut hatte.

Das "Deutsche Haus" diente auch in der Folgezeit neben der Aufführung von Sprechstücken als Ort für alle möglichen Kundgebungen, wobei die Frage im Raume bleibt, bei welcher Gelegenheit mehr Theater gespielt wurde.

Nach der Besetzung der Stadt durch die Sowjetarmee wurde der unergründliche Beschluss gefasst, dieses Haus, obwohl wenig beschädigt, als Symbol deutschen Ungeistes dem Erdboden gleichzumachen. Diese Arbeiten blieben ausnahmslos den Deutschen vorbehalten, als Buße und Strafe für ihre Missetaten. Statt des Theaters sollte hier ein großer Platz entstehen, der heute "Platz des Siegreichen Januar" heißt.

Rochel und ich erhielten den ehrenvollen Auftrag, den Platz vor der Sparkasse zu säubern. Und gerade hier sah es besonders lustig aus. Der Springbrunnen, dessen glitzernde Wasserkaskaden abends mit bunten Scheinwerfern angestrahlt wurden, war ausgetrocknet, sein Wasserbecken mit Unrat gefüllt. Vor dem Eingang neben der Sparkasse häuften sich Berge von Akten und Papieren, die der Wind schon gehörig durcheinandergewirbelt hatte.

Direkt an der Ecke neben der Sparkasse hatte mein Onkel eine Junggesellenwohnung bezogen. Ich hatte keine Ahnung, wo er sich inzwischen aufhielt. Er war, daran erinnerte ich mich noch sehr gut, gegen Ende des Krieges nolens volens in die SA eingetreten. Sein Stolz auf die khakifarbene Uniform hielt sich in Maßen. Mir ist sein erster Tag in Uniform tief im Gedächtnis haften geblieben. Abends, nachdem er seinen Eintritt in diese Organisation mit den anderen Sturmabteilungsmännern gebührend begossen hatte und leicht besäuselt nach Hause kam, nur von dem verständlichen Wunsch beseelt, die drückenden Stiefel von den Füßen zu reißen und sich in die Federn zu stürzen. Als er also, wie bereits gesagt, nach Hause kam und flugs aus seinen Stiefeln schlüpfen wollte, taten ihm die heimtückischen Gehwerkzeuge diesen Gefallen nicht. So sehr er sich auch mühte, weder sein rechter noch sein linker Fuß ließen sich befreien. Der Stiefelknecht zerbrach, die Stiefel rückten keinen Millimeter. In seiner Verzweiflung klemmte der frischgebackene Sturmabteilungsmann den Stiefel unter den Kleiderschrank, klammerte sich fest, zog und zerrte, bis er die Schranktür aus den Angeln riss. Schließlich ließ er sich resigniert und völlig zerschlagen in Stiefeln aufs Bett fallen und verbrachte eine unbequeme, unruhige Nacht.

Gegen Morgen kam die Reinemachefrau. Sie sollte nun meinen geplagten Onkel von der Pein der Stiefel befreien. Sie erfasste sie in bewährter Manier, steckte einige Tritte ein, renkte sich die Schulter aus, stieß mit dem Kopf an den Schrank, bis sie endlich ihre Geduld verlor. Sie holte in der Küche die Geflügelschere, und da sie schon so manche Gans zerlegt hatte, fiel es ihr nicht sonderlich schwer, die teuren Stiefel bis zur Zehenspitze aufzuschneiden.

Dieses Ereignis aus der SA-Geschichte meines Onkels hat bei mir den größten und nachhaltigsten Eindruck hinterlassen.

Nun stand ich vor dem Haus, in dem sich seine Wohnung befand. Und vorne auf dem Bürgersteig, da lagen sie, seine Bücher. Ich kannte sie genau. Er pflegte nämlich in jeden seiner Bände vorne seinen Namen zu setzen, darunter das

Datum, an dem er das Buch entliehen oder gekauft hatte. Im letzteren Fall schrieb er auch noch den Kaufpreis darunter. Auf der letzten Seite standen seine Bemerkungen wie: "Ein miserabler Schinken, gut, dass ich es nur geborgt hatte." Oder: "Ein Meisterwerk, ein Grabstein hoher, menschlicher Gedanken!" Oder: "In höchstem Maße langweilig. Gelesen bis Seite 12, das ist 1/24 dieses Machwerks. Dürfte daher nicht 6 Reichsmark kosten, sondern nur 25 Reichspfennige."

Jetzt lagen sie alle vor mir, diese Grabsteine menschlicher Gedanken, zerrissen, zertrampelt, zweckentfremdet. Ich hob eines auf und blätterte: "Ein mittelmäßiges Buch. Man muss schon entsetzliche Langeweile haben, wenn man es lesen will."

Jemand schlug mir das Buch aus der Hand. „So ist es recht! Da liest dieser deutsche Hund in Büchern herum, statt zu arbeiten!"

Ich drehte mich um und blickte an dem Kerlchen hinunter, der sich so aufspielte. Ein kleingewachsenes, mageres Bürschchen, höchstens 1,55 Meter groß, und so etwas blies sich auf wie ein Kugelfisch. Man sah ihm an, dass er daheim nicht viel oder gar nichts zu sagen hatte.

Es war mir klar, dass ich bei einem Streit garantiert den Kürzeren gezogen hätte. Ich zog es daher vor, mir meinen Teil zu denken, drehte mich um und ergriff meinen Besen in der Absicht, mich Rochel anzuschließen.

Dieser befand sich schon in der Mitte des Platzes, umgeben von einer dichten, rotierenden Staubwolke. Es bereitete mir einige Mühe, bis zu ihm vorzudringen. „Ja bist du denn wahnsinnig, so einen Staub aufzuwirbeln!", hustete ich und kniff die Augen zu, um nicht ein paar Staubkörner einzufangen.

Rochel hielt inne und stützte sich auf seinen Reisigbesen. „Denk doch ein einziges Mal logisch nach! Den Staub, der hier hochwirbelt, den brauche ich doch nicht mehr zu fegen, klar?"

Das allerdings leuchtete mir ein. Also eignete ich mir Rochels Staubaufwirbelmethode an, und zu zweit entfachten wir einen wahren Tornado, der sogar größere Papierstücke nach oben riss. Hin und wieder mussten wir anhalten, um den Staub auszuspucken, der uns zwischen den Zähnen knirschte.

In einer dieser Pausen sagte Rochel: „Die Tschechen sind eigentlich sehr human, dass sie uns mit solchen Besen kehren lassen."

Ich blickte ihn misstrauisch und zweifelnd an.

„No, überleg mal! In Indien haben die Parias Besen ohne Stiele. Die müssen immer auf allen Vieren auf der Straße herumkriechen und den Dreck wegfegen. Und dabei sind sie so ausgemergelt, dass sie schon nach einer Stunde tot umfallen. Stell dir vor, den Tschechen wäre das bekannt und wir hätten solche Besen. Oder wir müssten den Platz mit einer Zahnbürste sauberfegen!"

Ich gab ihm keine Antwort, denn es führte zu nichts, wenn man sich auf seine Hirngespinste einließ. Vor allem seine Wenn-Fragen, die konnten einen Wolkenkratzer zum Einsturz bringen. So fragte er mich einmal: „Wenn du mit dem Fallschirm abspringst und der Schirm geht in der Luft nicht auf, wie möchtest du am liebsten auf der Erde aufprallen, mit dem Kopf, mit den Füßen oder auf dem Bauch?" Oder er warf die Frage auf: „Was möchtest du lieber sein, eine Laus, ein Floh oder eine Wanze?" Dann gab er so lange keine Ruhe, bis man eine Wahl getroffen hatte.

„Ein Floh", sagte man zum Beispiel, bloß um seine Ruhe zu haben. Da kam aber auch schon die nächste Frage: „Warum denn gerade ein Floh?" Erklärte man es damit, dass man doch hoch springen könnte, wollte er wissen, warum man gerne springen wolle.

Oder er begann so: „Wenn du hörst: Nordpol, Südpol. Fällt dir da was Besonderes auf?"

Du überlegst: "Nordpol..., Südpol ..., na ja, eben die Arktis und Antarktis!"

Rochel lächelt überlegen. „Es heißt Nordpol und Südpol, aber findest du einen Polen dort?"

Du greifst dir an den Kopf. „Da kann man doch auch sagen, in Polen, findest du dort einen Nordpol oder Südpol?"

Rochel gibt sich nicht geschlagen. „Das nicht, aber es gibt ja Nordpolen und Südpolen, oder etwa nicht?"

Wie bereits gesagt, es hatte keinen Zweck, sich auf seine Fragerei einzulassen, man strapazierte damit nur unnötigerweise seine Nerven.

Aus diesem Grunde sagte ich auch kein Wort, als er zu berechnen begann, wie lange er brauchen würde, um einen Quadratmeter des Platzes mit der Zahnbürste zu fegen. Schließlich begann er die Größe des Platzes abzuschätzen, um zu errechnen, in welcher Zeitspanne er mit dem zweckentfremdeten Zahnputzgerät den ganzen Platz leergefegt hätte.

Ich ließ ihn rechnen. Schließlich wusste ich aus Erfahrung, dass nichts auf der Welt ihn davon abhalten konnte, seine verschrobenen Gedanken zu Ende zu spinnen.

Inzwischen hatten wir am entgegengesetzten Ende des Platzes die Bank erreicht. Hinter uns zog sich quer über die Steinplatten eine deutlich erkennbare Schneise, die sichtbar wurde, als sich die Staubwolken allmählich verzogen. Die Stufen, die zum Eingang der Bank führten, umsäumten ganze Berge von Akten, Büchern und Papieren. Wir taten so, als wollten wir Ordnung machen, und stocherten mit den Besenstielen in den .Aktenbergen herum. Hier lag nichts, was unser Interesse wecken konnte. Die Bücher befassten sich alle mit Zinsen, Kapital, Finanzen, Krediten, und damit hatten wir wahrlich nichts zu tun. Wir schoben sie daher achtlos beiseite. Bis Rochel plötzlich einen schrillen Schrei ausstieß. „Da, sieh mal, Hardi, ich werd' verrückt!"

Ich wollte gerade bemerken, dass hierzu ohnehin nicht mehr sehr viel fehlte, als er noch einmal zu schreien begann:

„Guck doch mal her, Mensch! Ganze Stöße Geld!" Mit dem Besenstiel schob er ein paar Aktendeckel beiseite, und nun sah ich es auch: 100-Mark-Scheine, 50-Mark-Scheine, sie lagen in Massen da, schön sauber gebündelt, mit einem blauen Papierstreifen zusammengehalten.

Wenn ich ehrlich sein will, so muss ich zugeben, dass mich dieser Anblick wenig berührte. „Wenn das Geld hier auf der Straße liegt, dann ist es auch nichts mehr wert."

„Kann sein. Braucht aber auch nicht zu sein. Ich jedenfalls werde diese wunderhübschen Papierbündelchen erst mal beiseiteschaffen." Sich vorsichtig nach allen Seiten umsehend, begann Rochel die Banknotenbündel hervorzukramen und an der Seite zu stapeln. Dann deckte er sie mit Aktendeckeln und Büchern zu.

„Ich muss irgendeinen alten Sack finden, da steck' ich das Geld rein."

„Und dann?", fragte ich lässig, stand ungerührt da und bewegte keinen Finger. Noch heute könnte ich mich ärgern, wie dumm ich mich damals angestellt hatte.

„Dann? Dann versteck' ich das Zeug da drüben in dem Trümmerhaufen. Irgendwo im Keller. Natürlich nur für ein paar Tage, versteht sich. Und danach wird sich schon ein Versteck finden."

Ich zuckte mit den Achseln. Von mir aus konnte er sich mit dem ganzen wertlosen Papier ausstopfen! Es war doch vergebliche Liebesmühe. So wenigstens dachte ich damals. Und ich irrte mich gewaltig. Und das ist es, was mich noch heute ärgert!

Rochel jedenfalls gelang es tatsächlich, das Geld ins Lager zu schmuggeln und unter unserer Baracke zu verstecken.

Später beschaffte er sich ein größeres Sofakissen, stopfte sein Geld hinein, und als die Deutschen aus der Tschechoslowakei ausgewiesen wurden, schaffte er es, das Geld unbeschadet nach Bayern zu bringen. Es besaß damals noch seine volle Gültigkeit. Soweit mir bekannt wurde, erstand er mit Hilfe seines Kapitals eine Eisenwarenhandlung.

Damals jedoch ahnten wir beide nicht, welche Reichtümer da vor uns auf der Erde lagen. Wer konnte das auch ahnen! Rochel bestimmt auch nicht. Und dennoch machte er das Richtige, vielleicht deshalb, weil er sonst immer das Falsche tat.

Der Vormittag zog sich endlos langsam dahin. Während wir eine Bahn nach der anderen mit unseren Besen bearbeiteten und Unmengen von Staub in Magen und Lungen beförderten, begann der Hunger langsam aber sicher von uns Besitz zu ergreifen. Gleichzeitig begannen unsere Kräfte und die Arbeitslust zusehends zu erlahmen. Wir hatten die der Bahnhofstraße zugewandte Seite des Platzes erreicht und stützten uns erschöpft auf unsere Besen.

„Wenn wir jetzt zwei Kannibalen wären, ganz allein in der Wüste und wir hätten nichts zu essen, kein Krümelchen. Das einzige, was wir hätten, wären ein paar Streichhölzer und Holz", begann Rochel zu meinem Entsetzen wieder einmal mit einer seiner Wenn-Geschichten.

„Kannibalen haben keine Streichhölzer", warf ich ein.

Heribert machte eine wegwerfende Geste. „Nehmen wir eben an, sie hätten zufällig welche. Was denkst du wohl, wie lange sie noch leben könnten, wenn sie sich gegenseitig auffräßen?"

Das war wieder einmal eine typische Rochelfrage, die einem den kalten Schweiß auf die Stirne treiben konnte.

„Was weiß ich! Von mir aus können sie sich gegenseitig ganz auffressen, mitsamt dem Holz und den Streichhölzern.

Rochel furchte die Stirn. „Ich sehe wieder einmal, dass du aber auch des kleinsten Funkens Phantasie entbehrst. Derweil ist die ganze Sache doch ungeheuer einfach." Und er begann, die einzelnen Gliedmaßen aufzuzählen, die sich die Kannibalen nun gegenseitig absäbeln und am Feuer braten konnten. Allein beim Zuhören wurde einem schlecht.

Während er gerade feststellte, dass jeder zumindest einen Arm behalten müsste, da er ja sonst die Bratpfanne nicht mehr halten könnte, kam eine jüngere Frau mit einem Kinderwagen an uns vorbei. Sie warf, ohne uns eines Blickes zu würdigen, einen in braunes Packpapier gehüllten Gegenstand auf einen Bücherhaufen und sagte kaum vernehmbar: „Das ist für euch." Darauf beschleunigte sie ihre Schritte und verschwand, ohne sich noch einmal umzudrehen, hinter der nächsten Häuserecke.

Wir sahen uns an. „Da ist bestimmt etwas zu essen drin", freute ich mich, ging zu dem Bücherhaufen und ergriff ohne Zögern das Paket.

„Oder es ist eine Bombe", platzte Rochel dazwischen.

Im ersten Schreck zog ich die Hand zurück und ließ das Päckchen fallen. Dann überlegte ich mir's noch einmal und hob es wieder auf. „So einen Quatsch habe ich noch nie gehört! Eine Bombe! Das ist wieder einmal einer deiner blöden Einfälle!" Vorsichtig schlug ich das Papier zurück und blickte hinein. Von wegen Bombe. Belegte Brote steckten darin, für jeden zwei Doppelstullen. Hocherfreut klemmte ich die Brote unter den Arm. „Los, Rochelinus, wir verkriechen uns da hinten hinter dem Brunnen und machen erst mal Mittag."

Mein Freund wurde neugierig. „Jetzt mach's nicht so spannend! Was ist denn zu essen drin?", fragte er, während wir, einen verheerenden Wirbelsturm entfachend, die Richtung zum Brunnen einschlugen.

Ich verriet es ihm, was seinen Kehreifer um ein Vielfaches erhöhte. Am versiegten Brunnen angelangt, versteckten wir uns hinter dem Auffangbecken. Hier blieben wir halbwegs unbeobachtet, denn die Bank war geschlossen, und Passanten kamen hier nicht vorbei.

In höchster Eile wickelte ich die Brote aus dem Papier und teilte mit meinem Gegenüber. Jetzt erst merkte ich, wie ausgehungert ich war. Gierig biss ich in das Brot, das sogar mit Wurst belegt war. Im Nu hatte ich die erste Doppelschnitte verdrückt und machte mich an die zweite, als ich mitten im Kauen innehielt.

Irgendetwas war nicht in Ordnung und hielt mich davon ab, weiter zu essen. Mit Rochel stimmte etwas nicht. Er saß da, mit dem Rücken an die Betonwand des Springbrunnens gelehnt, und sah mir durch seine verkleisterten und verstaubten Brillengläser interessiert zu. Seine beiden Stullen aber hielt er unversehrt in seiner Hand.

Was sollte das nun wieder bedeuten? Beunruhigt rutschte ich hin und her und wagte nicht, den halbzerkauten Bissen hinunterzuschlucken. „Warum isst du denn nicht? Ich denke, du hast Hunger?"

„Freilich habe ich Hunger, und was für einen. Aber vielleicht sind die Brote vergiftet."

Ich schluckte den Bissen entsetzt hinunter. „Vergiftet? Die Brote da?"

Rochel nickte gleichgültig. „Warum denn nicht? Vielleicht ist ihr Mann im KZ umgekommen oder so, und sie hat geschworen, alle Deutschen, die ihr in den Weg laufen, aus dem Weg zu räumen."

Ich schluckte noch einmal und betastete meine Magengegend. Rührte sich da nicht schon ein leiser, unbestimmbarer Schmerz? Wenn er nun recht hatte? Wenn das Brot wirklich vergiftet war?

Langsam packte mich die Wut. „Du hast vielleicht Nerven! Da lässt du mich erst ein ganzes Brot verschlingen! Und wenn ich mich tatsächlich vergiftet habe?"

„Dann werde ich auf meine Brote, so leid es mir tut, verzichten müssen", entgegnete dieses Seelenmonster ungerührt.

„Du bist wirklich ein edler Freund! Sitzt da und wartet, bis ich in Todeszuckungen liege. Am besten, du geduldest dich noch, bis ich das zweite Brot aufgegessen habe, du bebrillte Klapperschlange!"

Er nickte zustimmend. „Diese Absicht hege ich." Mich scharf im Auge behaltend, lehnte er sich zurück und sah aufmerksam zu, wie ich wütend das zweite Brot verspeiste. Es schmeckte mir dennoch ausgezeichnet.

„Nun, mundet es dir?", fragte Rochel schließlich lauernd, den Zeigefinger tief in seinem Nasenloch versenkend.

„Ich weiß nicht recht. Die Wurst da, die hat so einen süßlichen Beigeschmack. Vielleicht Blausäure oder Strychnin."

„Oder Menschenfleisch! Das soll auch süßlich schmecken."

Ich würgte. Gut, dass ich alles gegessen hatte, denn bei dem Gerede konnte einem wirklich der Appetit vergehen. "Na warte nur, Freundchen", dachte ich, "dir soll auch noch der Hunger vergehen!"

Inzwischen hatte Heribert sich anscheinend entschlossen, seinem arbeitslosen Magen die ersehnte Beschäftigung zu verschaffen. Vorher vergewisserte er sich noch einmal, ob ich mich auch wirklich absolut wohlfühlte.

Das bestätigte ich ihm gerne und wartete geduldig, bis er das erste Brot hinuntergeschlungen hatte. Etwas anderes kannte ich nicht bei ihm. Er pflegte alles hinunterzuschlingen wie ein junger Hund, ohne seine Kauwerkzeuge besonders zu strapazieren.

Erst als er so richtig in Schwung kam und die zweite Doppelschnitte hervorholte, griff ich gang kurz auf meine Magengegend und ließ ein leises, dennoch aber deutlich vernehmbares Aufstöhnen vernehmen.

Der mit Genuss Essende erstarrte mitten in der Bewegung, bekam Telleraugen und starrte mich besorgt an. „Was ist denn los? Fehlt dir etwas?"

Ich winkte ab. „Ach was, nur so ein leichter Stich in der Maaa... aua, hier in. der Magengegend, da ...auaaa!"

Der gute Heribert begann nunmehr auch seinen Appetit zu verlieren. Er legte sein Brot beiseite, beugte sich vor und drückte mir mit den Händen auf die Magengegend. „Tut das weh?"

Ich zuckte zusammen und quetschte ein banges Stöhnen hervor,

„Geh, Hardi, mach doch keine dummen Witze! Ist dir wirklich schlecht?"

Ich dachte an das süßliche Menschenfleisch und nickte. „Und wie!"

Rochel betastete nach und nach meinen gesamten Bauch und den Unterleib und musste hören, dass es mir überall wehtat. Auch als er meinen Brustkorb untersuchte, musste er feststellen, wie dieser bei der geringsten Berührung schmerzte. Jetzt bekam er es doch mit der Angst zu tun. „Ich hol schnell einen Arzt. Bleib hier liegen, ich bin gleich wieder da!"

Soweit wollte ich es natürlich nicht kommen lassen. Außerdem waren wir jetzt quitt, und er tat mir leid, wie er so dastand und mich ratlos anstarrte. Also richtete ich mich wieder auf. „Bleib hier! Es ist schon viel besser geworden. Das geht bestimmt wieder vorbei."

„Du meinst also, dass das Brot nicht vergiftet war?"

„Hab' ich das denn gesagt? Ich glaube nicht."

Rochels angespannte Miene lockerte sich. Erleichtert ergriff er seine Doppelschnitte wieder, um hineinzubeißen. Dabei schob er die Stulle fast bis an sein Zäpfchen in den Rachen und tat einen kräftigen Biss. Dann begannen seine gelben Kauwerkzeuge mit dem Vernichtungswerk.

„Aber die Wurst hat unverkennbar einen süßlichen Beige-schmack, nicht wahr? Vielleicht ist es doch Menschenfleisch, wie du gesagt hast. Oder das Fleisch von einem krepierten Hund."

Rochels Kaumuskeln stellten erneut ihre Arbeit ein. Er stierte mich an. Sagen konnte er nichts, dazu war das Gehege seiner Zähne zu voll. Er wagte es nicht, den Bissen hinunterzuschlucken; ihn auszuspucken, fiel ihm bei seinem gewaltigen Hunger zu schwer. Also blickte er mich hilfeheischend an und brammelte irgendetwas Unverständliches.

Jetzt tat er mir wieder leid. „Du kannst ruhig schlucken. Das hab' ich doch nur so zum Spaß gesagt."

Er schickte den Bissen auf die Reise und blickte mich vorwurfsvoll an. „Warum redest du so Zeug! Du hättest mir beinahe den Appetit verdorben!"

„Und du etwa nicht? Hast du nicht mit dem Menschenfleisch angefangen und dem Gift? Lässt mich einfach verkosten!"

„Ja sollten wir uns denn beide gleichzeitig vergiften? Einer hätte doch genügt. Und ich bin schließlich drei Monate jünger, du hast schon mehr gehabt von der Welt."

Diesen Argumenten konnte ich mich nicht verschließen. Ich lehnte mich wieder zurück und sah zu, mit welcher Geschwindigkeit die Doppelstulle auf Nimmerwiedersehen hinter seinen Zähnen verschwand.

Dann lehnte er sich aufatmend zurück. „Ist das nicht eine Wohltat, so schön satt zu sein? Jetzt noch so ein kleines Nickerchen, wäre das nichts?"

Ich kannte Rochel. Er wäre imstande gewesen, sich hier der Länge nach hinzulegen und einzuschlafen. Das hatte er in der Schule sogar während einer Griechischarbeit fertiggebracht.

„Du bist wohl wahnsinnig geworden! Es würde schon genügen, wenn die uns hier sitzen sehen. Und wer soll den

Platz fegen?" Ehe er mit irgendwelchen seiner logischen Argumente kam, erhob ich mich und reichte ihm den Besen. „Hier, ergreife deine Zahnbürste!"

Heribert klappte ergeben seinen dürren Körper auseinander, ergriff verdrossen das primitive Kehrwerkzeug und setzte sich in Bewegung.

Ich nahm, vom gleichen Arbeitseifer beseelt, neben ihm Aufstellung. Diesmal erzeugten wir eine breite, staubfreie Bahn in Richtung "Deutsches Haus".

Aus dieser Gegend aber kam uns ebenfalls eine dichte Staubwolke entgegen. Als wir etwas näher herankamen, erkannte ich drei mit Reiserbesen ausgerüstete Gestalten, die augenscheinlich ebenfalls den Platz kehrten.

Ich blieb stehen und beschattete mit der freien Hand die Augen. Rochel hielt ebenfalls in der Bewegung inne. Die Staubschicht auf seinen Augengläsern war inzwischen so dick, dass er wohl nur noch nebelhafte Umrisse wahrzunehmen vermochte. „Was ist denn los?", fragte er.

„Sieh doch nach vorn! Wir haben Gesellschaft bekommen."

Er riss seine Augen auf und starrte mit vorgeschobenem Kopf angespannt nach vorn. „Ich sehe nichts." Dann schob er seine Brille auf die Stirn und kniff die Augen zusammen. „Ach ja, da, jetzt sehe ich etwas. Da kommen ein paar Leute auf uns zu." Er ließ seine Brille wieder auf die Nase fallen. „Ich muss doch tatsächlich wieder einmal meine Brille putzen."

Ich lachte belustigt. Ich musste immer lachen, wenn Rochel sich vornahm, seine Brillengläser einer gründlichen Reinigung zu unterziehen. Es ist mir aber nie widerfahren, Zeuge auch nur einer einzigen der angekündigten Brillensäuberungen zu werden.

Während wir mitten auf dem Platz standen, hatten sich die Gestalten soweit herangefegt, dass wir nähere Einzelheiten erkennen konnten. Es waren Deutsche. Das schwarze "N" auf weißem Grund, die Holzschuhe, die spiegelblanken Glatzen und die Kehrtätigkeit ließen darüber keinen Zweifel aufkommen.

Das war bestimmt nicht beabsichtigt, fünf Deutsche an der gleichen Stelle einzusetzen. Uns konnte diese Fehlplanung natürlich nur recht sein.

Schließlich standen wir uns gegenüber. Ich erkannte, dass es sich um drei ältere Frauen handelte, verbeugte mich tief und rief: „Küss' die Hand, die Damen!"

Auch Rochel wollte demonstrieren, dass er nicht mit dem Schnellzug durch die Kinderstube gefahren war. Er vollführte einen linkischen Kratzfuß, der ihn beinahe aus dem Gleichgewicht gebracht hätte, und begrüßte die Frauen mit "Meine Verehrung, die Frauen Baroninnen!"

Plötzlich schlug eine der Frauen die Hände über dem Kopf zusammen. „Ja, ist denn das die Möglichkeit!", rief sie aus, und beim Klang ihrer hohen, durchdringenden Stimme zuckte ich zusammen.

„Ach du meine gute Güte, der Hardi! Nein, so was!" Sie kam auf mich zu und umarmte mich stürmisch.

Jetzt erst erkannte ich sie, und alle meine Jugendsünden fielen mir wieder ein. Da stand sie vor mir, meine verehrte Klavierlehrerin, Frau Zibulka. Was hatte sich diese liebe Frau immer für Mühe gegeben, mir die Anfangsgründe der Klavierspielkunst beizubringen. Aber alle ihre diesbezüglichen Bemühungen scheiterten an meinem absoluten Desinteresse. Und während ich im Verlaufe der Stunde permanent die falschen Tasten herunterdrückte, hielt sie ihre schlanken Finger an die Schläfen gepresst und stieß spitze Schreie der Verzweiflung aus.

„Ach, guten Tag, Frau Zibulka!", rief ich aus und erwiderte ihre Umarmung. „Bitte verzeihen Sie, aber ich hatte Sie erst gar nicht erkannt. Ihre neue Frisur, wissen Sie!"

Sie drohte mir mit dem Finger. „Ich sehe, dass du dich gar nicht verändert hast. Neue Frisur nennt er das! Übrigens, deine Mama macht sich große Sorgen um dich. Sie konnte nicht erfahren, in welches Lager sie dich gesteckt haben."

„Ich bin in Oderfurt. Und Mama, was macht sie?"

„Da kannst du beruhigt sein. Ihr geht es gut. Sie ist beim Lagerarzt Helferin."

Diese Mitteilung musste ich erst einmal verdauen. Meine Mutter und Helferin beim Arzt. Wo sie doch schon beim Anblick eines einzigen Blutstropfens unweigerlich In Ohnmacht fiel!"

„Deinen Vater haben sie gleich wieder nach Hause geschickt. Sein Glück, dass er nicht in der Partei war. Als er nach dem Verhör heimkam, war eure Wohnung ziemlich ausgeräumt, die Fotoalben zerrissen, Fotos verbrannt, na ja, und viele Sachen fehlten."

Während sie mir diese erfreulichen Neuigkeiten erzählte, waren wir andauernd fleißig. Zu viele Augen beobachteten uns. So erfuhr ich damals auch, dass meine Mutter durch Zufall herausgefunden hatte, wo ich im Keller saß. Sie hatte einem Posten ihren Schmuck geschenkt, dafür sollte er mir ein paar Brote aushändigen. Dass der Mann offensichtlich vergessen hatte, sein Versprechen zu halten, habe ich bereits erzählt.

Dank der Mitarbeit der drei Frauen hatten wir in wenigen Stunden den ganzen Platz mustergültig gesäubert.

Rochel hatte einen zerfransten Sack aufgestöbert und sein vermeintlich großes Vermögen darin verstaut. Dann war er mit seinem Kapital in einer der Hausruinen verschwunden.

Ich stand mit den drei Frauen vor der Bank und wartete, bis der Rote Eric uns abholte.

Plötzlich tippte mir Frau Zibulka auf die Brust. „Sag mal, Hardi, hast du denn kein "N"? Wenn sie dich so erwischen, bekommst du sicherlich schreckliche Scherereien."

Ich berichtete von meinem Pech.

Ohne ein Wort zu sagen, zeigte sie mit dem Finger auf ihr "N", das vorne an der Stelle ihres Mantels prangte. Dann öffnete sie den Mantel und eine verblichene Jacke kam zum Vorschein, auf der wiederum ein "N" angebracht war. Schließlich schlug sie die Jacke zurück, und was soll ich sagen? Auf ihrem dunkelgrünen Pullover strahlte zu allem Überfluss ein drittes "N". „So habe ich wenigstens keinen Ärger.- Aber ich geb' dir eins davon."

Vorsichtig zupfte sie an dem Fädchen, löste den Stoffkreis von ihrem Pullover und überreichte ihn mir.

Freudestrahlend verstaute ich das Abzeichen in meiner Hosentasche und stellte mir das wutentbrannte Antlitz des Lagerkommandanten vor, wenn ich ihm wiederum ein einwandfreies "N" vorweisen konnte.

Indessen aber musste ich mich eilig hinter den Brunnen verziehen, denn vom "Deutschen Haus" her näherte sich ein Aufseher mit Gewehr, um die drei Frauen abzuholen. „Grüßen Sie meine Mutter vielmals von mir, ich werde ihr schreiben", sagte ich schnell, ehe ich in Deckung ging.

„So kommt schon, los, ihr alten Kühe", hörte ich den Burschen rufen, „mit wem habt ihr da eben gesprochen?"

Die Antwort konnte ich nicht mehr verstehen, aber bestimmt war ihnen eine passende Ausrede eingefallen.

Das war heute überhaupt ein wahrer Glückstag. Zuerst die schönen Brote, dann die gute Nachricht über meine Mutter, es konnte eigentlich nichts mehr schiefgehen. Bis auf eines: Wenn unser Wächter aufkreuzte und Rochel immer noch nicht da war.

Besorgt hielt ich daher nach ihm Ausschau und atmete erleichtert auf, als der frischgebackene Millionär endlich an der Hausruine auftauchte. Den Besen hinter sich herziehend, kam er in Riesensätzen wie ein Känguru angesprungen.

Was ich allerdings nicht sehen konnte: von der anderen Seite näherte sich der Rote Eric. Offensichtlich hatte er heute seine Stimmbänder geschont, denn er brüllte schon von weitem: „Wo kommst du denn her, mistiger Kerl?"

Rochel erreichte uns völlig außer Atem. Dennoch blickte er sehr zufrieden drein.

Gleichzeitig hatte der Rote Eric uns auch erreicht. „Ich hab' dich gefragt, wo du herkommst, du faschistisches Stinktier! Antworte, sonst schlag ich dich zusammen wie einen nassen Sack!"

Er zog seinen zerrupften Notizblock aus der Tasche und zückte den angeknabberten Bleistiftstummel. „Und sag mir die Wahrheit, sonst bist du geliefert!" Um seinen drohenden Worten etwas mehr Nachdruck zu verleihen, entsicherte er seine Maschinenpistole und richtete den Lauf auf meinen armen Freund.

„Ich..., ich war da drüben in dem kaputten Haus."

Eric wollte die Antwort in sein Büchlein schreiben, wobei ihm die entsicherte Waffe sichtlich im Wege stand. Er klemmte sie unter seinen Arm und schrieb. „Aha, du warst da drüben in dem kaputten Haus", murmelte er leise, um dann sogleich wieder loszubrüllen: „Und mit wenn hast du dich da drüben getroffen, frage ich dich, mit wem?"

„Getroffen? Ich? Mit niemand."

„Ach ja, was hör' ich da! Mit niemand hat er sich dort getroffen! Sag mir jetzt die Wahrheit, du dreckiger Faschistenbastard!"

Armer Rochel! Da hatte er sich wieder in etwas hineingeritten! Sein rechter Finger schoss ins Nasenloch. „Ich ... war scheißen."

Ich bekam einen Hustenanfall. Man kann sich oft gar nicht vorstellen, wie schwer es einem manchmal fällt, sein Lachen zu verbeißen.

Der Rote Eric ließ ernüchtert den Block sinken. Hatte er insgeheim gehofft, irgendeiner geheimen Spionageaffäre auf die Spur zu kommen oder irgendwelche politische Machenschaften zu entlarven, so sah er sich jetzt um eine grausame Enttäuschung reicher. Aber anscheinend wollte er es noch nicht wahrhaben.

„Das wirst du mir erst beweisen rnüssen", knirschte er, und sein Gesicht war rot wie der Kopf eines Streichholzes. „Also los, komm mit! - Und du wartest hier!"

Ich blieb stehen und blickte den beiden beunruhigt nach. "Jetzt geht's ihm an den Kragen", dachte ich, "den Beweis wird er wohl schuldig bleiben müssen."

Die beiden Gestalten verschwanden im Keller der Hausruine. Es vergingen nur wenige Minuten, dann tauchten sie wieder auf. Schon von weitem konnte ich sehen, dass Erics Antlitz mit holder Röte übergossen war. Rochel schritt neben ihm her und grinste über sein ganzes Gesicht. Es hatte den Anschein, als ob alles wider Erwarten gutgegangen war.

Eric winkte mich herbei. „Los, wir gehen", sagte er nur.

Rochel zwinkerte mir zu. Sollte das Corpus delicti wirklich dagewesen sein?

Er erzählte es mir auf dem Rückweg: „Was hatte ich doch für ein Glück! Nicht weit von der Stelle, an der ich die Moneten versteckt hatte, lagen nämlich zwei gewaltige, frische Haufen. Ich hätte sie bestimmt nicht gesehen, wenn ich nicht in den einen hineingetreten wäre. Deshalb fiel mir gleich diese Ausrede ein." Er lachte meckernd. „Du kannst dir gar nicht vorstellen, was für eine Wut der Eric bekam, als ich ihm das angebliche Produkt meiner Verdauungsarbeit zeigte. Am liebsten hätte er den Finger hineingesteckt und probiert, ob das Ding auch frisch ist! Und außerdem: Wenn der Kerl ein bisschen schlau wäre, konnte er sich doch leicht ausrechnen, dass bei einer derart miesen Verpflegung ein derart überdimensionales Gebilde einfach nicht zu schaffen ist. Und was das Beste war: Danach zieht er doch tatsächlich sein Notizbuch heraus und kritzelt mit gefurchter Stirn etwas hinein.

Das hätte ich zu gerne gelesen! Vielleicht hat er geschrieben: "Beweis angetreten, Haufen vorhanden!"

Wir lachten nur verstohlen, denn schon einige Male hatten uns unsere Leidensgenossen missgelaunte oder verweisende Blicke zugeworfen. Die meisten von ihnen waren erschöpft, ausgehungert, zerschlagen, und sie zeigten daher auch wenig Verständnis für unsere gute Laune.

Müde klapperte der lange Zug hagerer, zum Teil bereits kahlköpfiger Gestalten über das Straßenpflaster dem Lager zu, ein trostloser, deprimierender Anblick, zumindest für uns Deutsche.

Die tschechische Bevölkerung nahm im Allgemeinen wenig Notiz von den unzähligen Arbeitskolonnen, die morgens und abends die Straßen Ostraus bevölkerten. Man hatte sich schnell an diesen Anblick gewöhnt, auch fand man es durchaus in Ordnung, dass die Deutschen für alles büßen mussten. So begegnete man uns oft mit triefendem Hohn oder beißendem Hass, manchmal aber auch mit versteckter Freundlichkeit oder ängstlicher Hilfsbereitschaft.

Lagerleben

Am Abend kam ich zum ersten Mal in den Genuss der Kartoffelsuppe, deren Qualität wie auch Quantität stets unverändert blieb. Von dieser wässrigen Flüssigkeit gab es für jeden von uns nur eine Kelle voll, dazu eine Scheibe Brot, kein Wunder, dass die Einnahme des Abendessens nur wenige Minuten in .Anspruch nahm.

Auf unserer Stube ging es wieder hoch her. Als Rochel und ich eintraten, erschnupperten wir sogleich die Ursache der wüsten Schimpferei, die im Gange war. Korsch hatte sich seiner Schuhe entledigt. Pfotenhauer schoss gerade mit steil aufgerichteten Haarborsten, einem seiner wütendsten Gesichtsausdrücke und zugehaltener Nase aus der Stube, während Böhm sich von seiner Lagerstätte zu Svoboda hinunterbeugte und gerade sagte: „Wie eine sechs Tage alte Leiche, sage ich Ihnen, Herr Svoboda, wie eine sechs Tage alte Sommerleiche."

Unser Taubstummer saß am Tisch und stieß dumpfe Laute aus. „Atta, atta, oaah", klang das. Wir verstanden kein Wort, konnten aber an seiner Miene deutlich erkennen, dass seine Geruchsnerven besonders gut ausgebildet waren.

Korsch, der Stein des .Anstoßes, schwieg verbissen. Er hatte seine nach sechs Tage alten Sommerleichen duftenden Beinkleider längst zum Fenster hinausgehängt und rieb seine Füße mit Puder ein, das ihm der Sani verschafft hatte.

Wie sich erst in der Folgezeit herausstellte, hatte der Ärger mit Korsch jedoch auch sein Gutes. Unsere Stube war unter den Vertretern der Wachmannschaft bald so verschrien, dass die Aufseher ihre tägliche Stubenkontrolle bei uns mit beinahe beängstigender Geschwindigkeit absolvierten, solange ihr Luftvorrat reichte. Meist öffneten sie nur die Tür, zogen fürchterliche Grimassen, murmelten etwas von stinkenden deutschen Schweinen und verschwanden wieder. Dafür hielten sie sich dann umso länger in den Nachbarstuben auf, räumten Schränke aus, warfen Betten durcheinander, teilten Fußtritte und Ohrfeigen aus, dass es nur so hagelte. Aus diesem Grund richteten wir es bald so ein, dass Korsch gegen 19 Uhr seine Schuhe und Strümpfe ausziehen musste. Sobald die Zimmerkontrolle vorbei war, hängte er Schuhe und Strümpfe aus dem Fenster, um sie gegen 22 Uhr vor der Nachtkontrolle noch einmal hereinzuholen. So nahmen wir zwar ein großes Opfer auf uns, wählten aber dennoch das kleinere Übel.

Mit der Zeit gewöhnten sich die Posten daran, unser Zimmer nur im äußersten Notfall zu betreten, so dass sie auch dann nicht mehr eintraten, wenn Korsch nicht anwesend war.

Der Abend ging dahin wie in der Folgezeit die meisten Abende. Wir saßen halbnackt herum und durchsuchten sämtliche Falten unserer Hemden nach Läusen und Flöhen, wenn auch die ganze Knackerei wenig Sinn hatte. Während dieser Tätigkeit lauschten wir gespannt einer blinden Schachpartie zwischen Böhm und Svoboda, die diesmal nach dem zwölften Zug mit Pauken und Trompeten zu Ende ging. Darauf folgten die gegenseitigen Versicherungen, dass dies die allerletzte Partie gewesen sei, die man gegeneinander ausgetragen hatte.

Als ich die Zahl meiner Läuse um ein Erkleckliches dezimiert hatte, kletterte ich auf mein Bett und streckte mich auf meinem Strohsack aus. Hier fühlte ich mich nach den vier Tagen im Keller doch viel wohler. Ich versuchte, schnell einzuschlafen, denn morgens um fünf Uhr ertönten die Trillerpfeifen der Lagerposten.

Soeben hatte ich die Schwelle, die in das Reich der Träume führte, überschritten, als mich jemand zu rütteln begann. Noch halb benommen hörte ich Rochels Stimme: „Hardi? Schläfst du schon?"

Ich drehte mich herum und starrte ihn giftig an. „Natürlich schlafe ich schon, das siehst du doch!"

Rochel ließ sich nicht aus der Ruhe bringen. „Hör mal, ich muss dir etwas sagen."

Ich schwieg.

„Hörst du mir zu?"

Ich schleuderte giftige Blicke.

„Also, Hardi, ich habe wieder einmal eine phantastische Entdeckung gemacht."

„Das wird schon so was sein! Deine Entdeckungen kenne ich."

„Du wirst staunen! Also pass auf; Kitzel mich mal!"

„Was soll ich?"

„Du sollst mich mal kitzeln! Ist das so schwer zu kapieren?"

Ergeben stieg ich von meinem Bett herunter und begann den genialen Entdecker zu kitzeln. Rochel hüpfte dabei auf seinem Bett herum und kicherte wie eine alte Jungfer. „Hier, seitlich an den Rippen, ja, hihiii, hihiii, genug, genug!"

Ich stellte die blöde Kitzelei ein.

„So, und jetzt werde ich dich kitzeln. Wo bist du denn am kitzlichsten?"

„Was, ich soll auch gekitzelt werden? Was soll das denn geben, wenn es fertig ist?"

Rochel zog eine geheimnisvolle Miene. „Du wirst schon sehen, mein Lieber! Und du wirst sprachlos sein! Also wo soll ich dich kitzeln?"

Ich zeigte ihm meine empfindlichsten Stellen und ließ die Kitzelei geduldig über mich ergehen.

Endlich hielt Rochel ein. „So und jetzt kommt's: Jetzt kitzle dich mal selbst! Und ich werde mich kitzeln."

Ich versuchte, aber es klappte nicht. Auch Rochel ließ sein Hihiii vermissen.

„Na, was sagst du jetzt", fragte er mich.

Ich war ein einziges Fragezeichen.

„Nun erkläre mir mal, wie das kommt. Wenn dich ein anderer kitzelt, dann hüpfst du herum wie ein Sandfloh. Aber wenn du dich selber kitzelst, dann klappt's nicht. Ist das nicht interessant? Darüber werde ich später einmal ein Buch schreiben."

Völlig entnervt stieg ich auf mein Bett, drehte mich zur Wand und zeigte ihm mit Hilfe meiner Kehrseite, was ich von dieser seiner Entdeckung hielt.

Und wie das so ist im Leben: während ich vorhin sogleich eingeschlafen wäre, wälzte ich mich von einer Seite auf die andere und blieb lange Zeit hellwach. Ich lag da und lauschte auf die mannigfaltigen Geräusche, die von allen Seiten auf mich eindrangen. Die meisten der Stubeninsassen waren schnell eingeschlafen. Die ungewohnte Arbeit bei so mangelhafter Verpflegung machte jedem zu schaffen und schwächte die Widerstandskraft. Unruhig wälzten sich die Schläfer hin und her. Die Strohsäcke raschelten, die Betten ächzten und quietschten. Aus der Böhm-Svoboda-Ecke ertönten Schnarchgeräusche in der Größenordnung eines Flugzeugmotors. Irgendeiner erzeugte einen hohen Pfeifton, gleichzeitig erscholl ein winselndes Säuseln, unterbrochen von einem sägenden Rasseln. Hinzu kamen die unverkennbaren Kratz- und Schabelaute, die entstehen, wenn Fingernägel über die Haut fahren. Die meisten kratzten und juckten sich im Schlaf, kein Wunder bei der großen Auswahl an Wanzen, Läusen und Flöhen, die unsere Strohsäcke und uns selbst bevölkerten. Nur Schülke unter mir rührte sich nicht. Er schnarchte nicht, er kratzte sich nicht, er lag da wie eine Holzpuppe und schlief. „Auch das Schlafen ist eine reine Willenssache", pflegte er zu sagen, „das Schlafen wie auch das Aufwachen."

Während ich so dalag, spürte ich deutlich, wie mir ein Läusebiest quer über den Bauch lief. Von links, südlich am Nabel vorbei nach rechts hinüber. Diese Läuse! Sie plagten mich am meisten. Mein Blut schien ihnen zuzusagen, denn sie stürzten sich von allen Seiten auf mich, verbargen sich in raffiniertester Weise in den Falten meiner Unterwäsche und setzten sich vor allem an Stellen fest, die ich aus eigener Kraft nicht erreichen konnte. Flöhe machten mir weniger zu schaffen. Und Wanzen? Sie mussten schon beim Wittern meines Blutes eine unüberwindbare Abscheu empfinden, denn sie ließen mich immer ungeschoren und stürzten sich mit doppeltem Eifer auf meine Mitmenschen.

Ich dachte an meine Lazarettzeit in Königgrätz. Damals lag ich mit vierzehn Mann zusammen in einem völlig verwanzten Krankenzimmer. Die Wände, auf denen wir die vollgesaugten Wanzen zerquetschten, erinnerten an einen Sternenhimmel, bedeckt mit Sternen, Kometen und Sternschnuppen aller Größen. Nachts nahmen alle Reißaus und schliefen auf Liegestühlen auf den Gängen. Ich blieb als einziger in meinem Bett. Und da ich das einzige vermeintliche Opfer war, versammelte sich über mir auf der Decke die gesamte, erlauchte Wanzengesellschaft. Es war totenstill, und ich konnte im Dunkeln deutlich hören, wie die Tierchen sich von oben auf mein Bett fallen ließen.

"Ptsch", hörte sich das an, immer wieder "ptsch". Weiter geschah nichts. Sie landeten zwar auf meiner Bettdecke, wandten sich aber dann mit Abscheu ab und ließen mich in Ruhe. Das waren meine letzten Gedanken, als ich endlich einschlief.

Wenn morgens das schrille Trillerpfeifenkonzert ertönte, schien es einem immer, als habe man sich soeben erst zur Ruhe gelegt. Dann kam das lästige Waschen unter einen dünnen Rinnsal, das sich aus dem rostigen Wasserhahn quälte, das Scheuern mit einer steinharten Sandseife, das Abtrocknen mit einem Handtuch aus Holzstoff, das sich anfühlte wie Schmirgelpapier. Anschließend gab es eine Tasse dünnen, schwarzen Kaffee, dann folgte das Antreten vor der Baracke, endloses Abzählen und der Abmarsch an die Arbeitsstelle.

Rochel und ich waren wieder bei den Straßenkehrern gelandet. Unsere Hoffnung, noch einmal an derselben Stelle eingesetzt zu werden, erwies sich als trügerisch. Diesmal warteten andere Straßen und Plätze auf unsere flinken, nimmermüden Besen. Ostrau ist ja schließlich eine Großstadt. Es gab hier sehr viele Straßen und Plätze, und es schien, dass wir für die nächsten Monate ausreichend mit Arbeit versorgt sein würden.

Leider hatten wir während der folgenden Tage nicht so viel Glück wie am ersten. Nirgends bekamen wir etwas Essbares zu Gesicht, und unsere Mägen knurrten wie eine hungrige Hundemeute.

Eines Abends ging es in unserer Stube wieder einmal besonders turbulent zu. Angefangen hatte es damit, dass Rochel mit tödlicher Selbstverachtung Korschens Strümpfe aus seinem Depot unter dem Fenster hervorgeholt und sie unter Pfotenhauers Kopfkissen gelegt hatte. Dieser pflegte sich nach dem Abendbrot kurz hinzulegen, was er auch an diesem Tag völlig ahnungslos tat. Nach kurzer Zeit war er von dem Gestank, der ihn umgab, derart benommen, dass er halb ohnmächtig aus seinem Bett wankte. Schließlich entdeckte er unter seinem Kissen die Strümpfe und begann zu toben wie ein Berserker. Natürlich verdächtigte er den völlig unschuldigen Korsch, diesen schandhaften Frevel begangen zu haben. Nachdem der Arme seine Unschuld überzeugend beteuert hatte, schwor Pfotenhauer dem noch unbekannten Täter bittere Rache. Den Rest gab ihm ein Verslein, das Rochel vom Stapel ließ:

„Der Pfotenhauer rümpft den Zinken, da Korschens Strümpfe grauslich stinken." Wutentbrannt rannte er im Zimmer von einen zum anderen. „Warst du das?", fragte er jeden, und seine spitze Nase nahm eine gelbliche Tönung an. Und jedes Mal, wenn er ein grinsendes Nein vernahm, zitterte er vor Wut, und seine Haare sträubten sich.

Als aus der Svoboda-Böhm-Ecke, wenn auch mit gedämpfter Stimme, so doch deutlich vernehmbar, zu allem Überfluss der Vers ertönte: „Pfotenhauers Zinken zittert, wenn er Korschens Mauken wittert!", raste er wutentbrannt und wie ein defekter Dampfkessel fauchend, aus dem Zimmer und schmetterte die Tür mit Wucht hinter sich ins Schloss.

Leider hatte die Sache damit noch nicht ihr Ende gefunden. Der zweite Akt begann damit, dass Rochel mich herbeirief. „Schnell, Hardi, komm her, es juckt auf Sieben!"

Zum besseren Verständnis möchte ich hier nachholen, dass wir die für uns nicht erreichbaren Rückenpartien von links oben bis rechts unten in neun Quadrate eingeteilt hatten. So fielen zeitraubende Ortsbestimmungen wie tiefer, mehr rechts, höher usw. weg.

Während Ich zielsicher an der Juckstelle zu kratzen begann, teilte ich ihm mit, dass auch ich ein heftiges Jucken auf der Zwei und gleichzeitig auf der Sechs verspürte. So standen wir also da und kratzten uns gegenseitig, als Korsch aus dem Waschraum zurückkehrte. Er ging barfuß, denn seine Schuhe und auch die verhängnisvollen Strümpfe hingen bereits zum Fenster hinaus. Als er unsere Kratzerei sah, blieb er stehen. „Das ist wirklich bald nicht mehr zum Aushalten mit diesem Ungeziefer. Die ganze Nacht konnte ich nicht richtig schlafen wegen dieser dauernden Juckerei."

Rochel hielt inne. „Wie, dich beißen sie auch?"

Korsch wunderte sich. „Na freilich! Und wie sie mich beißen."

Rochel schüttelte erstaunt den Kopf. „Das glaub' ich nie und nimmer. Sobald so ein Tierchen bei dir unter die Decke gerät, fällt es doch sofort in Ohnmacht oder es geht ein wie eine Primel."

Korsch ging mit vollem Ernst auf diese Behauptung ein: „Das ist nicht gesagt." Er machte eine weitausholende Geste, um den nachfolgenden Satz zu unterstreichen. Er kam aber nicht mehr dazu, etwas zu sagen, denn hinter ihm war Pfotenhauer aufgetaucht. Dieser hatte sich draußen in einer Büchse Wasser heißgemacht, um sich zu rasieren.

Korschens ausgestreckte Hand traf genau die Büchse. Diese entglitt ihrem Besitzer, verspritzte ihren Inhalt, und rollte polternd unter Svobodas Bett.

Pfotenhauer lief rot an. Seine Wut von vorhin war noch nicht verraucht, und nun kam dieses Ärgernis hinzu. „Kannst du nicht aufpassen, du dreckiges Stinktier!", schrie er mit überschnappender Stimme den armen Korsch an, der betreten dastand und am liebsten hinter der Büchse unter das Bett gekrochen wäre. „Sofort holst du die Büchse und besorgst mir neues Wasser!", brüllte er mit unverminderter Lautstärke.

„Gehn's, was schreien's denn da umeinand", ertönte Böhms Stimme aus der Ecke, „was machen's denn um das bisserl Wasser so anen Wirbel!"

Angriffslustig wandte sich Pfotenhauer dem braven Böhm zu. „Stecken Sie doch Ihre Nase in ihren eigenen Dreck, Sie…!"

„Pass doch lieber auf dein spitzes Ungetüm auf", mischte sich Rochel ein, „mit dem kannst du ja deine Bratkartoffeln aufpicken."

Allgemeines Gelächter ertönte.

Wutschnaubend drehte sich Pfotenhauer um und hatte mit drei langen Schritten Rochels Schlafstelle erreicht. Er begann an dem Bett zu rütteln, als ob sein Leben davon abhinge. „Mit dir Rotznase werde ich gleich andere Saiten aufziehen, dass dir Hören und Sehen vergeht!"

Rochel hielt sich an den Bettkanten seiner schwankenden Lagerstelle fest und begann zu singen: „ Auf Matrosen, ohee, in die wogende See."

Von unten meldete sich Peppo: „Was du musst zu Hause aufpassen, dass du nicht mit Nase an Mebel stößt, sonst das gibt lauter Kratzer!"

Aus der Böhm-Svoboda-Ecke ertönte schrilles Gelächter.

Der weiche Schmid beugte sich zum harten Schmitt und flüsterte ihm etwas ins Ohr, worauf dieser ebenfalls anfing zu lachen.

„Als Brieföffner, sagtest du, als Brieföffner", kicherte er und wisperte wiederum dem weichen Schmid etwas in den Gehörgang, was dieser mit einem gellenden Gelächter quittierte. „Dosenöffner ist auch gut", rief er und hielt sich den Bauch.

Indessen schaukelte Pfotenhauer Rochels Bett immer heftiger. „Ich kann mir ja denken, wer mir die Strümpfe unters Kopfkissen gelegt hat! Aber ich komm' dir noch dahinter, Bürschchen!"

Rochel hielt sich immer noch krampfhaft fest. „Hilfeee!", rief er, „ich werde seekrank, Leute! Ach du Scheiße!"

„Ja, das ist alles, was ihr könnt. Mit ordinären Ausdrücken um euch werfen. Pfui Teufel!" Pfotenhauers Kondition reichte nicht mehr länger. Er ließ das Bett los und schrie, uns zugewandt: „Ihr werdet mich noch kennenlernen, ihr, ihr...., alle werdet ihr mich kennenlernen. Und wenn ich zum Kommandanten gehe!"

Zum ersten Mal mischte sich Schülke ein: „Ach, sind Sie doch endlich ruhig! Sie sind doch der Schlimmste von allen. Sie provozieren doch jeden Streit selbst."

„Ja, das tut er, Himmel, Pops und Faden", pflichtete ihm Rochel bei, „ich wäre beinahe über Bord gegangen."

Und als von allen Seiten zustimmendes Gemurmel ertönte, wurde es Pfotenhauer wieder zu viel. Er warf uns noch einmal einen seiner mörderischen Blicke zu, dann rannte er zum zweiten Male hinaus und drosch die Tür mit solcher Wucht zu, dass das Fenster aufsprang. Unmittelbar darauf ertönte draußen ein Klatschen, danach mehrere dumpfe Geräusche und die unverkennbare Stimme Šubrts: „Du bist wohl überge-schnappt, du verfluchtes, dürres Ekel! Ich werde dir schon austreiben, mit Volkseigentum so umzugehen!" Und noch einmal ertönten ein paar unverkennbare Laute.

In die andächtige Stille platzte Rochels Stimme: „Der Pfo-tenhauer, dieser Liebe, draußen steht er und kriegt Hiebe."

Wir sahen uns bedeutungsvoll an und grinsten. Böhm sprach aus, was wir alle dachten: „Die paar Watschen hat er schon verdient, der grantige Pülcher."

Dann winkten wir Korsch zu, schnell seine Schuhe mit In-ventar hereinzuholen.

Leider aber nahmen wir dieses Opfer an diesem Abend vergebens auf uns, denn unser Lagerkommandant ließ sich in unserer Stube nicht blicken.

Nur ein Brief

Am gleichen Abend noch erhielt ich unerwarteten Besuch. Ich hatte soeben die achte Laus erlegt, es handelte sich um ein erlesenes, wohlgenährtes Exemplar, als die Tür aufging und mein ehemaliger Lehrer aus der Volksschulzeit, Herr Fröhlich, eintrat. Er schaute sich suchend um. Als er mich erspäht hatte, kam er näher. „Ich soll dir Grüße von deiner Mutter bestellen", sagte er und nahm am äußersten Ende der Bank Platz.

Ich war außer mir vor Freude. „Wie geht es ihr? Was macht sie? Ist sie noch beim Lagerarzt? Wo haben Sie sie gesehen?"

Die Fragen sprudelten mir nur so über die Lippen.

Lehrer Fröhlich verzog sein ernstes Gesicht zu einem kurzen Lächeln. „Das sind zu viele Fragen auf einmal, aber deiner Mutter geht es, den Verhältnissen entsprechend, gut. Beim Lagerarzt ist sie jedoch nicht mehr beschäftigt. Das ging einfach nicht. Bei jedem Tröpfchen Blut, das sie zu Gesicht bekam, fiel sie in Ohnmacht. Der Arzt hatte aus diesem Grund so viel mit ihr zu tun, dass er sich kaum noch um seine Patienten kümmern konnte. Deine Mutter arbeitet jetzt in der Bar des "Palace-Hotels". Sie macht dort sauber. Ich arbeite auch dort. Sie lässt dir sagen, dass du ihr schreiben sollst. Bring mir morgen Abend den Brief, ich gebe ihn ihr dann."

Mein lieber Lehrer blieb keinen Augenblick länger. Es schien, als ob er mir immer noch nicht so recht trauen wollte. Die erfreuliche Botschaft aber, die er mir übermittelt hatte, besserte meine Stimmung erheblich, und ich beschloss, den Brief sogleich zu schreiben.

Das jedoch war leichter gesagt als getan. Ich besaß kein Stückchen Papier, geschweige denn einen Bleistift. Hier konnte nur der Sani helfen.

Er lag natürlich, wie immer um diese Zeit, auf seinem Bett und behorchte seinen Strohsack.

Vorsichtig stieß ich ihn an. „He, Sani, hast du ein Stückchen Papier für mich?"

Er brummte unwillig, hob den rechten Augendeckel und blickte mich mit einem Auge vorwurfsvoll an. Dann begann er zu grinsen. „Nimm doch ein kräftiges Grasbüschel, Junge." Das Auge schloss sich wieder.

„Komm, red' keinen Quatsch, ich will doch einen Brief schreiben!"

Wieder ging das rechte Auge auf. „Greif in meine Sanitasche, da ist ein Heft. Reiß dir ein paar Seiten raus!"

„Und einen Briefumschlag?"

Das Auge klappte wieder zu. „Findest du auch im Heft."

„Hast du auch einen Bleistift oder etwas Ähnliches?"

Zum letzten Mal wanderte das Augenlid nach oben. „Beim Verbandzeug liegt, glaube ich, so ein Stummel. Und hau endlich ab! Oder soll ich dir den Brief auch noch schreiben?"

Eilig kramte ich den Bleistift hervor und kroch auf mein Bett. Es war knapp vor 10 Uhr, als ich mit dem Schreiben begann.

"Meine liebe Mama, ich will recht klein schr...", begann ich, dann ging unerbittlich das Licht aus. Sorgfältig versteckte ich das kostbare Papier und den noch kostbareren Umschlag unter dem Strohsack und verschob das Briefeschreiben auf den nächsten Tag, der ja bekanntlich klüger ist als der letzte Abend.

Aber diesen nächsten Tag sollte ich so bald nicht wieder vergessen. Als ich nämlich meinen Brief abgefasst hatte, beschloss ich, diesen sogleich zu meinem ehemaligen Lehrer zu bringen.

Welcher Teufel mich damals ritt, weiß ich nicht, jedenfalls verließ ich fröhlich pfeifend unsere Baracke und hüpfte, den

Brief wie eine Fahne in der Hand schwenkend, die Holztreppe hinunter. Viel zu spät sah ich aus den Augenwinkeln heraus eine Gestalt direkt auf mich zukommen. Ich erstarrte mitten in der Bewegung. Ei der Teufel, der Lagerkommandant höchstpersönlich, schoss es mir durch den Kopf. Der hatte mir gerade noch gefehlt! Da gab es nichts wie kehrt und zurück in die Baracke. Mit zwei Sätzen erreichte ich den Gang, schlug die Tür eilig hinter mir zu und rannte den langen Flur entlang. An der Tür zu unserem Zimmer blieb ich kurz stehen. Die Tür aufreißen, den Brief hineinwerfen, die Tür schließen und langsam weitergehen, das war eins.

Aber es war nicht schnell genug. Šubrt hatte längst die Tür aufgerissen und lief hinter mir her. „Bleib sofort stehen, oder es knallt!", schrie er.

Im Laufen blickte ich zurück. Da er seine Maschinenpistole im Anschlag hielt und auch sonst einen überaus wütenden und gleichzeitig entschlossenen Eindruck machte, glaubte ich ihm seine Drohung gern. Also blieb ich gehorsam stehen, wandte mich ihm zu und erwartete ihn.

„Was hast du da eben in der Hand gehabt!", fauchte er mich, nach Luft ringend, an.

Ich tat erstaunt. „Ich? Etwas in der Hand? …Nichts."

Šubrt stieß mir den Lauf seiner Waffe nachdrücklich zwischen die Rippen. „Was hast du denn soeben in euer Zimmer geworfen? Denkst du, ich hab's nicht gesehen? Los, red' schon!" Er schloss die Augen zu einem schmalen Spalt, entsicherte seine Maschinenpistole und spielte mit dem Finger am Abzug herum.

„Ach sooo, das! … Das meinen Sie", sagte ich gedehnt, „das war nur so ein Zettel."

Der Lagerkommandant stieß mir den Lauf seiner Waffe noch einmal unmissverständlich in die Seite. „Und den Zettel zeigst du mir jetzt. Und halte deine dreckigen Flossen hoch!"

Gehorsam hob ich meine dreckigen Flossen über den Kopf und ging die paar Schritte bis zu unserer Stubentür zurück. "Die werden doch den Brief inzwischen versteckt haben", dachte ich. Vor der Tür mit der Nummer 11 blieb ich mit erhobenen Händen stehen.

„Los, aufmachen!"

Ich drückte die Tür auf. Da standen sie alle in der Stube herum und blickten stumm zur Tür.

Auf dem Tisch aber lag mein Brief, weiß, unschuldig, nicht zu übersehen.

"So ein Mist", dachte ich ärgerlich, "so ein mistiger Mist, konnten sie ihn denn nicht verstecken!"

Šubrt baute sich vor mir auf und drückte mir den kühlen Lauf seiner Waffe von der Seite an den Hals. „So", knirschte er, „du wirst mir jetzt alle meine Fragen wahrheitsgemäß beantworten. Ein falsches Wort, und ich leg' dich um, das schwöre ich dir!"

Er wandte sich an meine Zimmergenossen: „Und ihr geht zur Seite! Wenn ich schieße, gehen die Kugeln durch den Kerl durch und könnten euch treffen und verletzen."

Der Boss, Korsch und unser Astronom wichen eilig zur Seite. Auch die beiden Schmidts verzogen sich so weit wie möglich aus der Schussbahn. Rochel stand vor seinem Bett und riss den Mund weit auf, während sein Zeigefinger tief in das rechte Nasenloch eingefahren war.

Ich nahm das alles aus den Augenwinkeln heraus wahr. Ich sah auch den blitzschnellen Finger- und Nasenlochwechsel, den mein Freund Heribert vornahm und dachte: "Mein lieber Rochel, wenn du geahnt hättest, was du heute noch alles zu sehen bekommst, deine Brillengläser wären vielleicht zum ersten Mal in deinem Leben blitzblank geputzt."

Wieder ritt mich der Teufel, denn als ich mir vorstellte, wie Rochel mit besessenem Eifer seine Brillengläser putzte, musste ich grinsen. Ganz unwillkürlich, ohne mir dessen so richtig bewusst zu werden, wenn ich mich so ausdrücken darf.

Das aber hätte ich in dieser Situation lieber nicht tun sollen, denn der Bursche rammte mir den Lauf seiner Kanone so kräftig in die Rippengegend, dass mir für einen Moment die Luft wegblieb. „Dir wird dein idiotisches Grinsen schon noch vergehen, du Hurensohn! Los, leg dich hin!"

Ohne zu zögern, legte ich mich auf den Fußboden.

„Auf den Bauch legen!"

Ich tat ihm auch diesen Gefallen und wälzte mich herum. Dann spürte ich den eiskalten Lauf der Maschinenpistole im Genick und hörte das Knacken des Abzuges. "Wenn das nur gut geht", dachte ich und hielt unwillkürlich den Atem an, "die Dinger gehen ohnehin so leicht los. Besonders bei Leuten, die damit nicht umgehen können."

„Soo, und jetzt will ich wissen, an wen der Brief gerichtet ist und was drinsteht. Und wehe dir, wenn ein Satz nicht stimmt, dann kannst du dein Testament machen, das schwöre ich dir!"

"Das wird aber ein langes Testament", dachte ich, "und dir vermache ich meine verlauste Unterhose."

Šubrt wandte sich an die Umstehenden: „Wer von euch kann am besten Tschechisch?"

Karl der Kahle meldete sich.

„Du machst jetzt den Brief auf und übersetzt mir Satz für Satz!" Und zu mir gewandt, fuhr er fort: „Und du sagst jetzt Satz für Satz, was du geschrieben hast, und wenn dir dein Leben lieb ist, dann lass nicht ein Wort aus! Also, anfangen!"

„Liebe Mama!", begann ich und musste wieder ein Grinsen verbeißen, denn links vor mir sah ich Korschens Füße. Er brauchte doch jetzt nur seine Schuhe auszuziehen, und der Kerl hinter mir würde stiften gehen mitsamt seiner Maschinenpistole. "Ich will recht klein schreiben, damit ich möglichst viel auf diese Seite bekomme."

Karl übersetzte den ersten Satz aus meinem Brief. So ging es weiter, Satz für Satz, und langsam begann ich da unten auf dem Fußboden Blut zu schwitzen. Gegen Ende des Briefes folgte auch noch eine Bemerkung über den Lagerkommandanten: „Er sieht seine Lebensaufgabe darin, uns allen: Glatzen schneiden zu lassen. Ich bin bisher von dieser Tortur verschont geblieben und hoffe, es auch noch lange Zeit zu bleiben."

Mein Peiniger pfiff durch die Zähne. „Dein Schädel, Bürschchen, wird heute noch glänzen wie eine Speckschwarte, das schwöre ich dir!"

Ich durfte aufstehen.

Karl der Kahle musste meinen Brief in kleine Stückchen zerreißen und in den nie beheizten Kanonenofen stecken.

Šubrt sicherte seine Waffe, hängte sie um die Schulter und gab mir ein Zeichen, ihm zu folgen. Er brachte mich auf dem kürzesten Wege zum Lagerfrisör.

Hier herrschte ein unglaubliches Gedränge, und es war leicht abzusehen, dass bis 10 Uhr abends nicht einmal die Hälfte der Wartenden abgefertigt werden konnte.

Es kostete mich große Mühe, meinen heimlichen Triumph zu verbengen.

Leider aber hatte ich meine Rechnung ohne Šubrt gemacht. Rücksichtslos stieß er mich durch die dichtgedrängten Reihen der Wartenden bis zum vielbeschäftigten Haarschneider, der bereits bis an seine Knöchel in den von ihm geschorenen Haaren versank.

„Hier, du nimmst den Kerl erst einmal dran!", befahl der Lagerkommandant.

„Aber ich ..."

„Ich habe angeordnet, dass dieser Kerl zuerst dranzunehmen ist. Übrigens ist der Mann da soweit fertig."

Der arme Kerl, dessen Haupt gerade zur Hälfte geschoren war, bekam einen Stoß, dass er hintenüber kippte.

Dann saß ich auch schon gottergeben auf dem Armsünderstühlchen und spürte, wie mir das Maschinchen erbarmungslos durch die Haare fuhr. Jetzt, da ich nichts mehr ändern konnte, war mir's ohnehin egal.

Šubrt stand mit verschränkten Armen vor mir und sah schadenfroh zu, wie meine Lockenpracht dahinschwand wie der Schnee in der Frühlingssonne.

Endlich hatte ich's hinter mir. Zumindest glaubte ich das, wurde aber schnell eines Besseren belehrt.

„Los, den Schädel einseifen und rasieren! Ich will eine glänzende Billardkugel sehen", befahl der Lagerchef.

Der Frisör nickte, ohne auch nur eine Miene zu verziehen. Ihn wunderte gar nichts mehr. Zu viele Köpfe hatte er in den letzten Wochen scheren müssen, Köpfe von jungen Mädchen und alten Frauen, Köpfe von jungen Männern und Greisen. Mal ganz kahl, mal nur eine breite Schneise in der Mitte, mal nur die linke Hälfte oder die vordere. Und wenn's diesmal eine Billardkugel sein sollte, bitte sehr!

Mit geübten Griffen seifte er meinen Kopf ein. Dann schabte er mit dem Rasiermesser behände die allerletzten Stoppeln herunter.

Šubrt musterte mich zufrieden und grinste. „Jetzt gefällst du mir schon viel besser!" Er verzog sich endlich und ließ mich stehen mit meiner Billardkugel.

Ich wartete erst, bis er verschwunden war. Dann fuhr ich mir behutsam mit der Hand über meinen Schädel. Ich fühlte keinerlei Widerstand, nur die glatte, kahle Haut, ein schreckliches, ungewohntes Gefühl!

Zögernd begab ich mich in unsere Bude zurück. Hier wurde ich mit lautem Hallo empfangen.

„Hui, bist du aber schrecklich schön", grinste Rochel.

Auch Peppo eilte herbei und streichelte meine Glatze liebevoll. „Jetzt du wirst aber ein Glick haben bei Weibern", verkündete er, „wo die doch jetzt auch keine Haare nicht haben."

Mich konnte er damit nicht ärgern. Schon längst hatte ich mich mit meiner Kahlköpfigkeit abgefunden. Was war denn schon dabei! Außerdem wuchsen die Haare schnell wieder nach.

Karl der Kahle tröstete mich. Er hatte schließlich gut lachen, denn seine Glatze war echt, und er trug sie schon viele Jahre zur Schau. „Na, Kollege, wie fühlst du dich so?", fragte er und klopfte mir freundschaftlich und mitfühlend auf die Schulter. „Du wirst schon sehen, so ist das Leben viel bequemer! Brauchst dich nicht zu kämmen, die Haare flattern dir nicht in die Augen, du kriegst garantiert keine Kopfläuse. Und was das Beste ist: die Mädchen werden nur so auf dich fliegen, du wirst sehen!"

Der Handlesekünstler

Der Mensch ist, wie es so schön treffend heißt, ein Gewohnheitstier. Diese Binsenweisheit traf auch auf uns Lagerinsassen zu. Auch wir begannen, der eine schneller, der andere langsamer, uns an das triste Lagerdasein zu gewöhnen. Wir hatten zudem das Glück, dass es in unserem Lager halbwegs erträglich zuging. Schließlich hatte uns das Leben gelehrt, bescheiden und geduldig zu sein, im Laufe der Zeit sammelten wir in reichem Maße Erfahrung, wir lernten, möglichst vielen Unannehmlichkeiten aus dem Wege zu gehen. Wir vermieden es, auf irgendeine Art aufzufallen, wir entwickelten förmlich einen sechsten Sinn dafür, nur dann zu arbeiten, wenn wir uns beobachtet fühlten. Und schließlich erfanden wir die unglaublichsten Methoden und Tricks, unseren Mägen hin und wieder eine zusätzliche Zuteilung zukommen zu lassen.

Was diesen letzten, wichtigsten Punkt betrifft, so hatte ich einen besonders bemerkenswerten Erfolg errungen. Es gelang mir nämlich, die dicke Schale der noch dickeren Küchenfee zu durchdringen und bis an ihr weiches Herz vorzustoßen, ein Erfolg, den ich mir in den kühnsten Träumen nicht zugetraut hätte.

Stand doch die dicke Olga in dem Ruf, in ihrem ganzen Leben noch nie gelächelt zu haben. Mit stets gleichbleibender, unnahbarer und sprichwörtlich sauertöpfischer Miene stand sie jeden Abend am dampfenden Suppenkessel und füllte unsere Blechteller mit je einem Schöpflöffel ihrer dünnen Kartoffelsuppe.

Ihr Blick war unverrückbar auf die brodelnde Oberfläche im Kessel gerichtet, nie hob sie ihre schweren Lider, um uns eines Blickes zu würdigen, nie sagte sie auch nur ein einziges Wort. Ihr die Schüssel länger hinzuhalten, in der vagen Hoffnung, noch einen zweiten Schlag zu erhalten, ein paar Löffel vielleicht, war so aussichtslos, wie auf dem Eise der Arktis Pilze zu suchen oder in der Wüste Sahara Schlittschuh zu laufen. Vielleicht war sie auch so böse und unnahbar, weil die Herstellung dieser eintönigen Kost an ihre Kochkünste nicht die geringsten Anforderungen stellte - keiner von uns hatte die wahren Ursachen ihrer eisigen Unnahbarkeit zu ergründen vermocht.

Meine Versuche, sie durch freundliche Bemerkungen erst einmal auf mich aufmerksam zu machen, waren ebenfalls kläglich gescheitert.

„Das duftet aber heute wieder!", oder: „Schönen Dank, liebe Frau!", oder: „Das wird schmecken wie bei Mami zu Hause!", prallten an ihr so wirkungslos ab wie ein Tischtennisbällchen an einem Granitfelsen.

Bis ich eines Tages etwas sagte, was mir, ich weiß nicht wieso, gerade so einfiel, als die Kellen bewehrten Wurstfingerchen Olgas meinen Teller mit Suppe füllten. „Ooooh", rief ich aus und blickte starr auf ihre roten Hände, „werden Sie aber lange leben!"

Die Hand mit der Kelle hielt inne. Und es geschah etwas, was mich vor Staunen beinahe erstarren ließ. Olga blickte nicht nur hoch, sie öffnete sogar ihren Mund und fragte rau: „Woher wollen Sie das denn wissen?"

„Na, ich bitte Sie! Ihre Lebenslinie! Ihre Lebenslinie", fuhr ich geistesgegenwärtig fort, „ist sehr lang. So eine lange Linie habe ich in meinem ganzen Leben noch nicht gesehen!"

Ich ging förmlich in die Knie, als die Kelle sich zum zweiten Mal über meinem Napf ausleerte und der Suppenspiegel bis an den oberen Rand stieg. Völlig verdattert wankte ich an meinen Tisch und begann zu löffeln, wobei ich mich möglichst tief über meine Schüssel beugte, um niemandem Einblick auf den ungewöhnlich hohen Flüssigkeitsstand zu gewähren.

Am nächsten Abend stellte ich mich mit gemischten Gefühlen in die Schlange der Kartoffelsuppenfasser. Olga stand wie immer am Kessel, und der Ausdruck ihres pausbäckigen Gesichtes schien mürrischer und verschlossener denn je. Auch als ich an die Reihe kam, blickte sie nicht auf, und ihre Miene blieb düster.

Dann aber begann sie verstohlen zu flüstern, ohne dabei ihre Lippen zu bewegen: „Können Sie denn aus der Hand lesen?"

„Ja", entgegnete ich schlicht, was mir erneut eine doppelte Zuteilung einbrachte.

„Kommen Sie in einer Stunde her!", wisperte sie noch hinter mir her, als ich mit meinem randvollen Teller an ihr vorbeibalancierte.

Ich nickte zustimmend. Das ließ sich ja gut an! Nun werde ich der dicken Olga aus der Hand lesen müssen. Und das wiederum konnte heiter werden, zumal meine Kenntnisse auf diesem Gebiet mehr als bescheiden waren. Ich wusste zwar etwas von einer Lebenslinie, einer Kopflinie, einer Reiselinie und natürlich einer Herzlinie. Ich wusste sogar, wo diese Linien in der Handfläche zu finden waren. Das aber war auch alles, sonst hatte ich nicht die geringste Ahnung. Außerdem hielt ich vom Handlesen genauso wenig wie von Astrologie und von Geisterbeschwörungen.

Während ich mir diese Gedanken durch den Kopf gehen ließ, saß mir Peppo gegenüber und sah neidisch zu, wie ich meine Suppe löffelte. „Hast du aber Glick mit der Dicken", brummte er, „und das ist doch so eine böse Potvora (Brachiale)! Der ihren Mann hat eh der Schlag getroffen!"

Ich horchte auf. „Woher weißt du denn das?"

„No, wir haben gegeniber gewohnt. Der Mann ist vor zwei Jahren gestorben. Der hat sowieso immer im Stall gesessen bei seine Karnickels."

Das kam ja wie gerufen! Ich erfuhr von Peppo noch einige hochwichtige Details aus Olgas Leben. Ihre Tochter Zděnka war in meinem Alter und bereits verlobt. Mit einem Postbeamten. Olga hatte noch einen Bruder, der war Hauer an der Zeche in Oderfurt. Sie hieß natürlich nicht Olga, sondern Maria Nedbalová. Frauen erhalten an den Namen des Mannes immer die Endung - ová. Rochels Frau z.B. würde daher Rochelová heißen.

Als ich pünktlich nach einer Stunde den Weg zur Küchenbaracke einschlug, kannte ich mich in Olgas Familienverhältnissen so gut aus, dass meine anfängliche Unruhe allmählich verging.

Als ich eintrat, erspähte mich Olga sofort. Sie winkte mich heran, hielt mir ihre roten Hände vor die Nase und sagte: „Na, dann erzählen Sie mal, was Sie alles sehen!"

Fachmännisch schob ich ihre linke Hand beiseite. „Ich brauche nur die rechte Hand, die kommt nämlich vom Herzen."

Olga fächerte ihre rechte Pranke vor mir aus. Ihr dickes Gesicht war bis hinunter zum Doppelkinn vor Spannung oder Neugierde rot angelaufen, und ihre großen, dunklen Augen waren vertrauensvoll auf mich gerichtet.

Ich beugte mich tief über ihre rote, abgearbeitete Handfläche. „Die Herzlinie ist wirklich gut ausgeprägt", begann ich, „Sie haben nicht viele Männerbekanntschaften in ihrem Leben gehabt und sind ihrem Mann immer treu geblieben. Das zu behaupten, erforderte, bei ihrem Aussehen, keine große Kombinationsgabe.

Sie nickte beifällig.

„Und welch ein arbeitsreiches Leben! Arbeit, immer wieder Arbeit ... und wenig Freude."

Sie nickte noch beifälliger.

„Ich sehe..., Sie haben ..., ja, ich sehe es ganz genau: ein Kind haben Sie. Warten Sie mal... , ja, ... ich müsste mich sehr täuschen, aber es ist eine Tochter. Sie muss ... so um die 20 Jahre alt sein."

Frau Nedbalová bekam große Augen.

„Und was sehe ich denn da? Vor zwei bis drei Jahren traf Sie ein schwerer Schicksalsschlag! Jemand aus Ihrer Familie ist für immer dahingegangen."

Eine dicke Träne entquoll ihrem Auge, kullerte über die rote Wange, hüpfte über das Doppelkinn und verschwand im Busenausschnitt. „Ja, ja, mein Mann ist gestorbene Gott hab' ihn selig!"

„Und ich sehe, vor lauter Arbeit sind Sie wenig in der Welt herumgekommen. Immer nur für die Familie gelebt, immer nur an die anderen gedacht und zu wenig an sich selbst."

Gerührt über ihren selbstlosen Edelmut, schnäuzte Olga sich vernehmlich. „Ja, ja, so war das. Und niemand dankt es mir."

„Und dann sehe ich noch etwas: Sie sind sehr nachgiebig und bestimmt nicht geizig", behauptete ich kühn. Ich glaube, in diesem Punkt hätte mir jeder Lagerinsasse energisch widersprochen.

„Ich sehe auch eine schwere Krankheit", zielte ich wieder ins Blaue und beobachtete sie aus den Augenwinkeln heraus.

Sie nickte und griff sich unwillkürlich an ihre Rückenpartie.

„Ja, ja, sie plagen Sie heute noch, diese dauernden Schmerzen im Rücken."

Olgas Augen wurden noch größer. „Das steht alles in meiner Hand?"

Ich nickte überzeugend. „Natürlich. Und noch viel mehr! Hier zum Beispiel sehe ich, dass Sie sehr romantisch veranlagt sind."

Die Küchenfee sah mich verständnislos an.

Ich half ihr. „No, Sie sind früher gern mit Ihrem Liebsten im Mondschein spazieren gegangen, haben im Park auf der Bank gesessen und in die Sterne geguckt."

Sie nickte begeistert. „Ja freilich! Mit meinem Ferdinand. Sie müssen wissen, das war mein Erster! Mit dem hab' ich oft auf der Bank gesessen."

Ich nickte und zeigte auf eine Schwiele in ihrer Handfläche. „Ja, das stimmt, hier steht es. Ihr seid aber dann auseinandergegangen."

Olga schlug ihre Hände über dem Kopf zusammen und sah mich beinahe ehrfürchtig an. „Aber das ist ja richtig unheimlich! Er weiß alles!", rief sie aus, und ich überlegte mir, wo ich eine größere Schüssel herholen sollte. Denn nun konnte ich sicher sein, jeden Abend bestens bedient zu werden.

Ich sagte ihr noch voraus, dass sie ein Alter von mindestens 85 Jahren erreichen werde, prophezeite ihr eine baldige Heirat ihrer Tochter - beinahe hätte ich aus ihrer Hand herausgelesen, dass sie Zdĕnka hieß - und sagte natürlich eine glückliche , harmonische Ehe voraus.

Ich muss an dieser Stelle gestehen, dass ich richtig in Fahrt kam. Inzwischen hatten sich die beiden anderen Küchenfeen eingefunden und lauschten andächtig meinen prophetischen Worten. Auch sie konnten ihr ehrfürchtiges Staunen über meine übersinnlichen Kräfte nicht verbergen.

Als ich schließlich meinen Vortrag beendet hatte, streckten sie mir beide ihre Hände gleichzeitig hin.

Ich hob abwehrend den Arm. „Aber meine Damen, eine nach der anderen, sonst kann ich mich nicht konzentrieren!"

Meine selbstsichere Überheblichkeit erhielt aber bereits im nächsten Moment einen empfindlichen Dämpfer.

„Nun, wie viele Kinder habe ich?"

Ei, verflixt und zugenäht! Das musste jetzt noch kommen! Und was jetzt? Hoffentlich hatte ich Glück. Wieder beugte ich mich vor. „Ich sehe ... eins." Schnell schielte ich nach oben. Keine Reaktion. „Und da .... noch eins." Wieder ein verstohlener Blick nach oben. Ich sah den ungewollten, unterdrückten Ansatz eines Nickens und beugte mich noch weiter vor. „Sonst sehe ich weiter nichts ... Sie haben zwei Kinder , ein Mädchen und einen Jungen." Ich weiß bis heute nicht, warum ich auch das noch sagte. Es rutschte mir einfach so heraus, wenn ich mir danach auch am liebsten in die Zunge gebissen hätte. Aber Fortuna meinte es besonders gut mit mir, denn ich traf genau ins Schwarze! Damit hatte ich einen grandiosen Sieg errungen, und ich sah meine dicke Olga zum ersten Mal lachen. „No, was hab' ich gesagt! Der weiß einfach alles!", rief sie stolz und klopfte mir anerkennend auf die Schulter, dass sich eine dichte Staubwolke erhob. „Du bist wirklich ein Prachtkerl!"

"Du" sagte sie zu mir. Das war ein gutes Zeichen. Und wieder überlegte ich, wo ich eine noch größere Schüssel auftreiben könnte.

Mein Ruf als Handlesekünstler ersten Ranges verbreitete sich in der gesamten Verwandtschaft und Bekanntschaft der drei Küchendamen wie ein Buschfeuer, und so verging in der ersten Zeit kaum ein Abend, aus dem ich nicht aus irgendeiner Hand die Zukunft und Vergangenheit lesen musste. Allmählich hatte ich mir eine derartige Routine angeeignet, dass ich beim Anblick einer offenen Hand zu reden anfing wie ein Buch. Vor allem machte ich mir zum Grundsatz, die Vergangenheit immer trübe und schwer, die Zukunft dafür in hellen, frohen Farben zu zeichnen. Das brachte mir immer etwas ein: ein Ei, ein Stück Brot, eine Scheibe Speck, ein paar Kartoffeln, sogar selbstgemachte Wurst von der letzten Schlachtung, eine Kaninchenkeule oder gar ein Schnitzel.

Es ging somit aufwärts mit mir, zumindest in den ersten Wochen meiner segensreichen Tätigkeit.

Ein paar Wochen später wurde ich zum Lagerkommandanten Šubrt gerufen.

Er saß am Fenster und blickte mich verdrossen Und drohend an, was mich nicht sehr beunruhigte, da wir uns schon längst an seine bösen Blicke gewöhnt hatten. „Du liest, höre ich, den Küchenfrauen aus der Hand?"

Ich winkte ab. „Na ja, was man so aus der Hand lesen nennt. „Eine Spielerei, weiter nichts."

Šubrt klopfte mit seinem Stock ungeduldig auf den Tisch.

„Willst du damit sagen, dass du den armen Frauen etwas vorflunkerst?" Er blickte mich mit seinen stechenden Augen so durchbohrend an, als ob er mich aufspießen wollte.

„Nein, nein, natürlich nicht! Ich stütze mich auf exakte, wissenschaftlich fundierte Erkenntnisse", beeilte ich mich zu sagen. „Es gibt aber Leute, die das alles als Humbug bezeichnen."

„Und du meinst, es wäre kein Humbug? Dann komm doch einmal näher!"

Ich muss gestehen, dass ich dieser wenig freundlichen Aufforderung sehr ungern nachkam, zumal mir die Vorliebe des Lagerkommandanten zur Genüge bekannt war, gezielte wie auch ungezielte Fausthiebe auszuteilen, wann immer sich eine Gelegenheit bot. Aus diesem Grunde trat ich also äußerst angespannt und rückzugsbereit näher.

„Meiner Schwester hast du erzählt, dass sie bald heiraten und drei Kinder kriegen wird. Die war schon immer scharf auf Männer, aber was sie jetzt aufführt, geht auf keine Kuhhaut mehr! Und nun hat sie endlich einen erwischt, der muss sie heiraten."

Šubrt erhob sich. „Jetzt hör mal gut zu, Freundchen, dieses Treiben hört sofort auf. Ich hab' den Weibern in der Küche unter Androhung von Prügel verboten, auch nur eine einzige Verwandte oder Bekannte herbeizuschleppen und sich aus der Hand lesen zu lassen. Noch dazu von einem Deutschen! Das wäre so was! Und wenn ich dich erwische, beziehst du eine derartige Tracht Prügel, dass du dir vorher deine Knochen nummerieren lassen kannst. Das schwöre ich dir!"

Ich versicherte ihm, dass ich mir seine Drohung zu Herzen nehmen wolle!

Und dann kam es wie ein Blitz aus heiterem Himmel. Plötzlich streckte er seinen Arm aus und hielt mir seine Bärenpranke dicht vor die Nase. „So und nun erzähl' mir mal, was du da siehst!"

Zunächst sagte ich erst einmal gar nichts, sondern starrte fassungslos auf die schwielige Hand, mit der er vor meinen Augen herumfuchtelte. Da legst du dich kurz hin und stehst lange nicht mehr auf! Früher hielten sich Könige und Feldherren ihre eigenen Astrologen, oder man befragte das Orakel. Die Seherin von Delphi pflegte ….

Die heisere Stimme Šubrts unterbrach meine Gedanken. „No, was ist los? Hat dir's die Sprache verschlagen, oder ist dir die Spucke weggeblieben? Fang endlich an!"

Von mir aus. Das konnte er haben. Ich legte also los. Übung hatte ich ja zur Genüge. Ich redete und redete, log das Blaue vom Himmel, entdeckte auch in ihm den edlen Kern in der rauen Schale, prophezeite ihm beruflichen Erfolg, Gesundheit, weite Reisen, eine glückliche Ehe und zwei Jungen. „Es werden, wie ich deutlich sehe, Zwillinge sein."

„Was sagst du da? Zwillinge? Woran erkennst du das?"

Ich zeigte ihm zwei kleine, parallel verlaufende Furchen.

„Hier, man sieht's ganz genau, das können nur Zwillinge sein."

Šubrt stierte auf seine Pranke und nickte zufrieden. „Tatsächlich, jetzt sehe ich es auch!"

Ich redete noch eine Weile, sagte ihm ein langes Leben von über 80 Jahren voraus, schließlich konnte ich es mir nicht verkneifen, ihm noch einen schweren Unfall anzukündigen, den er, wenn auch mit schmerzhaften Verletzungen, überleben werde. Die Heilung würde sehr lange dauern, Folgen blieben aber nicht zurück. Dann schwieg ich.

„Bist du jetzt endlich fertig mit deinem Gequatsche?"

„Ja, ich bin soweit fertig", sagte ich schlicht.

„Dann hau jetzt ab! Ich glaub' sowieso kein einziges Wort von dem Unsinn, den du da verzapfst."

Ich wandte mich zur Tür.

„Und vergiss nicht, heute noch zum Frisör zu gehen, deine Mähne flattert dir um die Ohren, dass es ein Graus ist! Also marschier gleich hin, sonst prophezeie ich dir was, und das geht garantiert in Erfüllung!"

Aufatmend schloss ich die Tür und betastete prüfend meinen Kopf. Die Haarstoppel waren höchstens zwei Millimeter lang und da sollte ich wieder zum Frisör! „Da kannst du aber lange warten, mein lieber Bohumil Šubrt, ehe ich hingehe", sagte ich laut vor mich hin und musste grinsen. Sieh mal einer an, dieser Šubrt! Lässt sich von einem Deutschen seine Zukunft aus der Hand lesen. Und wie er sich über die angekündigten Zwillinge gefreut hat! Zum guten Schluss aber glaubt er angeblich kein Wort von dem Unsinn."

Eines möchte ich an dieser Stelle nicht unerwähnt lassen: Seither ließ Šubrt mich in Ruhe, und ich bekam nie wieder einen seiner berüchtigten und gefürchteten Boxhiebe zu spüren.

Nach einer Pause von wenigen Tagen florierten auch die abendlichen Handlesesitzungen wieder, aus verständlichen Vorsichtsgründen in einem kleinen Kabüffchen hinter der Küche, das zur Not auch über ein schmales Fensterchen verlassen werden konnte,

Ein rabenschwarzer Tag

In der Zwischenzeit waren dank der Legionen von Straßenkehrern sämtliche Straßen und Plätze der Stadt so gründlich gefegt worden, dass die Anzahl der Feger radikal gekürzt werden musste.

Die Insassen unserer Stube bekamen diese Kürzungen am meisten zu spüren, da sie bis auf den Sani und den Boss ausschließlich bei Straßenkehrarbeiten eingesetzt wurden.

Wir hatten am Morgen auch alle schon unsere Besen geholt, als sich Srnůla, der Stiernackige, vor uns aufpflanzte. „Zwei Sowjetfreunde sind da. Sie brauchen acht kräftige Burschen!"

Wir rührten uns nicht und fühlten uns auch gar nicht angesprochen. Schließlich suchte er kräftige Burschen, und damit konnten wir nicht dienen.

Smůla wurde ungeduldig. „Also was ist los! Los, macht schon, die warten nicht lange!"

Als wir immer noch bewegungslos verharrten, trat er an uns heran und begann zu zählen. Natürlich fing er bei mir an, dann waren Rochel, Peppo, Fabricius, das Baby und Schülke an der Reihe. Da die beiden Schmidts wieder einmal ihre Kahlköpfe zusammensteckten, wurden sie ebenfalls ausgewählt.

Danach mussten wir unsere Besen wieder abgeben und uns am Lagertor melden. Hier standen die beiden Sowjetfreunde und musterten uns mit ausdruckslosen Mienen. Einer von ihnen bedeutete uns, die Plattform des Lastwagens zu besteigen. „Dawaj!", sagte er, „dawaj!"

Wir folgten seiner höflichen Einladung, erkletterten die Ladefläche und setzten uns auf den mit Kohlenstaub bedeckten Boden.

Eigentlich schon während der kurzen Fahrt zum Oderfurter Bahnhof fing mein Leidensweg an. Ich verspürte plötzlich einen derart heftigen Stich im Backenzahn, dass mir die Tränen kamen. Es folgte ein zweiter, nicht minder heftiger Schmerz, der sich allerdings vom ersten dadurch unterschied, dass er nicht mehr aufhörte.

Rochel, der neben mir auf dem Kohlenstaub hockte, sah mich mit aufgesperrtem Mund an. „Du weinst ja, Burschi! Warum tust du das? Sag an!"

„Quatsch, ich weine gar nicht! Mir kommen bloß die Tränen, weil ich plötzlich so saumäßige Zahnschmerzen habe."

„Da gibt's ein einfaches Rezept: einfach nicht daran denken. Du musst immer nur denken Ich habe keine Zahnschmerzen, ich habe ganz und gar keine Zahnschmerzen, mir tut ...""

Ich hielt mir die Ohren zu. „Komm, halt bloß deine Klappe! Wenn ich das höre, tun mir gleich alle Zähne weh!"

Inzwischen hielt unser Fahrzeug an. Einer der Russen klappte das hintere Brett des LKWs herunter. Übrigens war auch er völlig kahlgeschoren und trug leicht mongoloide Gesichtszüge zur Schau. „Dawaj!", sagte er zur Abwechslung, „dawaj!"

Wir sprangen vom Wagen und sahen uns um. Der Laster hatte unmittelbar vor dem Güterbahnhof in Oderfurt gehalten. Vielleicht hatten wir Glück, und die Arbeit, die uns bevorstand, war weniger anstrengend als die eintönige Straßenkehrerei.

Wir sollten schneller, als uns lieb war, eines Besseren belehrt werden. Der Mongole gab uns ein Zeichen, ihm zu folgen. „Dawaj!", ließ er vernehmen, „dawaj!"

Rochel stieß mich an. „Das ist ja eine komische Sprache, dieses Russisch! Einsteigen heißt "dawaj", absteigen heißt "dawaj", jemanden folgen heißt auch "dawaj", ich bin gespannt, was "dawaj" noch alles heißt."

Ich hörte ihm kaum zu, denn meine Zahnschmerzen nahmen Ausmaße an, die meinen Kopf zu sprengen drohten.

Dennoch blieb mir nichts anderes übrig, als den anderen zu folgen. Es ging erst ein paar Treppchen auf eine Rampe hoch, dann gleich wieder ein paar Treppchen hinunter, schließlich über fünf Schienenstränge bis zu einem einsamen Güterwagen.

Unser russischer Begleiter schob die schwere Schiebetür beiseite und gewährte uns einen Einblick in das geheimnisvolle Innere des Wagens.

Ein Blick genügte, um uns das Blut in den Adern stocken zu lassen. So einen Haufen Säcke hatten wir armen Säcke noch nie auf einem Haufen gesehen. Nun wurde uns klar, was uns acht kräftigen Burschen blühte. Diese Säcke mussten wir ausladen, zum Lastwagen schleppen und dort aufladen.

Unser Iwan gab Schülke, dem Ältesten unter uns, ein Zeichen, in den Waggon zu steigen. Er hatte das leichteste Los gezogen, denn seine Aufgabe bestand darin, die Säcke zum Abtransport nach vorne zu bugsieren.

Für uns aber begann ohne großartige Vorbereitungen die elendste Schinderei, die man sich denken kann. Schon beim ersten Sack, den ich mir auf die Schultern lud, dachte ich, in der Hüfte auseinanderzubrechen, und mein Backenzahn schmerzte so aufsässig, als ob ich den Sack drangehängt hätte. Schwerbeladen ging es wieder quer über die Schienen, die Treppchen hoch, die Treppchen hinunter, am Zaun entlang bis an das Auto. Hier durfte Peppo, der Schwächste von uns, die Säcke aufnehmen und nach hinten schleifen, eine Arbeit, die seine kaum nennenswerten Kräfte bei weitem überstieg.

Der zweite Russe, ebenfalls ein wortkarger Genosse mit breitem Gesicht, leicht hervorstehenden Backenknochen und schrägen Augen, stand lässig an einen Baum gelehnt, an der Straße und registrierte die Anzahl der Säcke, die wir keuchend angeschleppt brachten.

Der mongolische Dawaj-Mensch hingegen blieb am Güterwagen stehen und beobachtete unablässig unser reges Treiben. Kaum blieb einer von uns erschöpft stehen, um ein wenig Luft zu schnappen und neue Kräfte zu sammeln, da ertönte schon sein legeres "Dawaj!"

Als ich den zweiten Sack zum Auto geschleppt hatte und ihn Peppo übergab, flüsterte er mir zu. „Weißt du, was in den Säcken drin ist? Stell dir vor, Zucker! Rohzucker!"

Für einen kurzen Moment vergaß ich meine Zahnschmerzen. „Da muss sich doch etwas machen lassen", sagte ich und sah Peppo deutlich an, dass ich auch ihm aus der Seele gesprochen hatte.

Es galt nun, zuerst ein passendes Werkzeug zu finden, mit dessen Hilfe ein Sack durchbohrt werden konnte. Auf dem Rückweg zum Güterwagen entdeckte ich einen Stock, den ich geschwind aufhob, zwischen die Zaunlatten klemmte und so abbrach, dass sich eine ansehnliche Spitze bildete. Diesen Holzdolch versteckte ich unter dem Hemd und beeilte mich, wieder zum Güterwagen zurückzukehren.

Eben kam mir schnaubend wie ein Walross, Fabricius entgegen.

„In den Säcken ist Rohzucker", raunte ich ihm zu.

Er blieb stehen. „Rohzucker"; rief er, „Mensch, da müsste sich etwas machen lassen!"

„Ich mache schon was!" Ich zeigte ihm den Stock und erklärte ihm meine äußerst simple aber wirksame Methode. „Man geht dicht hinter einem her, dann sticht man "rtsch" ein Loch in den schönen Sack, da wird dann schon etwas rauskommen. Hol dir die andere Stockhälfte! Sie liegt da vorn am Zaun."

Die süße Nachricht verbreitete sich mit Windeseile unter uns Lastenträgern, und im Nu hatte sich jeder mit einem spitzen Stock bewaffnet, um den Sack des Vordermannes anzubohren. Der Rest war ein Kinderspiel. Je zwei Sackschlepper bildeten ein Doppelgespann, wobei jeder abwechselnd als Vordermann oder als Hintermann gehen musste, um jeden die Möglichkeit zu geben, sich zu bedienen.

Ich arbeitete mit Rochel zusammen. Das erste Mal spielte er, wenn auch murrend, den vorderen Sackträger, während ich als Sackstecher tätig war. Ich schloss ganz dicht auf und rammte den spitzen Stock mit voller Kraft in den prallen Sack. Knirschend drang mein Dolch durch die raue Haut des unschuldigen Sackes und bohrte sich tief in seine kristallenen Eingeweide. Danach zog ich den Stock vorsichtig wieder heraus und verstaute ihn unter meinem Hemd. Und schon begann die Quelle zu sprudeln. Herrlicher, brauner Rohzucker rieselte in meine offene Hand, die ich schnell zum Munde führte. Es schmeckte ausgezeichnet, nicht ganz so süß wie Zucker, eher wie Karamellbonbons. So oft es ging, hielt ich meine Hand unter den rieselnden Strom der bräunlichen Rohrzuckerkristalle.

„Mensch, Rochel, der Zucker schmeckt", rief ich aus und schnalzte genießerisch mit der Zunge.

„Du hast gut reden, sapperlot noch einmal", keuchte mein Vordermann, „während mir Armutschkerl das Wasser nur so im Mund zusammenläuft!"

„Das nächste Mal bist du ja dran, da kannst du dir deine Wampe vollschlagen, du Armutschkerl!"

Ehe wir um die Ecke bogen, zog ich mit den Fingern das Loch im Sack ein wenig zusammen. Da der Zucker ohnehin ein wenig feucht war, versiegte der Strom. Mit den unschuldigsten Gesichtern der Welt marschierten wir am wackeren Sowjetsoldaten vorbei, der immer noch bequem am Baum lehnte und an seiner Papirossa (Zigarettensorte) zog, die ohnehin fast nur aus dem Pappmundstück bestand.

Als wir bei Peppo ankamen, war ihm deutlich anzusehen, dass auch er nicht untätig geblieben war. Rund um seinen Mund glitzerten unzählige Zuckerkristalle, sogar auf seiner

Stupsnase klebten einige Reste. Und seine Zunge war so braun, als hätte er sie soeben in Schokoladensauce gebadet.

„Lass dich ja nicht erwischen", raunte ich ihm zu, „und putz dir deine Schnauze ab, du hast den halben Zuckersack daran hängen!"

In den nächsten Stunden war die Sackstecherei zum allgemeinen Volkssport gediehen. Wir flüsterten uns unterwegs Vorsichts- und Verhaltensmaßregeln zu und lebten in dieser Zeit im wahrsten Sinne des Wortes von der Hand in den Mund.

Meine Zahnschmerzen allerdings wurden davon nicht besser. Als ich wieder einmal einen Sack zum Lastwagen geschleppt und von der Schulter geworfen hatte, krümmte ich mich vor Schmerzen.

„Dawaj! Rabotaj!", ließ der Russe am Baum vernehmen.

Ich richtete mich auf, ging auf ihn zu, riss meinen Mund auf und zeigte mit wahrer Leidensmiene auf meinen schmerzenden Zahn. „Au", klagte ich in der Hoffnung, dass "au" auf Russisch auch "au" bedeutete.

Er hatte verstanden. „Au nix gutt", sagte er und grinste. Doch dann folgte eine unmissverständliche Geste und seine nunmehr schon völlig überflüssigen Worte: "No dawaj, idi rabotatj!"

Während ich ihm in Gedanken sämtliche Zähne zog, machte ich kehrt und ging rabotatj. Inzwischen hing mir der Zucker schon längst zum Halse heraus; dennoch beschloss ich, einen Sack verschwinden zu lassen. Schließlich hungerten wir ohnehin den ganzen Tag, und so eine kleine Reserve ist Gold wert. Der Sack musste einfach irgendwohin verschwinden, später würde sich bestimmt eine Gelegenheit bieten, ihn aus dem Versteck zu holen.

Ich begann sofort, mich nach einer geeigneten Stelle umzusehen. Viele Möglichkeiten gab es wirklich nicht. Schließlich schien mir nur ein Platz geeignet zu sein, um einen Sack spurlos verschwinden zu lassen: die Treppe, die auf die Rampe führte. Sie hatte nur den Nachteil, dass sie von unserem mongolischen Bewacher am Eisenbahnwagen eingesehen werden konnte. Wenn ich mich hinlegte, konnte er mich nicht mehr sehen, denn die Schotterböschung und die Schienen boten mir eine ausgezeichnete Deckung.

Soeben kam mir Fabricius mit einem Sack entgegengetaumelt. „Hör mal", sagte ich, während er sich mühsam die Treppen hocharbeitete, „ich lasse hier unter der Treppe einen Zuckersack verschwinden. Sieh zu, dass du auf der Treppe bist, wenn ich mit dem Sack ankomme!"

„Mach ich liebend gerne", grinste er. Fabricius machte alles mit. Er war ein gerissener Fuchs, und es wunderte mich eigentlich, dass er nicht schon längst auf diese naheliegende Idee verfallen war.

Gleich der nächste Sack sollte daran glauben. Als ich dicht vor der Treppe war, erschien auch Fabricius auf der Rampe.

„Guckt er weg?" fragte ich ihn gespannt.

„Eben nicht! Der Kanake glotzt geradewegs zu uns herüber!"

„Nicht schlimm, dann probiere ich es das nächste Mal!"

Und diesmal klappte es auch.

„Er steckt seinen Kopf gerade in den Waggon", rief mein Komplice mir zu.

Im gleichen Moment ließ ich mich mitsamt dem Sack platt auf den Schotter fallen und rollte meine Last ganz nach hinten unter die Treppe. Da vorne allerlei Unkraut wucherte, war der Sack bereits jetzt kaum noch auszumachen. Eilig scharrte ich mit den Händen Schotterstücke zusammen und begann, die Vorderseite unserer kostbaren Beute zuzudecken. Das musste schnell geschehen. Es konnte ja sein, dass mein Fehlen früher auffiel als mir lieb sein konnte.

Natürlich hatte sich die Kunde, dass ich einen Zuckersack beschlagnahmt hatte, schnell unter den Sackschleppern herumgesprochen. Jeder warf mir im Vorbeigehen ein anerkennendes Wort zu. Dann kam auch Fabricius wieder. „Du kannst aufstehen, Mister Dawaj guckt nicht her."

Mit schmerzenden Ellenbogen und einer zerschundenen Hüfte erhob ich mich und ging neben Fabricius her. „Was geschieht aber, wenn die beiden ihre Strichlisten vergleichen und feststellen, dass ein Sack fehlt?"

Er grinste. „Der eine wird sagen: Du, lieber Genosse Iwan Iwanowitsch, hast da einen Strich zu viel gemacht! Und der andere wird sagen: Aber Brüderchen, Genosse Maxim Maximowitsch, du hast einen Strich zu wenig gemacht!"

Gegen Mittag hatten wir den LKW voll beladen und fuhren zur Kaserne. Hier durften wir vor dem Abladen eine kleine Mittagspause einlegen. Wir erhielten auch unser Mittagessen in die Hand gedrückt: jeder drei ungeschälte, rohe Kartoffeln. Immerhin etwas und besser als nichts.

Auf der Wiese vor der Kaserne durften wir sogar ein Feuerchen entfachen und uns unser Mittagmahl bereiten.

Peppo lag käsebleich im Gras und jammerte. Ihm war schlecht, bestimmt hatte er zu viel Zucker gegessen.

Mir erging es nicht viel besser. Trübsinnig saß ich vor dem Feuer und hielt mir die Wange, die so angeschwollen war, dass ich auf der linken Seite dem Watschenmann im Wiener Prater nicht unähnlich sah. Das jedenfalls stellte Rochel fest, der vergeblich versuchte, mich von meinen Schmerzen abzulenken. „Weißt du, der Mensch dürfte überhaupt keine Zähne haben, ich meine, keine einzelnen Zähne. Einfach einen Knochenbogen oben und einen Knochenbogen unten. Da bleibt einem nichts mehr zwischen den Zähnen hängen. Dann lässt man sich einen Überzug darauf machen, damit nichts fault, und fertig ist der Laden."

„Und wenn was fault? Dann sägt der Zahnarzt ein Stück raus", mischte sich Fabricius ein, „und bei einem kräftigen Kinnhaken ..."

Er blieb mitten im Satz stecken, denn in diesem Augenblick kam unser russischer Begleiter mit einem Glas Wasser an. Es war Mister Dawaj persönlich. Er sah sich suchend im Kreis um, bis er mich erspähte, und reichte mir das randvoll gefüllte Gefäß. Dabei zeigte er auf meine Zähne und sagte: „Ty au, wodka chorosclia, gutt!" Er grinste, und man sah deutlich, dass er auch schon einiges gegen Zahnschmerzen eingenommen hatte.

Nichts Schlimmes ahnend, ergriff ich das Glas und machte einen kräftigen Schluck, und wenn man erst einmal geschluckt hat, so ist dieser Vorgang durch nichts in der Welt rückgängig zu machen. In meiner Speiseröhre begann es lichterloh zu brennen, in meinem Magen explodierte eine Bombe. Dafür waren meine Lippen, meine Zunge und mein Gaumen absolut gefühllos. Ich saß stocksteif da und ließ den Mund sperrangelweit offenstehen, um meinen inneren Organen ein wenig Kühlung zukommen zu lassen. Meine Augen tränten und das Feuer hatte nunmehr den Magen erreicht, griff auf den Zwölffingerdarm über und machte auch vor der Bauchspeicheldrüse nicht halt.

Der Russe stand leicht schwankend vor mir und grinste immer noch. „Wodka gutt, nix au", sagte er. Dann machte er ruckartig kehrt, hatte Mühe, nicht in unser Feuerchen zu treten und entfernte sich stolpernd und nur mühsam die Balance haltend.

„Nix au!", hatte er gesagt, und damit hatte er gar nicht so unrecht. Ich spürte nichts mehr. Ich hatte überhaupt keine Zähne mehr. Ich hatte überhaupt keinen Mund mehr. Nur mein Dickdarm fing an zu brennen.

„Du darfst den Wodka nicht gleich schlucken", riet Fabricius, „du musst ihn im Mund halten und den Zahn umspülen!"

„Ja, ja, gib du nur gute Ratschläge! Gleich heb' ich ab, wenn das Feuer aus dem Mastdarm herausschießt!"

„Komm, sei nicht so zimperlich. Nimm lieber noch einen kräftigen Schluck und spül deinen Zahn!"

Ich gehorchte. Und da ich ohne hin kein Gefühl im Mund hatte, ließ ich den Zahn in dem Wodka ersaufen. „Und so etwas nennt man "Wässerchen", lallte ich. Dann aber sah ich den kleinen Peppo, der mit grünem, schmerzverzerrtem Gesicht flach im Grase lag und jammerte.

„Du, Fabi, gib doch dem Peppo auch einen Schluck!"

Er nahm das Glas. „Ich hab's euch ja gesagt, fresst nicht zu viel von dem Zeug. Das tut nicht gut, wenn man so ausgehungert ist." Fabricius war an Peppo herangetreten, der dalag wie ein grünes Marsmännchen, hob seinen Kopf hoch und setzte ihm das Glas an die Lippen. „Komm, Kleiner, nimm ein Schlückchen, das wird dich wieder auf die Beine bringen!"

Dem geplagten Peppo erging es ähnlich wie mir. Er tat einen kräftigen Schluck und bekam einen Hustenanfall. Sein grünliches Gesicht lief erst blau, dann violett an. Er setzte sich ruckartig auf, starrte wild im Kreise, ließ seine hervortretenden Augäpfel kreisen und schrie mit überschnappender Stimme: „Wo bin ich?" Dann rülpste er so laut, wie es sonst nur Mikosch fertigbrachte, und begann, seine Bauchgegend zu betasten. Sein Gesicht nahm allmählich wieder eine normale Färbung an. „Bauch tut nicht mehr weh! Tut nur brennen!"

Das Glas Wodka machte die Runde, und es reichte für jeden von uns zu einem kräftigen Schluck.

Inzwischen verbreitete sich vom Feuer her der verlockende Duft der gebratenen Kartoffeln. Mit einem spitzen Stöckchen angelten wir uns je drei der kohlschwarzen, heißen Knollen aus dem Feuer und bliesen kräftig, um sie ein wenig abzukühlen. Dann verspeisten wir sie mitsamt der Schale, und ich brauche wohl nicht ausdrücklich zu erwähnen, dass uns lange nichts mehr so gut geschmeckt hatte.

Eine Stunde ließ man uns auf der Wiese sitzen, dann erschien der schwankende Mister Dawaj, den man nicht mehr als Rot- sondern eher als Blaugardisten bezeichnen musste. Er holte uns zum Abladen der Säcke.

Es wurde eine Qual ohne Ende. Wir waren müde, alle Knochen taten uns weh, und die Zuckersäcke schienen von Mal zu Mal schwerer zu werden. Zu allem Unglück hatte sich noch ein Aufseher dazugesellt, dem wir alles zu langsam machten. Mit dem verdrießlichsten Gesicht der Welt stand er da, so als ob er ganz allein den Krieg verloren hätte. „Dawaj, dawaj, faschisty", schrie er dauernd hinter uns her und merkte gar nicht, dass seine Brüllerei keinesfalls dazu beitrug, unsere müden Glieder zu größeren Leistungen aufzustacheln.

Zu unserem Glück brauchten wir nur ein paar Meter einen schmalen Gang entlangzugehen, der zu einem völlig leeren Raum führte. Hier durften wir unsere süße Last abladen.

Leider waren unsere Bohrlöcher in den Säcken in der Zwischenzeit nicht zugewachsen. Aus den angestochenen Säcken rieselte der Zucker und rieselte, und bald war der Boden des Ganges mit den braunen Kristallen übersät, und es knirschte unüberhörbar, wenn wir, mit den Säcken beladen, den Gang entlanggingen.

Der Russe wurde misstrauisch, brummte etwas von Sabotage und ging zum Auto, um nach der Ursache zu suchen. Glücklicherweise erwies sich die Ladefläche des Lastwagens als sehr holprig. An einigen Stellen ragten Holzspäne hervor, so dass ein Aufreißen der Säcke durchaus im Bereiche des Wahrscheinlichen lag. Der Russe winkte unser Baby heran.

Der Arme lief vor Schreck rot an. „Ich.... ich.. w - w - weiß n - ni ... ", begann er ängstlich zu stottern. Er hatte sich umsonst gefürchtet, denn er sollte lediglich Peppo helfen, die Säcke bis an den Rand der Ladefläche zu heben.

„Ihr müsst sehen, dass ihr die Löcher irgendwie zustopft, sonst ergeht es uns dreckig", sagte Fabricius, was ihm einen Kolbenhieb eintrug. „Rabotaj, faschisty!", wurde er angebrüllt.

Mit seltenem Eifer ergriff unser Architekt einen Sack, wuchtete ihn auf seine Schultern und schleppte ihn davon, so schnell er konnte. Dem Aufseher aber schien sein Tempo noch lange nicht schnell genug zu sein, denn er folgte ihm und schrie andauernd: „Dawaj!", und weitere, nicht verständliche Ausdrücke.

Nach drei Stunden hatten wir es geschafft, waren aber alle dem Zusammenbruch nahe. Zum Glück war während des Transportes kein einziger Sack mehr ausgelaufen, dafür hatten Peppo und das Baby gesorgt. Wie sie das geschafft hatten, verrieten sie uns vorerst noch nicht.

Wir durften noch den Gang fegen, dann bestiegen wir den Lastwagen, hauten uns auf den Boden und rührten uns nicht mehr.

Ich fühlte mich gar nicht wohl. Meine Zahnschmerzen hatten schnell wieder angefangen. Gleichzeitig plagten mich heftige Schmerzen in der Bauchgegend. Meine Ellenbogen und die Hüfte brannten. Hinzu kamen die entsetzliche Müdigkeit und der Hunger. Kein Wunder, dass während der Rückfahrt niemand auch nur ein Wort über die Lippen brachte. Sogar die beiden Schmidts steckten ihre Köpfe nicht zusammen, und das wollte schon etwas bedeuten.

Als der Wagen vor dem Lager hielt, brachten wir es kaum fertig, aufzustehen und von der Plattform zu steigen. Ich konnte vor Zahn- und Leibschmerzen kaum stehen. Rochel und Fabricius stützten mich, so gut es eben ging.

In der Stube angekommen, kroch ich auf mein Bett und rührte mich nicht mehr. Kaum aber lag ich, waren die Magenkrämpfe wie weggeblasen, die Zahnschmerzen hingegen rissen mir förmlich den Kopf auseinander.

„Schülke", stöhnte ich, „holst du mal den Sani?"

Schülke wälzte sich aus dem Bett. „Er ist doch da und behorcht, wie du weißt, seine Matratze."

Zu meiner Überraschung kam der Sani sogleich, und ich klagte ihm mein Leid. Er leuchtete mir mit seiner Taschenlampe in den Mund, klopfte mir auf die Schulter und sagte: „Mein lieber Freund, so leid es mir auch tut, aber dein Zahn muss raus! Das ist kein Problem für mich, den entferne ich wie nichts."

„Tu das bitte so schnell wie möglich und ehe ich die Wände hochlaufe!" Ich erhob mich und stieg vom Bett. Und schon begannen auch sie wieder zu wüten, diese Schmerzen in der Bauchgegend. „Oh, geht das schon wieder los!", jammerte ich und hielt mich am Bettpfosten fest, „hier, Sani, habe ich auch was."

Er legte mich auf Schülkes Bett, zerrte mir die Hose herunter, ließ mich kräftig husten, dann musste ich wieder aufstehen.

„Aha, aha", rief er darauf triumphierend, „dacht' ich mir's doch! Da, fühl mal selbst!" Er führte meine Hand rechts an meinen Unterbauch, und ich fühlte es. Da war etwas herausgequollen, eine richtige Beule hatte sich gebildet, fast so groß wie ein Hühnerei. Erschrocken betastete ich die schmerzende Stelle.

„Was ist das denn für ein Ding?"

„Weiter nichts Schlimmes. Du hast dir einen Bruch geholt. Musstest du heute vielleicht etwas Schweres heben?"

Rochel lachte. „Du bist gut! Den ganzen Tag haben wir Zuckersäcke geschleppt."

„Na also. Und dabei ist es passiert. Dein Bauchfell ist gerissen, und an dieser Stelle rutscht jetzt der Darm durch. Er lässt sich aber wieder hineindrücken, und wenn du liegst, geht er meist von selbst zurück." Der Sani drückte mit der Hand die Beule vorsichtig hinein, und schon waren die Schmerzen wie weggeblasen. Als er losließ, quoll das Ding mit leisem Glucksen wieder hervor. Das Spielchen machte er mir ein paarmal vor, dann durfte ich es auch versuchen. Vorsichtig drückte ich das Ei selbst hinein und behielt die Hand an der Stelle. „Und was mach' ich jetzt?"

„Tja, was soll ich dir da sagen? Nichts kannst du machen. Immer schön mit der Hand festhalten. Dein Bruch muss operiert werden. Und daran ist ja vorläufig nicht zu denken. Aber es gibt Bruchbänder. Ich will versuchen, dir eins zu beschaffen."

Ein Bruch! Ein sogenannter Leistenbruch, wie der Sani mir erklärte. Und das hier im Lager, wo man ohnehin keine Rücksicht darauf nahm. Das hatte mir gerade noch gefehlt!

Trotz allem hatte ich Glück. Als ich am nächsten Morgen aufstand und auf das Hervorquellen meiner Beule wartete, ereignete sich nichts. Wochenlang geschah nichts, denn wenn das Ei morgens nicht erschien, hatte ich den ganzen Tag Ruhe. Dann stand ich eines Morgens ahnungslos auf, und schon hing die Beule draußen. Ich konnte machen, was ich wollte, das Ding quoll heraus, wenn ich es nicht festhielt. Ungefähr einmal im Monat kam mir so ein Tag in die Quere, und es blieb mir in diesem Fall nichts anderes übrig, als den ganzen Tag mit der Hand in der Hosentasche herumzulaufen und meinen Darm daran zu hindern, durch das Loch im Bauchfell zu rutschen. Warum das so oft nicht geschah und plötzlich wieder unvermittelt auftrat, ist für mich bis heute ein unlösbares Rätsel geblieben.

Während ich so dastand und meine Zeit mit Zahnschmerzen und Bruchhalten vertrieb, hatte der gute Sani alles für das kommende Schauspiel gerüstet. Viel war ohnehin nicht vorzubereiten; ein Stuhl, eine Blechbüchse mit Wasser, mein wenig vertrauenerweckendes Handtuch und eine halbverrostete Kombizange. Da kein Eimer zur Stelle war, öffnete der Sani das Fenster. „Du spülst nachher den Mund und spuckst alles zum Fenster hinaus", gab er seine Anordnungen, als ob der Zahn bereits gezogen wäre.

Ohne eine Einladung abzuwarten, setzte ich mich auf den Stuhl. Mir war ohnehin schon alles egal.

Mein Zahnarzt hingegen entwickelte eine rege Geschäftigkeit, er stellte die Blechbüchse neben mir auf den Fußboden, hängte mir das Handtuch um und klapperte mit der Kombizange. „Betäuben kann ich deinen Zahn natürlich nicht, du weißt ja selbst, wie bescheiden ich eingerichtet bin."

„Ich weiß, ich weiß", sagte ich und betrachtete misstrauisch die rostige Zange, mit der er vor meiner Nase herumfuchtelte,

„Sanimann, bind ihm doch einen Strumpf von Korsch unter die Nase", schlug Rochel, dieser gefühllose Banause, vor, „dann wird er sofort ohnmächtig und spürt nichts mehr."

Entsetzt winkte ich ab. Dann schon lieber ohne Narkose.

Es wurde eine richtiggehende Vorstellung. Wie im Mittelalter, wenn der Zahnbrecher auf dem Marktplatz seinen bedauernswerten Opfern den Zahn aus dem Kiefer herausdrehte, umgeben vom gaffenden, neugierigen Volk.

Hier war es ähnlich. Mich hatte der Sani mitten in der Stube postiert. Er stand immer noch vor mir und wischte die Zange aus hygienischen Gründen mit seinem Taschentuch ab. Ringsum verteilte sich das gaffende Volk. Nur der Boss hatte sich in seiner Ecke verkrochen, auch Schülke ließ sich nicht blicken, und unser Baby wollte auf keinen Fall so ein blutiges Schauspiel erleben. Dafür steckte Pfotenhauer neugierig seinen spitzen Zinken über seinem Bett hervor. Neben dem Bett stand Malermeister Schober, dahinter, ganz versteckt, der Astronom, immer bereit, sich schleunigst aus dem Staube zu machen. Ewald der Schöne, der Spieß und natürlich die beiden unzertrennlichen Schmidts hatten sich zu meiner Rechten versammelt. Svoboda und Böhm standen stumm hinter mir, und ich konnte ihnen deutlich ansehen, dass sie mit mir litten. Sie hatten mir zuliebe sogar auf ihre tägliche Schachpartie verzichtet. Zu meiner Linken lungerten Peppo, Rochel, Karl der Kahle und Korsch herum. Nur Fabricius stand hinter mir. Er sollte mir während der Prozedur den Kopf festhalten, damit der Sani nicht noch einen falschen Zahn erwischte.

Das Drama konnte beginnen. Mein Zahnarzt schnallte sich seine Prothese an, um, wie er sagte, beim Ziehen einen festeren Stand zu haben. Ich musste den Mund weit aufreißen, damit er mit einer Taschenlampe noch einmal hineinleuchten konnte. Das machte er so gründlich, dass ich die Funzel beinahe verschluckt hätte.

Nachdem er zweimal „mhm, mhm" gemurmelt hatte, nahm er seine Zange und klopfte gegen den Zahn, als ob er ihn in den Kiefer nageln wollte. Ich hüpfte einen halben Meter hoch.

„Aha, das ist er also, der böse Zahn!"

Ich nickte und spürte gleichzeitig, wie Fabricius fester zugriff, während der Sani mit der Zange den schmerzenden Backenzahn umfasste. „Soo, schön soo, ich muss ihn erst ein wenig lockern", sagte er, „es wird ein kleines bisschen wehtun, aber die Zange packt nicht so gut, weißt du. Vielleicht rutscht sie mir ab." Er begann den Zahn kräftig hin und her zu bewegen.

Ein bisschen! Das Ziehen wurde so stark, dass ich am liebsten aufgesprungen wäre und das Weite gesucht hätte. Aber Fabricius schien etwas Ähnliches erwartet zu haben, denn er klammerte sich an meinem Kopf fest wie ein Polyp und hatte, um nicht abzurutschen, mit beiden Händen meine Ohren erwischt, während zwei andere Hände meine Schultern nach unten drückten.

„Er wackelt schon ganz schön", brummte mein Peiniger zufrieden. Und dann begann er unvermittelt und ohne Vorwarnung zu ziehen.

„Aaaa-aaa", sagte ich. Die Zange glitt ab und biss mir kräftig in die Zunge.

„Auaaa", schrie ich, „meine Zunge lass drin!"

„Geh, sei doch nicht so zimperlich", rief der Sani und wischte die Zange .mit seinem Taschentuch trocken, „im Mittelalter haben sie den Leuten die Zungen beim lebendigen Leib herausgerissen. Was würdest du denn da sagen!"

„Nichts mehr", konnte ich noch stammeln, dann hatte er sein Kneifwerkzeug schon wieder in meinem Mund versenkt und den Zahn gepackt. „Gleich wird er draußen sein, gleich, soo, na los, na komm schon!" Er zog und zerrte, und hätte man mich nicht zu zweit festgehalten, ich glaube, er hätte mich mitsamt meinem Zahn hochgehoben.

Ich sah, wie er schwitzte und fühlte, wie auch an mir der Schweiß in Strömen herunterlief. Dann folgte noch einmal ein stechender, ziehender Schmerz, ein Ruck, ein lauter Aufschrei. Ich sah vor meinen Augen die Zange auftauchen, an ihrem Ende ein blutbeflecktes Etwas, ich sah meinen Quälgeist triumphierend zurücktaumeln. „Na, also, da ist er ja! Guck ihn dir mal an, ein ganz schöner Brocken ist das! Ich hatte schon Angst, er würde abbrechen. Na, und das wäre erst ein Theater geworden!"

Während mir der Sani meinen gewaltigen Backenzahn vor die Nase hielt, brachen die Zuschauer in spontanen Beifall aus. Der Sani verneigte sich wie ein Kapellmeister oder Sänger nach dem erfolgreichen Auftritt und wies mit der einen Hand bescheiden auf mich.

Was blieb mir übrig. Ich erhob mich ebenfalls und verbeugte mich vor dem versammelten, erlauchten Publikum. Dann ergriff ich würdevoll meine mit Wasser gefüllte Büchse und trat ans Fenster, um den Mund auszuspülen. Wer will es mir verdenken, dass ich dabei nicht an Korschens Schuhe und Strümpfe dachte, die zu dieser Zeit zwecks Entlüftung draußen vor dem Fenster hingen.

Es war wirklich ein scheußlicher Tag gewesen. Für mich bewahrheitete sich damals das Sprichwort: "Das Unglück kommt selten allein."

Trotz allem fühlte ich mich jetzt wesentlich erleichtert. Der entfernte Zahn hatte zwar einen mächtigen Krater hinterlassen, der auch wehtat, aber was war das schon im Vergleich zu den Schmerzen, die mich den ganzen Tag geplagt hatten. Und da ich weisungsgemäß meinen Bruch immer festhielt, fühlte ich mich eigentlich, den Umständen entsprechend, ganz wohl. Müde und zerschlagen lag ich auf meinem Bett und rührte mich nicht. Nicht einmal die Läuse und Flöhe störten mich.

Ich war schon ein wenig eingenickt, als ich hörte, wie Fabricius unseren Peppo fragte: „Jetzt sag doch mal, wie habt ihr zwei es denn fertiggebracht, die Säcke so gut zu flicken?"

Peppo erhob sich. „Du wirst gleich sehen." Er zog seinen Pullover aus, und in der Tat, wir sahen es: sein fleckiges Hemd endete eine Handbreit über dem Nabel, der Saum war total zerfranst. Nur hinten war ein Streifen stehengeblieben, an dem man erkennen konnte, wie lang das Hemd vorher und wie groß Peppos Opfer war. „Was wir sollten machen? Nix war da zum Zustopfen, kein gar nix! Da ich hab abgerissen Stücke von meinem schönen Hemd da! Aber macht nix. Hauptsach', der Hintern bleibt warm", grinste er und stopfte den schmalen Rest hinten in seine Hose.

Wir sparten nicht mit Lob und Beifall. Rochel dichtete: „Nun staunt sogar der Pfotenhauer, der Peppo ist ein ganz ein Schlauer!"

Der Kleine war richtig stolz. Er konnte unser Lob aber auch wirklich gebrauchen, denn der heutige Tag war besonders für ihn bestimmt zu schwer gewesen.

Über die Beseitigung des Zuckersackes hüllten wir uns zunächst in tiefstes Schweigen. Das hatten wir so abgesprochen. Schließlich wussten wir nicht, ob es uns je gelingen würde, den versteckten Zucker ins Lager zu holen. Außerdem trauten wir dem Pfotenhauer nicht über den Weg. Wenn nämlich unsere Tat ruchbar wurde, dann erging es uns allen schlecht, nein, sehr schlecht, darüber waren wir uns im Klaren.

Nach dem zweifelhaften Genuss der üblichen Kartoffelsuppe krochen wir geplagten Lastenträger zerschunden und wie gerädert in die Betten. Zum Glück war Samstag, da pflegten unsere Aufseher nicht mehr in den Baracken aufzutauchen.

Stella

Am Sonntag war Ruhetag. So zumindest war es in der Lagerordnung verzeichnet. In Wirklichkeit sah der Ruhetag so aus: Ein Teil der Arbeitskommandos wie "Eisenbahn", "Kanalisation", "Aufräumungsarbeiten" und "Deutsches Haus" mussten ausrücken. Der Rest hatte Lagerdienst. Darunter verstand man folgende Arbeiten: Stuben und Gänge säubern, ebenso den Waschraum, die Latrine, die Wachstube, mit einem Wort alles, was sich im Lager säubern ließ. Wenn wir fertig waren, mussten wir von vorne beginnen, denn die Arbeitszeit ging bis 18 Uhr.

Dennoch hatten wir an Sonntagen ausreichend Gelegenheit, uns auszuruhen, denn wir bewegten uns nur, wenn wir kontrolliert oder beobachtet wurden. War kein Posten auszumachen, verharrten wir regungslos und schonten unsere Kräfte.

Am Sonntagmorgen wurden wir eine Stunde später geweckt. Mühsam richtete ich mich auf. So einen alle Körperpartien umfassenden Muskelkater hatte ich schon lange nicht mehr verspürt.

Neben mir rappelte sich Rochel ächzend hoch, und an seinem schmerzverzerrten Gesicht konnte ich deutlich ablesen, dass es ihm ähnlich erging.

Peppo regte sich überhaupt noch nicht, während Schülke, der Unerschütterliche, anscheinend schon den Waschraum aufgesucht hatte.

Ich wollte mich soeben aus dem Bett schwingen, als vom Fenster her Korschens Geschrei ertönte. „Marandjosef, hat einer schon so etwas gesehen! Guckt euch doch nur mal meine Schuhe an! Alles voll Blut! Und meine Strümpfe! Auch voll Blut! Und da, da hängt sogar der Zahn!"

Da stand er auch schon vor meinem Bett und hielt mir anklagend seine blutverschmierten Latschen unter die Nase.

Einen Atemzug hielt ich diesem Anblick stand, dann sank ich benommen auf mein Bett zurück. „Komm, stell die Schuhe hin, ich mach' dir sie sauber", ergab ich mich in diese schwere Schicksalsprüfung. Korsch war's zufrieden.

Mühsam rappelte ich mich vom Bett hoch, zog mich eilig an, ergriff mit weitausgestreckten Armen Korschens Fußbekleidung und begab mich auf dem allerkürzesten und allerschnellsten Weg in den Waschraum. Hier erregte ich mit den blutverschmierten Schuhen allgemeines Aufsehen. „Ist einer zusammengeschlagen worden? Oder hat man gar einen umgebracht?"

Als ich die Neugierigen über die wahre Ursache der blutbesudelten Schuhe aufklärte, schienen sie abgrundtief enttäuscht zu sein. Vorsichtig entfernte ich das Blut von außen und von innen und wusch mit Todesverachtung seine Strümpfe. Da erst fiel mir ein: du hast ja einen Bruch! Behutsam betastete ich die besagte Stelle. Nichts. Keine hervorquellende Beule, keine krampfartige Schmerzen. Ich vollführte einen wahren Freudensprung, ergriff Schuhe und Strümpfe und schoss mit einem lauten Juhu an den kopfschüttelnden Wäschern vorbei aus dem Waschraum.

Der Sani lag natürlich noch im Bett, aber er konnte mir auch keine Auskunft über meine plötzliche Heilung geben.

Nach dem Frühstück, bei dem ich aufgrund meiner heimlichen Vorräte auch Peppo und den nimmersatten Rochel mit Brot versorgen konnte, trat ich völlig sorgen- und schmerzensfrei in der langen Reihe der Lagerinsassen an und wartete geduldig, bis mir eine standesgemäße Arbeit zugeteilt wurde. Ich erhielt gemeinsam mit den beiden Schmidts den Auftrag, den Maschendrahtzaun, der uns vom Frauenlager trennte, zu reparieren. Es waren neue Pflöcke einzusetzen, der Maschendraht war zu flicken und zum Teil zu ersetzen.

Die beiden Schmidts steckten ihre Köpfe zusammen, der Harte flüsterte etwas, worauf der Weiche mir zuflüsterte:

„Keine schlechte Arbeit! Vielleicht kriegen wir auch etwas zu sehen!" Dabei zwinkerte er erst dem harten Schmitt zu und dann mir, worauf die beiden wie auf ein Kommando verstohlen zu kichern begannen.

Wir holten uns im Geräteschuppen alles, was wir brauchten. Viel gab es da ohnehin nicht. Einen Pickel, eine Schaufel, eine Zange, einen Hammer, ein paar Holzpfosten, einige Stücke verrosteten Maschendraht und eine Blechdose mit verbogenen Nägeln, das war alles, was wir in Empfang nehmen durften. Wir luden uns unser Werkzeug auf die Schultern und begaben uns zum Zaun, der normalerweise zum verbotenen Gebiet gehörte. Es war bei Strafe untersagt, sich in unmittelbarer Nähe des Zaunes aufzuhalten. Umso verlockender und interessanter erschien uns unsere Aufgabe.

Wir begannen sofort mit unserer Tätigkeit, besser gesagt, wir taten so, als ob wir uns mit Feuereifer auf die Arbeit stürzten. Während wir zu dritt an einem morschen Pfosten zogen und zerrten, den man zur Not mit einem Finger hätte umkippen können, warfen wir neugierige Blicke durch die Maschen des Zaunes hinüber in das Lager der Frauen.

Drüben herrschte ebenfalls geschäftiges Treiben. Kahlköpfige Frauen aller Altersstufen waren ebenfalls damit beschäftigt, den Lagerplatz und die Wege in Ordnung zu bringen.

Die beiden Schmidts steckten ihre Köpfe zusammen. Dann richtete sich der harte Schmitt auf. „Die Frauen können einem leidtun. Wie die aussehen! Und Kopftücher dürfen sie auch nicht aufsetzen."

Ein paar Meter von unserem Standort entfernt rechte eine jüngere Frau den Weg. Auch sie war kahlgeschoren, trug graue Arbeitskleidung und Holzschuhe, und ihr Eifer, mit dem sie den Rechen bewegte, hielt sich in Grenzen. Wie alt sie war, konnte ich nicht erkennen, denn sie wandte uns den Rücken zu. Erst als sie sich näher herangerecht hatte, drehte sie sich um und blickte mit unverhohlener Neugier zu uns herüber.

Ich zuckte wie elektrisiert zusammen. „Das ist doch nicht möglich!", rief ich heiser und ließ den Pfosten los, „das ist doch nicht möglich!" Und doch, sie war es! Unverkennbar! Ein Irrtum war ausgeschlossen. „Stella", rief ich, „Stella, ich bin's!"

Sie warf den Rechen achtlos hin und trat unbekümmert an den Zaun. „Hardi, du! Ich freue mich riesig, dich zu sehen!"

Sie errötete und bedeckte ihren kahlen Kopf mit beiden Händen.

„Schau mich bitte nicht an, ich sehe schrecklich aus!"

Ich protestierte. „Du bist genauso schön wie früher. Außerdem, guck mich doch an, bin ich etwa schöner?"

„Ach, bei euch Männern, da ist das nicht so schlimm!" Sie steckte ihre schmale Hand durch ein Viereck des Zaunes. Ich ergriff sie und hielt sie fest.

„Eigentlich habe ich im Stillen gehofft, dass du hier im Lager bist", sagte sie. „Wie geht es dir?"

„Ausgezeichnet", antwortete ich und glaubte es in diesem Moment sogar. Dann ergriff ich mit der freien linken Hand den Pfosten, damit er nicht umfiel.

Die beiden Schmidts standen unbeweglich da, sahen uns verzückt zu, rissen Mäuler und Augen auf und lauschten gespannt unserem Gespräch.

„Sag mal Stella, warum hast du denn gehofft, dass gerade ich hier im Lager bin?"

Stella errötete wieder. „So hab' ich das doch nicht gemeint! Du oder Mikosch oder ein anderer Bekannter, weißt du. Ich fühle mich so einsam hier."

Hätte ich doch bloß nicht gefragt! Ich oder Mikosch oder ein anderer Bekannter. Jetzt wusste ich es. Als ich aber sah, wie sehr sie sich freute, als ich den verstärkten Druck ihrer Hand fühlte, da war ich wieder versöhnlich gestimmt.

Wir standen uns gegenüber und vergaßen alles. Das Lager, den Zaun, die Posten, die strengen Verbote, das alles lag so fern in einer Welt, die aufgehört hatte, für uns zu existieren. Ich hielt ihre Hand fest, und wir sahen uns an.

„Stella", sagte ich zum wiederholten Male, „wie ich mich freue, dich wiederzusehen!"

Sie blickte mich mit ihren klaren, graublauen Augen strahlend an. „Und ich erst. Wie ich mich freue!"

Da sah ich sie kommen. „Schnell, geh vom Zaun weg, schnell!"

Ich ließ ihre Hand los. Aber es war bereits zu spät. Mit wehenden Haaren kam sie angelaufen, die Hand drohend erhoben, das Gesicht wütend verkniffen.

Stella drehte sich um und rührte sich nicht vom Fleck.

„Das würde dir so passen, du glatzköpfige deutsche Hure!", schrie sie und schlug Stella ins Gesicht.

Ich zuckte zusammen. Am liebsten hätte ich den Pfosten erwischt und ihn der wütenden Volksmilizionärin über den Schädel gehauen.

„Ich wollte doch nur…", stammelte Stella.

„Halt deine dreckige Fresse, sonst klebe ich dir noch eine! Los, hol deinen Rechen und komm mit!"

„Ich bin jeden Abend in der Nähe des Zaunes", flüsterte ich ihr zu.

Stella ergriff den Rechen und folgte ihrer Bewacherin. Und trotz der schweren, plumpen Holzschuhe ging sie leichtfüßig und graziös, das kahle Köpfchen stolz erhoben.

Ich blickte ihr wie erstarrt nach. Der schöne Film war gerissen. Der Sturz in die reale, trostlose Wirklichkeit war jäh und unvermittelt. Ich war so in Gedanken versunken, dass mir gar nicht auffiel, mit welcher Besessenheit die beiden Schmidts angefangen hatten zu schaufeln und zu hacken. Bis ich plötzlich einen Fußtritt verspürte, der mich förmlich vom Boden hochhob und dann mitsamt dem Pfosten, an dem ich Halt suchte, zu Boden schmetterte.

„Sieh dir das mal einer an! Statt zu arbeiten, scharwenzelt der Kerl mit Weibern herum!"

Ich blickte hoch. Da stand er breitbeinig vor mir, der Genosse Lagerkommandant, und ich sah ihm an, wie er sich freute, mich in flagranti erwischt zu haben. Anscheinend hatte ich immer das Pech, mich vor ihm auf der Erde herumzuwälzen. Im Gedanken versetzte ich ihm mit der Rechten einen gewaltigen Kinnhaken und ließ, ehe er zu Boden sank, meine linke Faust auf eines seiner wildrollenden Augen niedersausen.

„Los, steh auf!" befahl er lässig.

Ich erhob mich und betastete meinen edlen Körperteil.

„Wer war die?"

„Wer?"

„Wer! Die, mit der du eben gesprochen hast!"

„Ach die! Eine flüchtige Bekannte."

„Ihr Name?"

Ich kratzte mich am Hinterkopf und dachte angestrengt nach.

„Ich kenne ihren Namen nicht mehr, den hab' ich vergessen."

„Wovon habt ihr gesprochen?"

„Eigentlich von gar nichts. Wir haben uns nur einen guten Tag gewünscht."

„Und ich werde dir einen guten Tag machen! Komm mit!"

An den wie die Berserker schuftenden Schmidts vorbei stapfte ich hinter Šubrt her.

Mitten auf dem Platz blieb er stehen und deutete mit ausgestrecktem Arm auf eine Stelle des Platzes, die genauso aussah wie alle anderen. „Stell dich her und rühr dich nicht vom Fleck! Dir werde ich deine Extratouren schon austreiben, das schwöre ich dir!" Nach diesen gewichtigen Worten marschierte er in Richtung Wachstube davon. Wie immer trug er Reithosen und Reitstiefel, in denen seine 0-Beine besonders attraktiv zur Wirkung kamen.

Ich rührte mich also befehlsgemäß nicht vom Fleck. Noch einmal betastete ich vorsichtig meinen verlängerten Rücken. Verflixt und zugenäht! Der Tritt hatte gesessen. Das gab einen blauen Fleck, der sich sehen lassen konnte.

Ich war sehr gespannt, was er mit mir vorhatte. Irgendeine miese Schikane würde er sich bestimmt ausdenken.

Arme Stella! Nun hast du dir wegen mir eine saftige Ohrfeige eingehandelt. Ich kannte Stella schon seit mehreren Jahren. Sie war die unnahbare, von über der Hälfte der Primaner geliebte Tochter des Lyzeumsdirektors. Stella ins Kino zu einem Spaziergang oder zu einem Eis in die Konditorei einzuladen, das war eine Art Mutprobe, der sich ihre vielen Verehrer meist ohne den mindesten Erfolg unterzogen.

Wenn man allerdings ihren Vater, ein kleingewachsenes, dickes, kahlköpfiges Männchen mit verkniffenem, rotem Gesicht, betrachtete, so fiel es einem schwer, zu glauben, dass Stella seine leibhaftige Tochter war. Wir Gymnasiasten nahmen diese Diskrepanz einfach zur Kenntnis und sahen darin eine der vielen Launen der Natur, die man akzeptieren musste, ohne eine weitere Erklärung zu suchen.

Stella war in der Tat ein ausnehmend hübsches Mädchen, gut gewachsen, schlank, mit weichem, federndem Gang, wohlgeformten Beinen und zierlichen Füßen. Ihr volles, blondes Haar bedeckte ihre Schultern und umrahmte das sanfte Oval ihres zarten Gesichts. Unter den nur leicht geschwungenen, im Vergleich zu den Haaren um eine Schattierung dunkleren Augenbrauen, strahlten ihre graublauen intelligenten Augen, von langen, seidigen Wimpern beschattet. Die Nase war fein und gerade, die Lippen, obwohl nie geschminkt, leuchteten in verlockendem Rot. Beim Lachen zeigte sie perlengleiche, weiße Zähne, so dass jede beliebige

Zahnpastafirma sie ohne weiteres für Reklamezwecke engagieren konnte. Wenn sie lachte, bildeten sich auf ihren Wangen zwei neckische Grübchen.

Kein Wunder also, dass Stella von vielen Obersekundanern und Primanern verehrt wurde.

Natürlich gehörte auch ich zu dieser Schar von Verehrern, obwohl ich sie nie ins Kino oder zum Eis eingeladen hatte. Die Gründe, warum ich das nicht tat, sind einleuchtend. Ich verbrauchte mein Taschengeld zum Kauf von gefüllter Milchschokolade, die ich pfundweise verzehrte. Somit war es mir unmöglich, auch noch andere in die Konditorei oder ins Kino einzuladen. Später lernte ich Stella auf dem Tennisplatz kennen, wo ich ein paarmal mir ihr spielte und ihr die Schlägerhaltung beim Aufschlag beizubringen versuchte.

Wie es Mikosch fertiggebracht hatte, an Stella heranzukommen und sie sogar so weit zu bringen, dass sie sich mit ihm auf eine Bank im Stadtpark hinter dem Rathaus setzte, das war mir völlig schleierhaft geblieben. Besonders, da er das Taschengeld eines ganzen Monats bereits nach einer knappen Woche in Süßigkeiten umgesetzt hatte.

Als ich so dastand und meinen Gedanken nachhing, sah ich Šubrt wieder auftauchen. Er hatte die Wachstube verlassen und stiefelte auf den Lagerausgang zu. Am Lagertor blieb er stehen und schien auf etwas zu warten. Was hatte der Kerl nur mit mir vor? Ich kam einfach nicht dahinter.

Hinter mir ertönte das Schlurfen holzbeschuhter Füße. Der weiche Schmid kam angelatscht, in der einen Hand einen Stock, in der anderen einen Holzpflock haltend.

„Nanu? Was sollst du denn hier machen? Soll ich aufgehängt werden?"

„Ach wo! Ich muss einen Kreis in den Boden ritzen. 10 Meter im Durchmesser, hat Šubrt befohlen."

„Einen Kreis? Was zum Kuckuck soll das schon wieder bedeuten?"

Schmid ritzte direkt vor mir ein Kreuz in den Boden.

„Komm, stell dich mal auf das Ende der Schnur, damit ich den Kreis ziehen kann!"

Ich tat ihm den Gefallen und trat auf den Strick. Schmid ergriff das andere Ende und begann, die Strecke wie ein Schiedsrichter vor dem Elfmeter mit gewaltigen Schritten abzuschreiten. Dabei zählte er laut. Als er bei acht angelangt war, unterbrach ich seine Zählerei. „Hallo, Herr Schiedsrichter, du sagtest doch zehn Meter im Durchmesser!"

„Ja freilich. Ich bin aber doch erst bei acht!"

Ich erklärte ihm den Unterschied zwischen Radius und Durchmesser.

Schmid kratzte sich verlegen am Hinterkopf. „Du wirst schon Recht haben. Ich war in der Schule in Rechnen immer schon so blöd, weißt du."

Nachdem nunmehr alle Unklarheiten beseitigt waren, stand der Vollendung des Kreises nichts mehr im Wege. Keuchend machte der Weiche die Runde, dann richtete er sich aufatmend wieder auf. „So, das wäre geschafft. Ich hol' nur noch einen Eimer Sägespäne."

„Sägespäne? Soll hier eine Zirkusarena entstehen? Vielleicht will man mich den Löwen zum Fraß vorwerfen."

„Glaube ich nicht", sagte Schmid mit todernster Miene, „wo sollen denn die Löwen hier herbekommen."

„Oder ich muss gegen einen Gladiator kämpfen, so mit Dreizack und Netz."

Der weiche Schmid war ratlos. Zu gerne hätte er sich zu seinem harten Freund gebeugt und ihm etwas zugeflüstert, aber der war ja vorne am Zaun beschäftigt. „Weißt du, ich kann dir auch nicht sagen, was der Šubrt mit dir vorhat. Ich sollte nur den Kreis ziehen, mehr nicht. Es wird schon nicht so schlimm werden."

Schmid verzog sich, seine rechte Schulter hochziehend, in Richtung Geräteschuppen.

Rochel hätte jetzt bestimmt gesagt: „Da siehst du wieder, wie die Natur alles ausgleicht. Er trägt die rechte Schulter ein wenig hoch, dafür aber ist die linke Schulter tiefer." Mir fiel dieser Vergleich ein, da Rochel einmal folgenden Geistesblitz zum Besten gab: „Kennst du den Bruder vom Pinkus? Bei dem kann man sehen, wie die Natur alles wieder ausgleicht. Sein linkes Bein ist kürzer, dafür ist das rechte um das gleiche Stück länger. Ist das nicht ein Wunder der Natur?"

Der weiche Schmid tauchte wieder auf. Er schleppte einen Eimer mit Sägespänen herbei und bestreute sorgfältig die ganze Kreislinie. Dann hatte er es sehr eilig, zu seiner zweiten Hälfte zurückzukehren.

Ich stand wieder allein und verloren da im Mittelpunkt eines Kreises mit zehn Meter Durchmesser. Der Kreis, ging es mir durch den Kopf, ist der geometrische Ort aller Punkte, die von einem Punkt gleich weit entfernt sind. Um mir die Zeit zu vertreiben, begann ich, den Umfang und die Fläche des Kreises auszurechnen.

Es vergingen noch etwa fünf Minuten, da sah ich zwei Gestalten, die sich von draußen dem Lagertor näherten. Ich kniff die Augen zusammen, um besser sehen zu können. Da kamen doch zwei Frauen auf unser Lager zu. Die eine trug langes, schwarzes Haar, die andere war kahlköpfig, also zweifellos eine Deutsche. Bei Šubrt blieben sie eine Zeitlang stehen und schienen nicht ganz einig zu sein. Schließlich machte die Schwarzhaarige kehrt und verließ das Lager wieder. Der Lagerkommandant und das Mädchen kamen auf mich zu.

Ich bin etwas kurzsichtig und konnte vorerst nicht viel mehr erkennen. Was mochte das nun wieder bedeuten? Wer sollte sich darauf einen Reim machen?

Inzwischen waren die beiden so dicht herangekommen, dass ich nähere Einzelheiten erkennen konnte. Dieses Mädchen an Šubrts Seite. Mir stockte der Atem und ich begann heftig zu schlucken. Dieser leichte, federnde Gang! Dieses stolz erhobene Kahlköpfchen! Sollte das ...? Ich wagte diesen Gedanken gar nicht zu Ende zu denken. Das konnte einfach nicht sein. Oder doch? Ja, sie kam wirklich, jetzt erkannte ich sie deutlich. Sie war es, Stella.

Ja, war denn der Šubrt übergeschnappt! Holte mir Stella auch noch her! Mir konnte es recht sein. Aber was hatte er bloß mit uns vor?

Ich sollte es sehr schnell erfahren. Die beiden Gestalten kamen direkt auf mich zu und blieben vor mir stehen. Ich rührte mich nicht und starrte das Mädchen wie gebannt an. Sie erwiderte meinen Blick, in ihren Augen jedoch flackerte die Angst vor dem, was jetzt kommen würde.

Šubrt stand wie immer breitbeinig da und sonnte sich an unserer Unsicherheit. „Na, erkennst du sie wieder, deine flüchtige Bekannte?"

„Ja."

„Und jetzt möchtest du gerne wissen, was ich mit euch vorhabe, stimmt's?"

Ich sah Stella unverwandt an. „Ja", antwortete ich wieder.

„Das wirst du gleich sehen." Šubrt packte mich derb an den Schultern und drehte mich um. „So", sagte er, „so bleibst du jetzt stehen und rührst dich keinen Zentimeter vom Fleck!"

Dann ergriff er Stella an den Schultern. „Und du, du stellst dich hierher und rührst dich ebenfalls nicht vom Fleck!"

Als sich Stella, von Šubrt gestoßen, an meinen Rücken lehnte, durchrieselte mich ein unbeschreibliches, angenehmes Gefühl. Nun standen wir, dem Willen des Lagerbosses gehorchend, Schulter an Schulter aneinander gelehnt. Dieser marschierte, mit sich und seinem Vorhaben sichtlich zufrieden, um uns herum und weidete sich an unserem Anblick. „So, nun habt ihr euch endlich. Und so bleibt ihr stehen! Jede Bewegung ist verboten. Es herrscht absolutes Sprechverbot. Ich werde außerdem verkünden lassen, dass niemand den Kreis betreten oder mit euch sprechen darf. Ihr werdet vom

Wachlokal aus dauernd beobachtet, vergesst das nicht! Also keine Bewegung und kein Wort, sonst ergreife ich andere Maßnahmen, das schwöre ich euch!"

Šubrt ging. Hätte er sehen können, welch einen gewaltigen Freudensprung mein Herz vollführte, er hätte sofort kehrtgemacht, Stella von mir losgerissen und auf dem schnellsten Wege ins Frauenlager zurückgebracht. So aber war ihm eine solche Sehergabe zu meinem Glück nicht verliehen, und er ging in der festen Überzeugung, uns einer schrecklichen Strafe ausgesetzt zu haben.

Rings um uns entstand auf Šubrts Anordnung ein wahrer Bannkreis, in dessen Mitte wir beiden bewegungslos dastanden, ein abschreckendes Beispiel für alle, die zum Frauenlager hinüberschielten.

Die Lagerinsassen in unserer Nähe, die Platzkehrer, die Wegerecher, die Latrinenputzer und die Zaunflicker, sie alle warfen uns mitfühlende, bedauernde Blicke zu und beschrieben einen weiten Bogen um den verbotenen Kreis, während für uns beide alles, was uns umgab, aufhörte zu existieren.

„Eine schönere Strafe hätte der liebe Šubrt für uns gar nicht aushecken können", begann ich.

„Da hast du Recht", ertönte hinter mir ihre helle Stimme, „und ich hatte so entsetzliche Angst, er würde uns prügeln lassen oder sonst irgendwie quälen. Dass er uns zusammen hierhergestellt hat, finde ich einfach herrlich. Weißt du, wenn wir beim Sprechen den Mund so wenig wie möglich bewegen, können die im Wachlokal gar nicht erkennen, dass wir uns unterhalten." Und nach einer kurzen Pause kam es etwas schnippisch: „So, so, ich bin also nur eine "flüchtige Bekannte" für dich."

„Wie kommst du denn darauf?"

„Das hast du doch eurem Kommandanten erzählt."

„Aber Stella, das hab' ich doch nur so gesagt, weil er von mir deinen Namen erfahren wollte. Du kannst dir überhaupt nicht vorstellen, wie froh ich bin, dass wir jetzt hier stehen müssen."

„Ich auch, Hardi."

„Aber du würdest dich genauso freuen, wenn Mikosch oder irgendeiner deiner Bekannten an meiner Stelle hier wäre."

Sie schubste mich mit dem Ellenbogen. „Das hab' ich mir gedacht, dass du mir das aufs Butterbrot schmieren wirst. Aber ich erwähnte dies nur, damit du dir nicht zu viel einbildest."

„Wirklich?"

„Wenn ich es dir sage! Sonst wäre ich doch nicht so froh, dass wir hier zusammen stehen dürfen."

„Weißt du, Stella, mir wäre es eigentlich lieber umgekehrt."

„Wie meinst du das?"

„Na, ich meine, Rücken an Rücken ist ja ganz schön, aber ach, ich weiß nicht, wie ich das sagen soll."

„Du kannst es mir ruhig sagen, wenn du schon damit angefangen hast."

„Na ja, ich meine, von vorne hätte man sich eben mehr zu bieten."

Ich spürte, wie sie sich ein Lachen verkniff. „Was denn?", fragte sie.

Diese Stella! Ich merkte deutlich, dass sie mich in die Enge treiben, mich in Verlegenheit bringen, mir noch mehr entlocken wollte. „Stell dir vor", sagte ich, „wir könnten uns jetzt umdrehen, uns fest in die Arme nehmen und in die Augen sehen. Und ich würde dir sagen, dass ich dich liebe."

Sie schwieg.

„Du sagst ja gar nichts! Hast du mich denn nicht verstanden?"

„Doch! Ich denke eben darüber nach. Denn ich liebe dich auch. Deshalb hat mir die Ohrfeige auch nichts ausgemacht."

„Und denkst du, mir der Fußtritt? Jetzt, wo du dich an mich lehnst, merke ich überhaupt nichts mehr."

Sie drückte sich noch stärker an mich. „Weißt du, wenn man sich so im Kino kennenlernt oder während der Tanzstunde, und man geht dann zusammen, sitzt im Park auf der Bank oder wird zum Kaffee oder Eis in eine Konditorei eingeladen, und dann sagt man, das man sich liebt, ich finde das kitschig. Außerdem lernt man den anderen nie so richtig kennen. Und oft bildet man sich nur ein, dass man verliebt ist. Aber so wie hier, da weiß man: was der andere sagt, das ist nicht nur so ein leeres Gerede. Was man sagt, das meint man auch so. Und jeder ist bereit, dafür alles in Kauf zu nehmen."

„So ist es wirklich, Stella, und wenn du es wünscht, drehe ich mich um und gebe dir einen Kuss."

„Nein, nein, tu das um Gotteswillen nicht, sonst jagen sie uns auseinander.- Übrigens ist es mir lieber, wir stehen Rücken an Rücken, weil du mich so nicht dauernd ansehen musst mit meinem kahlen Kopf."

„Aber Stella, glaubst du denn, dass mich das stört? Überhaupt nicht. Bestimmt. In keiner Weise. Was ich aber gerne gewusst hätte, ob..." Ich vollendete den Satz nicht.

„Was hättest du gerne gewusst?"

„Ach, nichts Besonderes."

„Wenn du A sagst, dann musst du auch B sagen. Also, verrate mir, was du so gerne gewusst hättest!"

„Schön, wenn du unbedingt darauf bestehst. Wie war das mit dem Geschichtslehrer Kučera? Hattest du.., hattest du mit ihm ein.., du weißt schon?"

Der junge Lehrer Kučera, neu an unserem Gymnasium, hatte die Verehrer Stellas in zwei Gruppen gespalten. Die Fraktion, die behauptete Stella hätte ein intimes Verhältnis mit ihm und die, die dies mit einer oft aggressiven Vehemenz bestritten.

Sie schwieg eine Weile. Dann ertönte es gepresst: „Sprachst du von einem Verhältnis? Noch dazu intim? Das hat jemand behauptet?"

„Ja, so…, so ähnlich. Aber denke ja nicht, dass mir das jetzt etwas ausmacht. Außerdem habe ich das sowieso nicht geglaubt. Du brauchst auch gar nicht zu antworten."

Ich spürte, wie sie ein Lachen unterdrückte. „Gar nicht geglaubt, ach, aber sicherheitshalber fragen. Vielleicht stimmt es doch? Jetzt würde ich dir gerne in die Augen sehen. Aber zu deiner Beruhigung: Kučera war und ist absolut nicht mein Typ, so dass eine Beziehung für mich nie in Frage kam. Du hingegen hast sämtliche Gelegenheiten mich kennenzulernen vorübergehen lassen, so dass ich fast vermuten musste, der Kerl ist furchtbar eingebildet. Jetzt bin ich wohl eines besseren belehrt."

„Und ich erst mal! So glücklich wie heute war ich schon lange nicht."

„Vorsicht!" raunte sie, „der Kommandant kommt."

Wir verstummten und rührten uns nicht.

Šubrt umrundete uns, pfiff eine Melodie, die entfernt an die Internationale erinnerte, und schlug im Takt mit dem Stock auf seine ungeputzten Reitstiefel. Dann bückte er sich und ritzte an unseren Schuhen entlang die Umrisse in den Boden.

„Damit ich das nächste Mal sehen kann, ob ihr euch bewegt habt."

Wir standen wie die Puppen im Wachsfigurenkabinett.

„Nun, in ein paar Stunden wird es euch anders gehen." Er stimmte den zweiten Vers der Internationale an und verzog sich wieder, sichtlich zufrieden mit seinem grausamen Werk.

„Ich möchte bloß wissen, warum es den Menschen so eine Freude bereitet, sich gegenseitig so zu quälen. Sie müssten doch bedenken, dass alle, ausnahmslos alle einmal daran glauben müssen. Und wenn sie tot sind, was hatte die Quälerei für einen Sinn?"

„Aber Hardi, ich habe gar nicht gewusst, was du dir für Gedanken machen kannst! Aber ich werde dich bestimmt nicht quälen, niemals, das verspreche ich dir! Aber was du da gesagt hast, das habe ich mir auch schon oft gedacht. Da krabbeln die winzigen Menschlein auf ihrem Planeten herum, und ihr ganzer Lebensinhalt besteht darin, die anderen irgendwie zu übertreffen, mächtiger, reicher, klüger zu sein als die anderen. Und um dieses Ziel zu erreichen, ist ihnen jedes Mittel recht. Wenn sie dann ein paar Jährchen auf dieser Erde ihr Unwesen getrieben haben, legen sie sich in die Erde und verfaulen."

„Wie Recht du hast! Wenn man sich nach dem Sinn unseres Lebens fragt, wird man wohl schwierig eine vernünftige Antwort finden."

„Deshalb lassen wir dieses Thema lieber bleiben und sprechen von uns."

„Weißt du, Stella, was ich gerne wissen möchte? Woher dieser Šubrt die Idee mit dem Kreis hat. Im Konzentrationslager haben sie auch welche zur Strafe irgendwo hingestellt. Aber bestimmt nicht so gemütlich. Vielleicht hat er auch in der Schule gelernt, dass man früher Verbrecher öffentlich an den Pranger stellte. Zur Strafe und Abschreckung. Zu unserem Glück ahnt er nicht, welch ein schönes Geschenk er uns damit gemacht hat."

„Mal was anderes, Hardi. Sag mal, seit wann weißt du eigentlich, dass du mich liebst?", wollte Stella von mir wissen.

Eine schwierige Frage!

„Das ist schon lange her. Von weitem habe ich dich schon immer bewundert. Gesprochen habe ich mit dir nur ein paarmal auf dem Tennisplatz, mehr nicht. Außerdem hatte ich das Gefühl, dass du mit Mikosch lieber gespielt hast als mit mir."

„Das stimmt aber wirklich nicht! Mit Mikosch gerne Tennis gespielt! Das ich nicht lache! Der hat doch die Bälle immer in die Ecken gedroschen wie ein Irrer. Und nach zehn Minuten hatte er keine Lust mehr."

„Das stimmt. Mit mir hat er es höchstens eine halbe Stunde ausgehalten. Dann machte er Hochsprung über das Netz. Und am liebsten veranstaltete er Weitspuckwettbewerbe mit Anlauf, bis ihn der Platzwart rausschmiss!"

„Siehst du! Ich hätte damals gerne öfter mit dir gespielt, aber du hast ja auch dazu nie etwas gesagt."

„Was sollte ich sagen, wo du doch meist von deinen Verehrern umringt warst wie Penelope von ihren Freiern. Da wollte ich mich auf keinen Fall aufdrängen."

„Was die mich schon interessiert haben!"

„Das sagst du so! Von einem weiß ich bestimmt, dass er dich brennend interessiert hat."

„So, meinst du, noch mehr als Kučera?" Dann verrate mir's doch!"

„Nun, es ist mein Freund Mikosch. Möge ja sein, dass du nicht gerne mit ihm Tennis gespielt hast. Aber sonst..."

„Ph, schon wieder der Mikosch. Das hast du dir aber bloß eingebildet. Er war immer so spaßig und hat mich eben eine Zeit lang von der Schule abgeholt. Das war alles."

„Das kannst du mir doch nicht einreden. Dazu kenne ich Mikosch viel zu gut."

„Jetzt lenk nicht ab, Hardi. Dieweil warst du der Erste, der mir einen Kuss gegeben hat."

Ich schwieg verdattert. Ich sollte ihr einen Kuss gegeben haben? Wann denn, zum Kuckuck noch einmal? Ich hatte nicht den geringsten Schimmer von einer Ahnung.

„Du sagst ja nichts? Oder hast du's etwa vergessen?"

Ich wühlte in allen Windungen meines Gehirns herum. Wann sollte das bloß gewesen sein? In der Kinologe? Nein, das war Irene. In der Haustür? Das musste Waltraud gewesen sein. Aber Stella? Da musste sie sich gewaltig irren.

„Dachte ich mir's doch! Du weißt es nicht einmal mehr. So einen nachhaltigen Eindruck hat dieser Kuss bei dir hinterlassen, dass du dich überhaupt nicht erinnern kannst. Aber ich hab's nicht vergessen und will es dir sagen: In der Tanzstunde war es. Wo ein Paar, nach dem anderen auf den Tisch steigen musste. Und oben gab man sich dann, einen Kuss. Und wir zwei kamen auch dran. Dämmert's jetzt bei dir?"

„Ach, das meinst du! Natürlich weiß ich das. Oben auf dem Tisch! Das war ja nur ein Spielkuss, den hätte ich jeder anderen auch gegeben! Das zählt weiter nicht."

Sie schien erleichtert. „Ach, so meinst du das!"

„Jetzt lenk aber du nicht ab und sag mir, wie das mit Mikosch war!", wollte ich wissen.

„Mit Mikosch", kam es gedehnt, „was sollte schon mit Mikosch gewesen sein."

„Willst du denn behaupten, dass er dich nicht geküsst hat?"

Keine Antwort.

„Oder du ihn?"

„Das schon gar nicht", kam es wie aus der Pistole geschossen.

„Also er dich! Wusste ich's doch! Und ich kann dir auch sagen, wo."

„Da bin ich aber gespannt."

„Auf einer Bank im Park hinter dem Neuen Rathaus."

Nach kurzem Schweigen kam dann die erstaunte Frage: „Woher weißt du denn das?"

„Ich werde doch meinen Freund Mikoschek kennen. Ich kann dir auch verraten, was er dir nach dem ersten Kuss gesagt hat. Er hat gesagt, dass du das erste Mädchen in seinem Leben bist, dem er einen Kuss gegeben hat, dass du seine erste große Liebe bist und für ihn nie wieder ein anderes Mädchen existieren wird."

„Dieser Erzhalunke hat dir das alles erzählt!", rief sie empört aus.

Ich stieß sie mit dem Ellenbogen. „Nicht so laut. Außerdem hat mir Mikosch kein Sterbenswörtchen verraten."

„Dann hast du hinter den Büschen gesessen und zuge-
hört."

„Aber Stella! Traust du mir so etwas zu? Das hat Mikosch
doch bei jeder so gemacht. Er hat mir seine Rolle einmal vor-
gespielt, die lässt er jedes Mal mit Erfolg ablaufen."

Sie stampfte mit einem Fuß auf dem Boden auf und ließ
ein ärgerliches Stöhnen vernehmen. „Ooch, dieser schuftige
Schuft! Und auf so einen miserablen Trick muss ich hereinfal-
len. Wenn der mir noch einmal zwischen die Finger kommt,
dann kriegt er eine Ohrfeige von mir, die sich gewaschen hat.
Und dann sag' ich ihm: "Du bist der Erste, dem ich eine ge-
schmiert habe, und ich werde mein ganzes Leben lang keinem anderen mehr eine schmieren."

Diesmal musste ich mich beherrschen, um nicht laut aufzu-
lachen. Ich stellte mir das dumme Gesicht vor, das Mikosch
nach bezogener Watsche ziehen würde, sah, wie er seine
Augendeckel herauf- und herunterklappern ließ, und es fiel
mir wirklich schwer, ernst zu bleiben.

„Hardi, fang ja nicht an zu lachen! Ich spür' doch, wie du
das Lachen verbeißt." Und dann begann auch sie sich zu
schütteln.

Für eine kurze Zeit hatte jeder damit zu tun, nach außen
hin todernst zu bleiben, wie es die Lage nun mal erforderte.

Dann fragte Stella: „Wo steckt denn dein lieber Mikoschek
überhaupt, weißt du etwas von ihm?"

Ich hatte nunmehr Gelegenheit, ihr von unserer gemein-
samen Flucht bis zu dem Zeitpunkt, da sich Mikosch von mir
trennte, zu erzählen. „In der Nähe von Königgrätz, Teppecho-
vice oder so ähnlich heißt das Nest, da ist er bei einer seiner
Tanten geblieben. Wenn er aber geahnt hätte, dass er dich
hier wiedergefunden hätte, wäre er bestimmt mit mir nach
Ostrau gekommen."

Unsere Unterhaltung wurde wieder unterbrochen, da Šubrt
erschien, um sich an unserer stummen Qual zu weiden. Er

sah ein paar geplagte, total erschöpfte, halb verzweifelte Menschenkinder vor sich, die sich nur noch mit größter Mühe auf den Beinen hielten. „Ja, ja, das wird ein langer, unvergesslicher Tag für euch. Und fallt mir ja nicht um, denn dann lasse ich euch mit eiskaltem Wasser überschütten." Nachdem er die Umrisse auf der Erde kontrolliert und festgestellt hatte, dass wir uns um keinen Zentimeter von der Stelle gerührt hatten, kehrte er befriedigt ins Wachlokal zurück.

Nun hatte Stella Gelegenheit, mir von ihrem Schicksal zu erzählen. Ihr Vater war schon vor einem Jahr gestorben. Die Mutter hatte die große Wohnung räumen müssen und wohnte bei ihrer Schwester in Witkowitz. Stella aber war ins Lager gebracht worden, weil sie beim BDM (Bund Deutscher Mädel) war. Jetzt musste sie zehn Stunden täglich uralten Mörtel von herausgebrochenen Ziegelsteinen losklopfen.

„Da werden deine Hände aber leiden, bei dieser miesen Arbeit!", sagte ich voller Mitgefühl.

„Das kannst du aber laut sagen! Voller Schwielen, eine an der anderen."

„Zeig her, lass mich mal fühlen!" Ich hatte mich genau umgesehen. Wir standen so da, dass wir den Baracken die Seite zuwandten. Sie befanden sich, einschließlich des Wachlokals, rechts von mir aus gesehen. Hinter mir lagen die Wohnbaracken und am Ende die Küche und der Lagerausgang. Vor mir erstreckte sich der Lagerplatz bis zum Maschendrahtzaun, der die Grenze zwischen dem Männer-.und dem Frauenlager bildete. Dort waren die beiden Schmidts noch damit beschäftigt, neue Pfosten einzusetzen. Zu meiner Linken, höchstens noch zehn Meter entfernt, begann der Bahndamm. Da war niemand. Also konnte es keiner sehen.

Zaghaft streckte mir Stella ihre Hand entgegen. Ich ergriff sie vorsichtig und fühlte es: eine Blase neben der anderen, Schwielen über Schwielen.

„Kann das auch wirklich niemand sehen?", hörte ich hinter mir Stellas ängstliche Stimme.

Ich vergewisserte mich noch einmal. „Du brauchst wirklich keine Angst zu haben! Kein Mensch kann uns von der Bahndammseite aus beobachten."

Noch einmal betastete ich ihre raue Hand. „Das muss ja schrecklich wehtun. Du musst Handschuhe anziehen bei der Arbeit."

„Und woher soll ich die nehmen? Außerdem haben das schon welche versucht. Aber unsere Aufpasserin hat etwas dagegen. "Ihr wollt wohl eure Weißhändchen nicht schmutzig machen", hat sie gesagt, und dann hat sie den Frauen die Handschuhe weggenommen."

„Und wo arbeitest du?"

„Am "Deutschen Haus". Du wirst ja wissen, dass es abgerissen wird."

„Am "Deutschen Haus"! Den Platz davor habe ich vor ein paar Wochen gefegt. Also ich muss unbedingt sehen, dass ich dort eine Arbeit kriege, dann können wir uns öfter treffen. Von uns geht jeden Tag eine Gruppe dorthin."

„Tu das ja nicht! Du ahnst ja nicht, was für eine Schinderei die Arbeit dort ist. Und gefährlich ist es außerdem!"

„Ach was, gefährlich! Ich bin schwindelfrei. Außerdem will ich sowieso dahin, weil meine Mutter in "Palace-Hotel" arbeitet."

So standen wir da, eng aneinander gelehnt, hielten uns an der Hand und genossen diese Stunden der Zweisamkeit. Ich fühlte keinen Hunger, keinen Durst, für mich existierte weder das Lager noch sein Kommandant, vergessen waren alle Schikanen, alle Schmerzen. Es war ein erhebendes, ein beglückendes Gefühl, wie ich es bisher noch nie so intensiv empfunden hatte.

Dennoch begann sich das lange unbewegliche Stehen unangenehm bemerkbar zu machen. In meinem linken Bein, da kribbelte und krabbelte es derart stark, dass ich kaum noch stehen konnte.

„Du bist ja auf einmal so still", sagte Stella mit einem besorgten Unterton in der Stimme.

„Ach, mir ist das linke Bein eingeschlafen, ohne Gute Nacht zu sagen."

„Mir geht es auch so."

„Da gibt es ein gutes Mittel. Du musst mit den Zehen Klavier spielen, dann geht das vorbei."

Ich spürte, wie sie wieder ein Lachen unterdrückte. „Schließlich hast du das Klavierspielen bei Frau Zibulka so gut gelernt", gluckste sie. „Mikosch hat mir alles erzählt."

Wieder dieser Mikosch! Er wusste, wie ich die arme Frau Zibulka mit meiner sprichwörtlichen Faulheit zur Verzweiflung gebracht hatte. Entweder ich schwänzte die Klavierstunde oder ich erschien mit dickverbundener Hand.

„Hat er dir noch mehr über mich erzählt, dieser Knilch?", knirschte ich und spielte mit den Zehen Klavier.

„Nun, so einiges", kam die vieldeutige Antwort.

Ich fragte lieber nicht weiter. „Stella, wir müssen mal ein paar Schritte machen, wir stehen bestimmt schon fünf bis sechs Stunden."

„Und wie stellst du dir das vor?"

„Ganz einfach. Wenn Šubrt kommt, sage ich ihm, dass ich mal muss. Und du sagst es ihm auch. Was will er da machen?"

„Versuchen wir's."

„Wir können es ja nicht so machen wie Mikosch", fiel mir gerade ein.

„Ich höre wieder Mikosch! Was hat er denn damals angestellt?"

„Eigentlich ist das nichts für kleine Mädchen! Er hat nämlich gewettet, dass er sein Geschäft auf der Promenade mittags vor allen Leuten erledigen wird. Fünf aus der Klasse haben mit ihm gewettet. Jeder hat drei Mark gesetzt. Ich Dussel auch. Dann haben wir uns alle auf der Prome hingestellt und gewartet. Und Mikosch hat mitten im Menschengewühl gestanden wie ein Fels im Meer und hat gegrinst. Als wir langsam ungeduldig wurden, hat er uns herbeigewunken und die Hand ausgestreckt. "Los, mein Geld her, ich habe meine Wette gewonnen", sagte er und trat zur Seite. Maßlos enttäuscht starrten wir auf die Pfütze, die uns insgesamt 15 Mark kostete. Daran hatten wir nicht gedacht, dass er einfach so in die Hose ... Vorsicht! Er kommt wieder. Leidensmienen aufsetzen!"

Unser Kommandant erschien, um uns zu umrunden. Unsere schmerverzerrten Gesichter taten ihm sichtlich gut. „Nun, wie fühlt man sich so? Jetzt wärt ihr euch bestimmt gerne wieder los, hab' ich Recht?"

„Ich muss austreten", antwortete ich.

„Ich auch", sagte Stella.

Šubrt überlegte kurz. „Gut. Eine Minute. Aber nur aus hygienischen Gründen erlaube ich das. Du gehst auf die Latrine, und du benutzt das Klo neben dem Wachlokal!"

Wir gingen. Die ersten Schritte fielen zwar ein wenig schwer, aber das gab sich schnell. Dennoch humpelten wir beide, als ob wir uns nur noch mit Mühe auf den Beinen halten konnten. Ich hatte aus der Lazarettzeit genügend Übung.

Šubrt ging hinter uns her. „Los, los, beeilt euch! Schleicht nicht so krepiert dahin!"

Stella verschwand hinter der Tür neben dem Wachlokal. Ich hinkte weiter in Richtung Latrine, vorbei an den rechenden und fegenden Lagerinsassen, die mir mitfühlende Blicke zuwarfen.

Nach dieser kurzen, aber erholsamen Pause standen wir wieder auf unserem Stammplatz am Pranger.

„In welcher Baracke bist du denn eigentlich untergebracht?", fragte ich Stella.

„Gleich in der ersten."

„Welches Zimmer? Welches Bett?"

„Wozu willst du das so genau wissen? Kommst du mich besuchen?"

„Freilich! Mein Geist wird dich jede Nacht aufsuchen. Soll er denn erst überall herumirren?"

„Geh, was redest du denn da wieder für ein Blech zusammen", lachte sie. Aber sie verriet es mir dann doch. „Ich bin auf Zimmer vier, rechts die zweite Tür und schlafe rechts in der Ecke im oberen Bett."

„Aha, das Bett Böhms."

„Welcher Böhm?"

„In unserer Stube bewohnt dein geliebtes Bett einer, der auf den Namen Böhm hört."

„Also gut. Ab heute werde ich jeden Abend, wenn das Licht ausgeht, auf deinen lieben Geist warten."

„Er wird bestimmt kommen! Aber vorher müssen wir uns jeden Tag sehen. Ich werde abends gegen 19 Uhr am Zaun sein, ganz bestimmt und pünktlich."

„Ich werde auch da sein, das verspreche ich dir."

„Und ich werde außerdem versuchen, eine Arbeitsstelle am "Deutschen Haus" oder zumindest in der Nähe zu erwischen. Es wird sich schon etwas finden."

Wir standen noch den ganzen Nachmittag beisammen. Erst gegen 18 Uhr, als alle Lagerarbeiter ihre rege Tätigkeit einstellten, erschien Šubrt. „So, ihr könnt jetzt gehen! Und wenn ich euch noch einmal am Zaun erwische, dann kommt ihr nicht mehr so leicht davon! Das schwöre ich euch!" Er wandte sich an Stella: „Du wartest am Lagertor, bis du abgeholt wirst!" Und mich brüllte er an: „Und du, hau schon ab!"

Wir trennten uns. Ein kurzer Abschiedsblick noch, dann zog ich es vor, schnell zu verschwinden. Es konnte ja sein, dass ihm noch etwas einfiel. Ich drehte mich erst um, als ich unsere Baracke erreicht hatte. Ganz hinten sah ich sie gehen; neben ihr stiefelte Šubrt. Aber sie drehte sich nicht um und tat recht daran.

In der Stube wurde ich mit lautem Hallo empfangen. Alle waren der Überzeugung, ich hätte einen schrecklichen Tag hinter mir, und sie sparten nicht mit Worten des Mitgefühls und tiefsten Mitempfindens. Ich kam mir bald vor wie auf meiner eigenen Beerdigung. Darum winkte ich energisch ab und rief: „Meine lieben Freunde, bedauert mich nicht sondern beneidet mich, denn der heutige Tag war einer der schönsten in meinem ganzen Leben!"

Rochel neigte sich zu Peppo und flüsterte ihm etwas zu. Und wenn Rochel flüsterte, dann verstand man ihn noch im äußersten Winkel der Stube. „Er ist übergeschnappt", wisperte er, „und solche Leute man muss gehen lassen, sonst sie werden gefährlich."

Ich ließ ihn wispern. Was bekümmerte mich sein Geschwafel, was scherten mich die vielsagenden Blicke der anderen. Ich war so unsagbar froh, so glücklich und zufrieden, von mir aus konnten alle denken, was sie wollten, das war mir völlig egal. Pfeifend ergriff ich daher meine Blechschüssel und meinen Löffel, winkte allen noch einmal zu und begab mich zu Olga, um meine Doppelportion Kartoffelsuppe abzuholen. Denn auch Liebe schützt auf die Dauer vor Hunger nicht.

Am nächsten Tag hatte sich im Lager nur eine Kleinigkeit verändert. Parallel zum Zaun, der die Männlein von den Weiblein trennte, verlief in einer Entfernung von ungefähr drei Metern eine unübersehbare Linie aus Sägemehl. Der dabei entstanden Streifen bis zum Zaun durfte ab sofort von niemand betreten werden. Auf der anderen Seite galt dasselbe Verbot. Was mich nicht daran hindern konnte, jeden Abend an dieser Linie entlangzumarschieren. Jenseits des Zaunes, ebenfalls hinter dem drei Meter breiten Niemandsland, erschien auch Stella jeden Tag. Wir winkten uns ein paarmal vorsichtig zu, blieben aber nicht lange, denn wer konnte wissen was die Burschen das nächste Mal mit uns anstellten, wenn sie uns erwischten. Bestimmt würden sie uns nicht noch einmal an den Pranger stellen, das wussten wir sicher. Denn diese Strafe hätten wir beide ohne Zögern jeden Tag auf uns genommen.

Das Vierweiberlhaus

Der mühsame, kräfteraubende Trott des Lagerlebens ging weiter. Nur mit dem Unterschied, dass mir seit meiner Begegnung mit Stella alles viel leichter viel. Einen Brief an meine Mutter hatte ich in der Zwischenzeit auch aus dem Lager schmuggeln können. Nur meine Bemühungen, eine Arbeitsstelle zumindest in der Nähe des "Deutschen Hauses" zu erhalten, hatten vorerst keinen Erfolg. Dafür aber hatte Fabricius eine Arbeit ausbaldowert, die nur von zwei Mann ausgeführt werden sollte. Im Allgemeinen rissen sich alle nach Arbeiten, bei denen nur wenige Arbeitskräfte angefordert wurden. Hier erhoffte man sich eine Reihe schwergewichtiger Vorteile. Man durfte allein zur Arbeitsstelle gehen, wurde während der Arbeit weder beobachtet noch schikaniert, und manchmal, was natürlich das Wichtigste war, gab es hin und wieder trotz des strengen Verbotes etwas zu essen.

„Hör mal, Hardi", wandte sich Fabricius eines Tages an mich, „hättest du Lust, mit mir eine Zweierarbeit anzunehmen?"

Aus obengenannten Gründen hatte ich natürlich Lust. „Um was für eine Arbeit handelt es sich denn?", wollte ich vorsichtshalber doch wissen.

„Ich hatte mal einen Polier namens Vilém Kratochvil. Und der hat mich jetzt bei der Lagerleitung angefordert. Ich finde es ganz nett von ihm, dass er sich meiner erinnert, zumal ich mit ihm nie sonderlich gut ausgekommen bin."

„Und was sollen wir dort machen?", bohrte ich weiter.

„Ich hab' keine Ahnung, irgendwas an seinem Haus ist nicht in Ordnung. Ihm gehört nämlich ein zweistöckiges Mietshaus in der Nähe des Rathauses."

Die Sache war abgemacht. Und bereits am nächsten Morgen erwarteten wir, unseren Marschbefehl in der Hand, am

Lagertor den Polier Kratochvil, der uns beim ersten Mal abholen musste.

Er kam auch pünktlich an, ein untersetzter, kräftiger Mann mit borstigem Haar, einem fleischigen Gesicht mit weitausladendem Kinn und stark geröteter Nase. „Ah, da sind Sie ja schon, Herr Fabricius", sagte er mit ausgesuchter Höflichkeit. Seine Absicht, seinem ehemaligen Chef zur Begrüßung die Hand zu reichen, erstickte er im Keime, denn hinter ihm stand mit grimmiger Miene und geschulterter Maschinenpistole Smůla, der Kettenraucher.

Fabricius bestätigte, dass wir schon da seien und stellte mich als seinen Helfer vor.

Der Polier betrachtete mich abschätzend von oben bis unten.

„Na ja", meinte er nach eingehender Musterung, woraus ich schließen konnte, dass meine Erscheinung auf ihn keinen umwerfenden Eindruck hinterlassen hatte.

Nach Erledigung der Formalitäten durften wir das Lager verlassen. Wie es sich für Deutsche gehörte, benutzten wir die Straße, während Kratochvil von seinem Vorrecht, den Bürgersteig begehen zu dürfen, Gebrauch machte. „Das ist alles ein Blödsinn, was die jetzt mit euch anstellen", sagte er, „aber es wird nicht mehr lange dauern, dann lassen sie euch alle miteinander wieder laufen."

Wir zogen es vor, keinen Kommentar abzugeben. Dafür wollte Fabricius wissen, was für eine Arbeit uns bevorstand.

„Ach, wissen's, Herr Architekt, hinter meinem Haus ist ein großer Bombentrichter. Die Kanalisation ist hin. Alles ist verschüttet und verstopft. Ich bin, wissen's, den ganzen Tag an der Arbeit und kann mich nicht darum kümmern. Und da hab' ich an Sie gedacht, wo Sie doch von Fach sind. Sie verstehen auch was davon und werden das schon machen."

Wir wechselten Blicke, in denen das nackte Entsetzen flackerte. Kanalisation! Allein das Wort ließ unsere Haare zu

Berge stehen. Darauf hatten wir gerade noch gewartet!

„Es ist ein ruhiges Haus. Lauter ältere Frauen wohnen hier, kein einziger Mann außer mir, wissen's." Er zwinkerte uns vielsagend zu und grinste, wobei eine gewaltige Zahnlücke sichtbar wurde, da ihm die beiden oberen Schneidezähne fehlten.

Wieder sagten wir nichts. Erst einmal abwarten, denn es wird nichts so heiß gekocht, dass man es nicht essen könnte.

Als wir aber das Haus erreicht hatten und einen Blick auf den Hinterhof warfen, blickten wir uns noch einmal an, diesmal viel entsetzter und entgeisterter.

„Das sieht ja lustig aus!", entfuhr es dem großen Architekten beim Anblick eines ausgedehnten Trichters und der ihn umgebenden Verwüstung. Das Haus, ein rotes, schmalbrüstiges Backsteingebäude, wies in seinen unverputzten Wänden eine Unzahl von Löchern und Vertiefungen auf. Aus den beiden unteren Wohnungen starrten uns leere Fensterhöhlen entgegen. Ein völlig kahler Baum neigte sich traurig über den mit den verbogenen Resten einer Teppichstange, mit zerbrochenen Möbelteilen, einer total zerfetzten Matratze, einem zertrümmerten Sitzklo, zerrissenen Büchern und zerbrochenen Ziegelsteinen gefüllten Trichter. Der Bretterzaun war umgekippt, ringsherum lagen verstreut die Zaunlatten. Reste einer Sitzbank, alte Lumpen, zerrissene Schuhe, Scherben von Flaschen und Geschirr, verrostete Blecheimer, mit Kalk bekleckerte Holzbretter, durchnässte Zeitungen, Teile eines Teppichs, ein demolierter Kinderwagen, ein uraltes Fahrradvehikel, mehrere Autoreifen, ein halber Klodeckel und sonstiger Hausrat vermischten sich mit Schutt.

Wie angewurzelt standen wir da und betrachteten tief ergriffen dieses Chaos.

„Ja, ja, das sieht hier aus wie Sodom und Gomorrha"; sagte der stolze Hausbesitzer in das andächtige Schweigen und schob sein Kinn noch weiter vor. „Und da hab' ich noch großes Glück gehabt, dass das Haus stehengeblieben ist, wissen's. Nur die beiden unteren Wohnungen sind halt kaputt. No, wenn ich einmal Zeit hab', bring ich die schon wieder in Ordnung."

Wir glaubten ihm kein Wort, traten schweigend an den Rand des Trichters und blickten hinunter auf seinen Grund, wo zwischen Balken und Schutt eine grünliche, stinkende Flüssigkeit schimmerte.

Der Polier wies auf die dem Haus zugewandte Seite des Trichters.

„Gerade hier verlaufen die Abwasserrohre. Ihr müsst sie flicken, denn im Haus ist das eine Katastrophe, wissen's. Mehr brauch' ich eh nicht zu sagen. Sie sind ja Architekt, Sie wissen's am besten."

Vorsichtig stiegen wir über den Schutt und die Glasscherben zum Haus zurück.

„Ich hab' euch erst mal für 14 Tage angefordert, mal sehen. Und Werkzeug ist im Keller. Ich hab' alles da, Pickel, Schaufeln. Da steht auch ein Schubkarren. Im anderen Keller findet's ihr die passenden Rohre und Gummistiefel."

Der Polier ging und hinterließ zwei total geschlagene, völlig zerknirschte und am Boden zerstörte Menschen, die sich in Selbstanklagen zerfleischten und in deren Seelen dasselbe Chaos herrschte wie auf dem Hinterhof.

Fabricius schlug sich auf die Stirne. „Ooch, ich hirnverbrannter Unglückswurm, ich total verblödetes Rhinozeros, was habe ich uns da eingebrockt! Hardi, weißt du, was ich bin?"

Ich konnte es mir denken, sagte aber nichts.

„Ich bin kein Architekt, sondern ein Arschitekt. Ein Riesenarschitekt. Und weißt du, warum? Weil ich nicht gemerkt habe, dass das hier die Rache des kleinen Poliers an seinem ehemaligen Chef ist. Darum!"

Meine Absicht, Fabricius mit Vorwürfen zu überhäufen,

schmolz dahin wie Schweineschmalz in, der heißen Bratpfanne. „Lass doch sein, Fabi, wir haben doch 14 Tage Zeit
oder vielleicht noch länger. Ist doch alles halb so schlimm."

Fabricius blickte mich ungläubig an. „Meinst du das jetzt im
Ernst?"

Wider besseres Wissen nickte ich zuversichtlich.

Wir setzten uns an den Rand des Kraters und blickten
hoffnungslos auf seinen grünlich schimmernden Grund.

Plötzlich begann Fabricius zu lachen. „Lass sein, Hardi, einen Bruch werden wir uns hier bestimmt nicht holen, dafür
sorg' ich."

„Das glaube ich dir gerne. Wo ich sowieso schon einen
habe."

„Apropos, Hardi, hast du übrigens gesehen, dass wir beobachtet werden?"

Ich hatte nichts dergleichen gesehen.

„Guck doch mal unauffällig zum Haus. Im ersten Stock
rechts hinter dem speckigen Vorhang blinzelt eine hervor.
Und links steht auch eine hinter dem Pappfenster. Ich werd'
verrückt! Oben spioniert noch eine! Aber die versteckt sich
nicht."

Ich sah nach oben und winkte der älteren Dame freundlich
zu.

Sie winkte vorsichtig zurück und verschwand wieder.

„Das ist ja ein interessantes Haus. Lauter Weiber! Vielleicht wird …" Ich unterbrach meine Rede, denn die Frau im
zweiten Stock tauchte wieder am Fenster auf und warf einen
in Zeitungspapier gewickelten Gegenstand auf den Hof, worauf sie ihren Zeigefinger an den Mund hielt, zum Zeichen
dafür, dass wir nichts verraten sollten.

Ich erhob mich unauffällig, klopfte mir den Hosenboden ab,
umrundete den Krater und trat dann ans Haus, um das Päckchen aufzuheben. Neugierig wickelte ich das Papier auf und
hüpfte beim Anblick des verlockenden Inhalts ein paarmal in

die Höhe, ungefähr wie ein Stürmer, der in allerletzter Sekunde das Siegtor geschossen hat. Das konnte doch nicht wahr sein! Zwei Päckchen Tabak, ein ganzer Stoß kleiner Päckchen mit Zigarettenpapier und eine Schachtel Streichhölzer!

Mit ein paar Sätzen war ich bei Fabricius und hielt ihm die erhaltenen Kostbarkeiten vor die Nase.

Er begann zu strahlen. „Nun, Hardi, sag einmal, wie hab' ich das gemacht? Eine bessere Arbeitsstelle konnten wir doch wirklich nicht finden!" Womit klar ersichtlich ist, dass Fabricius sein zerrüttetes Selbstvertrauen schnell wiedergefunden hatte.

„Jetzt strunzt du aber ganz schön, mein lieber Arschitekt", stellte ich fest.

„Arrrchitekt, mein Bester, Arrrchitekt. Ich nehme alle Beschimpfungen gegen meine Person hiermit wieder zurück, denn es gehört schon ein phänomenaler Riecher dazu, so eine ideale Arbeitsstelle auszumachen. Und so ein Wetter dazu!"

Jetzt tat er sogar schon so, als ob er das Wetter auch gleich mitbestellt hatte! Es war auch ein wunderschöner, klarer Junitag, der Himmel hatte sein Blauseidenes angezogen und die Sonne lachte vom Himmel, dass es eine wahre Freude war.

Wir beiden hatten die Bankreste zusammengetragen und sie zu einer halbwegs haltbaren Sitzgelegenheit aneinander genagelt, uns auf der provisorischen Bank niedergelassen und ein paar der so lange vermissten Zigaretten gedreht. Fabricius sagte, dass das Wichtigste auf der Arbeitsstelle eine vernünftige Sitzgelegenheit sei.

Auf einem Ast des kahlen Baumes hatte sieh ein kohlschwarzes Amselmännchen niedergelassen und sah neugierig zu, wie wir genießerisch den Rauch unserer Zigaretten in die Luft bliesen.

„Die Sache ist halb so wild. Und die Hauptsache ist die

Planung", begann Fabricius und blies eine dicke Rauchwolke in Richtung Trichter. „Ohne Planen geht's nicht. Wir werden also folgende Reihenfolge bei der von uns zu verrichtenden Arbeit einhalten: Zuerst müssen wir den Kanalausgang freilegen und das gegenüberliegende Ende suchen. Diese beiden Enden verbinden wir mit den Rohren, die im Keller liegen, schmeißen das ganze Gerümpel in den Trichter, schippen alles zu, und fertig ist der Salat."

So einfach war das. Wenn man ihn so hörte in seiner gewählten Architektensprache, konnte man die Überzeugung gewinnen, dass wir mit der Arbeit noch heute fertig werden könnten.

Als erstes blieben wir noch ein wenig sitzen, um uns auf die bevorstehende Tätigkeit denkerisch vorzubereiten. Dann holten wir die Werkzeuge aus dem Keller. Es war wirklich alles da; sogar ein ganzer Stapel Gummistiefel, so dass wir für jeden von uns zwei Stiefel fanden, die halbwegs passten.

Dann stieg ich in den Krater hinunter und reichte meinem Partner den Krimskrams nach oben, der das mindestens zwei Meter tiefe Loch füllte. Fabricius übernahm das Zeug und warf es in eine Ecke, dann kam er auch nach unten gekrochen.

Während ich die Aufgabe übernommen hatte, den Kanalausgang freizulegen, suchte der Architekt auf der gegenüberliegenden Seite die Fortsetzung des Rohres. Eine durchaus gerechte Arbeitsteilung, dachte ich. So begann ich mit ungewöhnlichem Eifer, den Pickel in Bewegung zu setzen, um das Rohr freizulegen, das vom Haus kam und irgendwo total verschüttet auf seine Entdeckung wartete. Dabei hatte ich schneller Erfolg, als ich gedacht hatte. Der Schutt wurde zusehends feuchter, ich fand Scherben des Rohres, und der ohnehin recht penetrante Gestank verstärkte sich.

Ich drehte mich um und sah eine Weile dem Herrn Baumeister zu, der für seinen Polier einen Abwasserausgang suchte. So ändern sich die Zeiten!

„Hör mal, Fabi, gibt es denn auch Maßeinheiten für Gestank?"

Fabricius hielt inne, stützte sich auf seinen Pickel und fragte: „Wie meinst du das denn wieder?"

„Nun, für Gewichte gibt es Kilogramm und Gramm, für Flüssigkeiten Liter und Milliliter, für Lautstärken Phon folglich müsste es auch ein Maß für Gestank geben."

„Nicht dass ich wüsste. Wie sollte man das auch machen?"

„Das stelle ich mir ganz einfach vor. Man könnte zum Beispiel die Stufen eins bis zehn einführen. Eins wäre dann ein ganz schwacher Gestank, sagen wir mal, der Geruch einer zerquetschten Wanze, Stufe zwei der Geruch von angebrannten Bratkartoffeln. Den Mief von Korschens Käsemauken würde ich mit Stufe sechs bis sieben bezeichnen. Stufe zehn könnte schließlich der Gestank von 14 Tage alten Leichen in der Sommersonne sein."

Fabricius sah mich sinnend an. „Und als Abkürzung wäre der Buchstabe M am passendsten, M für Mief."

„Ausgezeichnet! Dann, mein lieber Freund, habe ich hier ungefähr 5 M erreicht, um mich wissenschaftlich auszudrücken. Am besten, du siehst dir das mal an."

Fabricius umrundete den grünlichen Pfuhl und begutachtete mein Werk. „Das ist ja prima", stellte er fest, „aber buddele' jetzt vorsichtig! Du musst bedenken, das Rohr ist voll bis oben." Danach verzog er sich wieder auf seine Seite. Und er wusste auch genau warum.

Ich hackte, seinen fachmännischen Weisungen gemäß, etwas behutsamer weiter, bis ich an eine Stelle kam, an der die Flüssigkeit schon durchzusickern begann. Die Miefstärke war inzwischen auf mindestens 6 M angestiegen. Ich bediente den Pickel noch langsamer und beseitigte nur noch faustgroße Erdklumpen. Schließlich konnte ich doch nicht ahnen, dass ich dem Ziel so nahe war. Trotz meiner Vorsicht wurde der Schutt vor mir plötzlich wie von Geisterhänden beiseitegeschoben, ein kreisrundes Loch wurde sichtbar, das seinen stinkenden Inhalt in einem dicken Strahl in den Trichter ergoss. Geistesgegenwärtig ließ ich den Pickel los und sprang mit einem Satz zur Seite, sonst hätte mich der Strahl nicht nur voll erwischt, sondern auch noch umgeworfen.

„He, Fabi, pass auf!", schrie ich, nachdem ich mich vom ersten Schrecken erholt hatte. Es gelang mir wenigstens mit einem trockenen Fuß den rettenden Kraterrand zu erreichen, während der schlaue Herr Architekt erst bis zu den Knöcheln in der Jauche stand, ehe er sich fluchend und schimpfend in Sicherheit brachte.

Wir nahmen auf unserer Bank Platz und beobachteten aus sicherer Entfernung, wie das Haus seine Verstopfung loswurde. Erst als der Krater sich weit über die Hälfte mit den Abwässern gefüllt hatte, schien der Quell zu versiegen.

Mit spitzen Fingern entledigte sich Fabricius seiner Stiefel und auch der Strümpfe. „Das ist eine Scheiße, und das im wahrsten Sinne des Wortes!", schimpfte er. „Und die Saustiefel da sind auch nicht dicht." Naserümpfend drehte er sich eine Zigarette. „Und ich hatte das andere Ende beinahe freigelegt! Ich hab' dir doch ausdrücklich gesagt, dass du vorsichtig hacken sollst."

„Hab' ich doch auch. Trotzdem kam plötzlich alles raus."

„Tja, jetzt können wir nur noch hoffen, dass das Zeug schnell wegsickert. Sonst müssen wir auf Tauchstation gehen!"

Diese Aussichten schienen mir nicht gerade verlockend zu sein.

Ebenfalls mit spitzen Fingern legte ich meinen rechten Fuß frei, denn der Stiefel war natürlich auch nicht dicht. Dann sah ich Fabricius zu, der seine Strümpfe auf dem Schutt zum Trocknen ausgebreitet hatte. „Mein lieber Fabi, du stinkst aber ganz erbärmlich. Ich habe noch nie einen derart stinkenden Architekten kennengelernt. Ich würde sagen, deine Strümpfe strahlen mindestens 6 M aus."

Er starrte mich stumm an. Dann gab er sich einen Ruck. „Das ist doch wirklich der Gipfel! Erst ersäuft mich der Kerl beinahe in der stinkigen Brühe, warnt mich erst, wenn mir die Kloake bis zum Halse steht, und jetzt macht er sich auch noch über mich lustig. Dabei stinkt er selbst wie ein wandelndes Jauchefass!"

Er verstummte und sah mir zu, wie ich einige Ziegelsteine in den Trichter warf, wo sie nach einem sanften Platschen in den Fluten versanken. „Der kleine Bubi! Wirft Steinchen ins Wasser! Dann triff doch wenigstens die Flasche, die da hinten schwimmt!"

Ich verfehlte sie nur um wenige Zentimeter. Als ich aber den nächsten Ziegel werfen wollte, hielt mir Fabricius die Hand fest. „Halt, halt! So geht das nicht! Jetzt bin ich erst einmal dran!"

Unter uns entbrannte ein hitziger Wettstreit im Zertrümmern aller verfügbaren Flaschen. Als sämtliche Glasgefäße im Pfuhl versunken waren, legten wir eine kleine Erholungspause ein und rauchten. Das konnten wir uns schließlich auch leisten.

Dann begann der Herr Architekt, sich suchend umzusehen. „Hardi, kannst du mir vielleicht verraten, wo dein Pickel geblieben ist?"

„Mein Pickel? Keine Ahnung. Nein, warte, da fällt mir's wieder ein. Er muss da unten im Schlund liegen."

„Du hast Nerven! Lässt dein Werkzeug in der Kloake absaufen!"

„Und wo hast du deinen Pickel gelassen?"

Fabricius sah sich noch einmal suchend um. „Hab' ich den etwa auch im Trichter liegengelassen?"

Wir erhoben uns und traten an den Rand des Bombenkraters. Von meinem Pickel war nichts zu sehen, dafür ragte auf der anderen Seite ein winziges Stück eines Stieles aus der undurchsichtigen Flüssigkeit. Fabricius macht mich auf diese Handbreit Holz aufmerksam. „Siehst du das, mein Freund? Mein Werkzeug ist jederzeit einsatzbereit. Aber tröste dich, ich bin eben ein Mann vom Fach."

„Dann setz doch dein Hackebeilchen ein! Ich möchte doch zu gerne sehen, wie du dich damit..."

Unser Disput wurde unterbrochen. „Hallo, ihr beiden da unten", rief jemand aus dem ersten Stock mit unterdrückter Stimme.

Wir blickten hoch.

Auf der rechten Seite des Backsteinhauses lehnte sich eine weißhaarige Dame aus dem Fenster. „Kann man denn die Toilette wieder benutzen?", wollte sie wissen.

Ich überließ dem Fachmann die Antwort. „Zur Not ja", sagte der Architekt, „aber wirklich nur zur Not. Wir sind nämlich noch nicht ganz fertig."

Die Frau winkte verstohlen.

Wir traten näher an das Haus heran.

„Ihr habt doch bestimmt Hunger, gelt?", flüsterte sie zu uns herunter.

Wir gaben durch heftiges Kopfnicken zu verstehen, dass unser Appetit gewaltig sei.

„Ich stell' euch gleich einen Topf Suppe unten in die leere Wohnung. In fünf Minuten könnt ihr essen gehen." Sie zog den Kopf zurück und verschloss das Fenster.

Fabricius sah mich Beifall heischend an. „Nun, was sagst du zu dieser Arbeitsstelle? Habe ich das nicht genial geplant?"

Was nahm der Bursche jetzt den Mund so voll! Und erst hätte er sich vor Wut und Ärger am liebsten kopfüber in den Krater gestürzt. Dennoch gab ich ihm Recht! „Wirklich, das hast du ausgezeichnet gemacht. Ich bewundere deine weise Voraussicht."

Ungeduldig warteten wir die angekündigten fünf Minuten ab, dann betraten wir über den Kellereingang das Haus. Die linke Wohnung stand offen. Äußerst behutsam schritten wir über die ringsum verstreuten Scherben, denn von unseren vier Füßen waren drei in ungeschütztem, barfüßigem Zustand. Wir betraten das ehemalige Wohnzimmer und sahen uns um. Auch hier herrschte eine ziemliche Verwüstung. Der Türrahmen hing schief, die Wände wiesen breite Sprünge auf und waren bis auf einen leeren Bilderrahmen völlig kahl. In der Mitte des Raumes aber stand ein Tisch, dessen Platte nicht ein einziges Staubkörnchen aufzuweisen hatte. Und mitten auf dem Tisch stand ein dampfender Topf, davor zwei Teller, zwei Löffel, in einem Körbchen ein paar Scheiben Brot - Herz, was willst du mehr!

Fabricius beseitigte mit ein paar Handgriffen einige Ziegelsteinbrocken von einer gepolsterten Sitzbank, die in der einen Ecke des Zimmers stand und schleifte sie an den Tisch. Ich hatte inzwischen den Topfdeckel gelüftet, um an der Suppe zu schnuppern, und schnalzte genießerisch mit der Zunge. „Erbsensuppe", verriet ich, „und ein paar Wurststückchen schwimmen auch darin herum."

Fabi hatte schon längst Platz genommen und den Löffel ergriffen. „Steck deine verschmierte Rotznase nicht so tief in die Suppe", ermahnte er mich, „mach lieber die Teller voll!"

Nichts tat ich lieber. Ich schöpfte für jeden zwei Kellen voll auf den Teller, wobei wir peinlichst genau darauf achteten, dass jeder die gleiche Wurststückchenzuteilung erhielt. Wir ergriffen mit der einen Hand die Löffel, mit der anderen die Scheibe Brot. Daraufhin folgte andächtiges Schweigen, unterbrochen nur durch das Klappern der Löffel und leise Schlürf-, Kau- und Schluckgeräusche. Diese Stille, währte so lange, bis der Topf völlig leer war

„Ist das nicht ein schönes Gefühl, wenn man endlich wieder etwas Warmes zwischen die Rippen kriegt? Und besonders schön ist es, weil es keine Kartoffelsuppe war", sagte ich.

Fabricius nickte und drehte für uns zwei Verdauungszigaretten. Er war, was diese Kunst betrifft, ein wahrer Meister und stellte Zigaretten von makellosem Wuchs und stets gleicher Dicke her.

Auf dem Flur ertönten schlurfende Schritte, langsam ging die Tür auf und ins Zimmer trat die weißhaarige Dame, auf einen schwarzen Stock gestützt. „Hat es euch geschmeckt?", fragte sie und räumte das Geschirr zusammen.

Wir bedankten uns überschwänglich. „Das war die beste Suppe, die ich je gegessen habe", rief ich aus.

Sie war sichtlich erfreut. „Aber erzählt um Gottes willen niemand im Haus davon, das braucht keiner zu wissen, gelt!"

Natürlich versicherten wir sie unserer absoluten Verschwiegenheit.

Mit zitternden Händen ergriff sie ihr Geschirr. Als ich mich anbot, alles hochzutragen, lehnte sie entschieden ab. „Nein, nein, bleibt schön hier. Es braucht euch niemand zu sehen. Frau Pilátová von gegenüber ist ohnehin eine große Klatschbase und hängt mit den Augen dauernd nur am Guck- und mit den Ohren am Schlüsselloch, diese alte Vettel! Und oben die Frau Čurda ist nicht viel anders. Und dann erst die Frau Kratochvilová, das ist die Schlimmste von allen, diese aufgeblasene Schlampe! Denkt, weil ihr Mann Polier ist, dass sie sich hier aufspielen kann. Und was ist das schon für ein Polier, frag' ich sie, der sich täglich volllaufen lässt und dauernd in Raufereien verwickelt ist." Sie kicherte. "Neulich haben sie ihm dabei zwei Zähne ausgeschlagen. Seine Lippen waren zwei Wochen so dick wie Fleischwürste, hihihi." An der Tür blieb sie noch einmal stehen. „Ich bin Frau Nováková und lebe ganz allein hier. Mein Mann war Förster, er ist aber schon fünf Jahre tot, Gott hab' ihn selig. Und mein Sohn ist in Olmütz verheiratet. Ja, ja, so lebe ich halt ganz allein hier."

Sie schlurfte, mit Tellern und Löffeln klappernd, hinaus. Wir blieben noch ein Weilchen sitzen, rauchten die Zigaretten der Frau Čurda und ruhten uns von den Strapazen des Vormittags aus. Dann blieb uns nichts anderes übrig, als wieder an die Arbeit zu gehen. Wir begaben uns auf den Hinterhof und blickten erneut in den Kraterschlund. Der Flüssigkeitsspiegel hatte sich zwar gesenkt, leider aber nicht so tief, dass wir das Abflussrohr erreichen konnten.

Fabricius umriss mit einem einzigen Satz unsere Tätigkeit für den bevorstehenden Nachmittag: „Jetzt heißt es nichts wie warten, bis die Rohre frei sind."

Vorsichtig kletterte ich nach unten. „Ich mache mal ein Zeichen, damit wir besser beobachten können, wie schnell das Sinkwasser stinkt, äh, ich meine, wie schnell das Stinkwasser sinkt." Genau in Höhe des Wasserspiegels steckte ich als Markierung einen Stock schräg in die Erde. Während ich mit dieser kniffligen Tätigkeit beschäftigt war, sagte Fabricius: „Du, Hardi, aus dem ersten Stock winkt wieder eine Frau. Das reißt nicht ab."

Ich kroch nach oben und blickte hoch! Tatsächlich, im ersten Stock links gestikulierte schon wieder eine. Das musste die Klatschbase Pilátová sein, die mit den Augen am Guck- und den Ohren am Schlüsselloch zu hängen pflegte, eine Stellung, die meine Vorstellungskraft überstieg und ihr bestimmt unglaubliche akrobatische Fertigkeiten abverlangte. Sie bedeutete uns, zu ihr nach oben zu kommen, und das ließen wir uns nicht zweimal sagen. Unsere drei Stiefel waren in der Zwischenzeit getrocknet. Wir wischten sie mit einem der überall herumliegenden Lumpen fein säuberlich ab und streiften sie über die nackten Füße. Dann begaben wir uns erwartungsvoll in den ersten Stock.

Die Tür zur Wohnung der Frau Pilátová war nur angelehnt, und als wir uns ihr näherten, ging sie lautlos auf. Eine dürre Hand winkte uns herein. „Schnell, kommt, es braucht euch niemand zu sehen. Vor allem da drüben die faule Tratsche nicht, diese Nováková. Die hockt sowieso, wie ich sie kenne, mit Ohren wie eine Fledermaus hinterm Schlüsselloch. Wenn sie euch fragt, was ihr bei mir wolltet, dann sagt, der Abfluss in meiner Badewanne war verstopft."

„Aber selbstredend, verehrte Frau Pilátová, ihr Abfluss war verstopft!"

Fabricius war eben ein Mann von Welt!

„Warum ich euch heraufgerufen habe: Hättet ihr Appetit auf ein paar Bratkartoffeln mit Ei?", fragte uns völlig überflüssigerweise unsere neue Gastgeberein, da wir selbstverständlich Appetit hatten.

„Dann wascht euch im Bad die Hände und setzt euch in der Küche an den Tisch!" Sie ging voraus und zeigte uns das Bad.

Wir unterzogen uns der notwendigen, gründlichen Waschprozedur und begaben uns in die Küche. Auf dem Herd brutzelte in einer überdimensionalen Bratpfanne das angekündigte Bratkartoffelgericht.

„Ich schlag' nur noch ein paar Eier mit Milch darüber. Ihr müsst wissen, mein Bruder Karel kommt jeden Sonntag aus Hultschin und bringt mir immer ein paar frische Eier von seinen Hühnern mit."

Nach kurzer Wartezeit servierte sie uns das Bauernfrühstück, das wir spielend bewältigten. Während wir aßen, erzählte sie uns, dass sie schon 15 Jahre in diesem Haus ganz allein wohnte. Sie war unverheiratet und hatte hier niemand außer ihrer Katze und den beiden Kanarienvögeln.

Wir hörten schweigend zu und pickten die letzten Reste aus der Pfanne.

„Seid ihr morgen auch wieder da?", wollte Frau Pilátová noch wissen.

„Ja freilich", gab Fabricius bereitwillig Auskunft, „wir werden noch mindestens zwei bis drei Wochen hier zu tun haben, bis alles fertig ist."

"Wenn wir mit derselben Geschwindigkeit weiterarbeiten, dann werden drei Wochen wohl nicht reichen", dachte ich.

„No, dann mach' ich euch immer etwas zu essen. Im Lager geht es euch sicherlich nicht besonders gut."

Das konnten wir mit gutem Gewissen bestätigen. Nachdem wir der guten Frau versichert hatten, dass wir noch nie im Leben so gute Bratkartoffeln gegessen hatten, begaben wir uns mit prall gefüllten Bäuchen wieder hinunter auf den Hof.

Hier konnte ich anhand des Markierungszeichens feststellen, dass der Flüssigkeitsspiegel in der Zwischenzeit um 7 Zentimeter gesunken war; leider noch nicht tief genug, um an die Rohrmündung heranzukommen. Somit blieb uns für die nächsten Stunden nichts anderes übrig, als zu warten, eine Tätigkeit, gegen die wir nichts einzuwenden hatten. Wir setzten uns auf unsere Bank, rauchten, erzählten uns unsere Kriegsabenteuer, dösten vor uns hin oder warfen Ziegelsteine in den Trichter.

Mitten in unser geduldiges Warten hinein platzte Frau Kratochvilová. Sie ließ über ihre Person vom Anfang an keinen Zweifel aufkommen, denn kaum hatte sie den Hof betreten, rief sie mit ausgebildeter Zeterstimme: „Ich bin Frau Kratochvilová. Hat mein Mann Ihnen gesagt, wann er nach Hause kommt?"

Wir erhoben uns, gingen auf sie zu und erklärten ihr, dass wir über die Ankunftszeit ihres Gatten leider nicht informiert seien, wir aber bis 18 Uhr in seiner Begleitung im Lager sein müssten.

Frau Kratochvilová stand ihrem Mann an Leibesfülle in keiner Weise nach. Auch ihr Gesicht war rund und wohlgenährt, so dass ihre Äugelein Mühe hatten, zwischen den Fettpölsterchen hindurchzublinzeln.

Mit einem scheuen Seitenblick nach oben fragte sie uns

dann: „Ihr habt doch bestimmt Hunger?"

Wir nickten, wenn auch nicht mehr ganz so begeistert.

„Ich habe nämlich noch ein paar Knedliki stehen von heute Mittag. Mit Sauerkraut und Speck. Wenn ihr wollt, mach ich sie euch warm."

Wir wollten.

„Aber kommt bitte vorsichtig rauf, dass euch keine von den alten Klatschtränen hier beobachtet. Außerdem müsst ihr bei mir sowieso das Klo nachsehen, das ist total verstopft."

Sie redete ohne Pause. „Und Sie sind also der ehemalige Chef von meinem Mann, der Herr Architekt Fabricius. Mein Mann hat ja so manches Mal auf Sie geschimpft, aber sonst war er ganz zufrieden mit Ihnen. Er hat immer gesagt: "Es gibt, meine liebe Božena, noch schlechtere Architekten als den Fabrikus, hahaha. Er hat Sie immer Fabrikus genannt, mein Janek." Sie lachte wieder, und ihr Bauch wackelte im Rhythmus der ihrer Kehle entspringenden, satten Lachtöne.

Fabricius hingegen zog ein Gesicht, das man ansonsten nur nach dem unvorbereiteten Genuss einer Zitrone zu ziehen pflegt.

„Einmal, das muss ich euch noch erzählen, hahaha, da hat er mir gesagt: Was der sich aufplustert wegen einer schiefen Mauer! Dieser Fabricius ist doch ein richtiger Kapricius!"

Diesmal zog der Architekt ein Gesicht, das man ansonsten nur nach dem unvorbereiteten Genuss einer Flasche unverdünnten Essigs zu ziehen pflegt.

Ich grinste schadenfroh. „No, das freut einen doch, so etwas zu hören, mein lieber Fabrikus!"

Frau Kratochvilová hatte es eilig. „Also kommt in zehn Minuten, dann bin ich fertig!"

Mit unerwarteter Behändigkeit fand sie einen Weg durch das Gerümpel und verschwand im Kellereingang.

„Diese alte Trulla!", schimpfte Fabi und schleuderte wütend einen Ziegelstein in den Trichter, dass die stinkende Brühe

185

hoch aufspritzte.

„Warum schimpft du denn auf diese nette Dame? Dir hat sie sogar "Sie" gesagt, so einen Respekt hat sie vor dir."

Da es sich in der kurzen Wartezeit nicht lohnte, irgendetwas zu unternehmen, blickten wir in den Krater und maßen nach, ob der Kloakenspiegel wieder ein wenig gesunken war. Unser geduldiges Harren war nicht vergeblich gewesen. Der obere Bogen des dem Haus zugewandten Rohres war bereits zu sehen, während das etwas tiefer gelegene Rohr auf der anderen Seite das Licht der Welt noch nicht wieder erblickt hatte.

Der Fachmann ergriff das Wort: „Wir müssen nach dem Essen mit einem Stock ein wenig nachhelfen, vielleicht fließt das Zeug dann schneller ab. Nicht, dass ich die Arbeit vorantreiben möchte. Aber der Gestank muss weg."

Wir besaßen zwar beide keine Uhr mehr, aber unserer Schätzung nach waren die zehn Minuten inzwischen abgelaufen. Auf der Treppe vollführten wir schnell noch einige Kniebeugen, um die Verdauung zu beschleunigen und Platz für den nächsten Gang zu schaffen.

Frau Kratochvilová hatte für uns schon alles vorbereitet. Auf dem Sauerkraut schwammen die Kloßscheiben wie Inseln in der Südsee und umringten ein großes Stück geräucherten Specks. Da wir bereits eine geschlagene Stunde nichts mehr gegessen hatten und unser Nachholbedarf enorm war, schafften wir auch diese Portion ohne übermäßige Anstrengung.

Während wir aßen, redete unsere Gastgeberin ununterbrochen auf uns ein. Wir erfuhren ihre gesamte Familiengeschichte, ihre Krankheitsgeschichte, die ihres Mannes, wir vernahmen mit Erstaunen, was für ein großer Filou ihr Gatte war, da er regelmäßig das halbe Wirtschaftsgeld versoff. "Wirtschaftsgeld gehört in die Wirtschaft", pflegte er zu sagen. Nüchtern war er nur morgens, dafür aber so verkatert, dass er nicht einmal geradeaus gucken konnte. Dann zog sie über ihre Hausgenossinnen her und ließ an keiner auch nur ein gutes Haar. Wollte man ihren Worten Glauben schenken, so wohnte im ganzen Haus nur eine einzige edle Seele, und das war sie selbst. Ihre Nachbarin, Frau Čurda, war eine geizige, klatschsüchtige, hinterlistige Schachtel, Frau Pilátová eine Katzenjungfer mit zerknittertem Bratkartoffelgesicht und Frau Nováková ein schielendes, undankbares und streitsüchtiges Hinkebein, die ihren Mann zu Tode geärgert hatte.

Unsere Teller waren schon längst leer, aber ihr Redefluss riss nicht ab. Sie begann gerade, über die große Familie ihres Mannes herzuziehen, als ich einen Moment ausnutzte, in dem sie Luft holen musste. „Wir müssen aber jetzt wieder an die Arbeit, sonst kriegen wir es mit ihrem Mann zu tun, wenn er heimkommt!"

Während ich das sagte, standen wir wie auf ein Kommando auf und verzogen uns auf den Flur,

Frau Kratochvilová folgte uns. „Also verratet nichts! Und morgen geb' ich euch wieder was. Wie wär's mit Powidl-tatschkerln mit Mohn und Zucker?"

Wir konnten unsere Freude nicht verbergen. „Das ist ja meine Lieblingsspeise, liebe Frau", rief Fabricius begeistert aus, und ich brachte zum Ausdruck, dass ich von dieser Speise höchst entzückt sei.

Auf dem Hof hatte sich inzwischen allerhand getan. Die stinkende Brühe hatte einen neuen Tiefstand erreicht. Die Stelle, an der wir das Abflussrohr vermuteten, war auch schon frei.

Mit Todesverachtung kletterte Fabricius hinunter und stocherte mit einem Stock an der vermeintlichen Abflussstelle herum.

„Reich mir eine etwas dickere Stange!", rief er nach oben. Ich tat ihm den Gefallen, obwohl es mir nach diesen drei Mahlzeiten sehr schwerfiel, mich zu bücken.

Er begann, etwas kräftiger in der morastigen Erde herum-
zustochern. „Ja, richtig, hier müsste es sein", führte er
Selbstgespräche. „Ja, hier. Ich glaube, ich hab's! Steh da
oben nicht so sinnlos herum, reich mir lieber die Schaufel!"

Ich unterbrach mein angeblich so sinnloses Herumstehen
und erfüllte ihm auch diese Bitte.

Nach kurzer Zeit hatte der Herr Architekt das verborgene
Rohr freigelegt. „Hol mal inzwischen die Rohre aus dem Keller. Wir verbinden die Enden jetzt noch schnell, damit die armen Frauen endlich wieder zu Hause ihre Notdurft verrichten
können."

Flugs holte ich die angeforderten Rohre herbei, und wir
entwickelten einen Arbeitseifer, der nicht alltäglich war. Nachdem wir mit Sand, Schotter und zertrümmerten Ziegelsteinen
eine solide Grundlage geschaffen hatten, setzten wir die Rohre aneinander. Und siehe da, sie passten ganz genau!

„So, das ist aber wirklich genug für heute!" Fabricius verließ die Unterwelt und nahm auf der Bank Platz. „Schließlich,
und darin stimmst du hoffentlich mit mir überein, muss diese
Arbeit für mindestens 14 Tage reichen. Morgen müssen wir
erst probieren, ob der Abfluss jetzt einwandfrei funktioniert.
Dann haben wir drei Tage zu tun, um den Krater zuzuschip-
pen. Zwei bis drei Tage machen wir den Hof eben. Dann
bauen wir zwei Tage den Zaun. An einem Tag wird der Baum
gefällt und zerkleinert. Das wären, den heutigen Tag mitge-
rechnet, elf Tage harter Arbeit. Bleiben noch drei Tage. Da
müssen wir dafür sorgen, dass der Janek Muttererde beiholt.
Dann machen wir hinten alles schön eben, säen Gras und
reparieren die Bank. Nun, wie ich das so sehe: die nächsten
14 Tage sind uns gesichert!"

Und das waren sie dann auch. Mit der Zeit war natürlich
unter den Frauen das Geheimnis unserer Fütterung nicht
verborgen geblieben. Das aber tat der guten Sache keinen
Abbruch. Im Gegenteil! Die vier Frauen traten in einen edlen

Wettstreit, sich gegenseitig zu übertrumpfen. Schließlich einigten sie sich, und jede sorgte an einem anderen Tage für uns. Wir ließen uns auch nicht lumpen, reparierten Abflüsse, hängten Bilder auf, strichen Türen und Wände, kurz, wir erledigten alles, was zu erledigen war.

Die ausgezeichnete Ernährung machte sich bei uns deutlich bemerkbar. Wir nahmen sichtlich zu, die Knochen, die bisher an allen erdenklichen Körperstellen fast durch die Haut stießen, versteckten sich allmählich unter einem, wenn auch dünnem Polster. Unsere hohlen und eckigen Gesichter wurden etwas voller, die dunklen Ringe unter den Augen verschwanden. Wenn wir abends ins Lager zurückkehrten, waren wir meist so satt, dass wir unsere Lagersuppe verschenken konnten. Rochel, Peppo und das Baby hatten es bitter nötig.

Schon am zweiten Tag brauchte Kratochvil uns nicht mehr im Lager abzuholen und auch nicht zurückzubringen. Wir gingen und kamen ohne Aufsicht und genossen dieses Zipfelchen Freiheit aus vollem Herzen. Der Polier allerdings trug die volle Verantwortung für uns, was ihm keinerlei Kopfschmerzen bereitete, da er ohnehin meist besoffen war. Wir hingegen waren verpflichtet, auf dem kürzesten und schnellsten Wege unsere Arbeitsstelle aufzusuchen und zum Lager zurückzukehren.

Diese Pflichten allerdings bekümmerten uns wenig. Frau Nováková, das "schielende Hinkebein", schenkte uns einige Kleidungsstücke ihres verstorbenen Gatten, der zu seinen Lebzeiten bekanntlich Förster war. Ich bekam einen grünen Hut, der meine spiegelblanke Glatze milde bedeckte, dazu eine leichte Jacke in derselben Farbe. Fabricius durfte einen grünen Rock und ein Hemd sein eigen nennen.

Um uns eine größere Bewegungsfreiheit zu verschaffen, befestigten wir unser "N" mit Druckknöpfen, so dass wir unser Abzeichen nach Wunsch leicht entfernen konnten.

So hinderte uns nichts daran, zu beschließen, an einem Tag etwas früher Schluss zu machen und mit der Straßenbahn zum Oderfurter Bahnhof zu fahren, wo unser kostbarer Zuckersack immer noch unter der Rampentreppe ruhte.

Kratochvil hatte nichts dagegen einzuwenden, dass wir zwei Stunden früher Schluss machen wollten und schenkte uns in einer Anwandlung von seelischer Güte und Großzügigkeit jedem fünf Kronen. Schließlich hatten wir seinen Hof mustergültig in Ordnung gebracht. Sogar die Teppichstange stand wieder unversehrt auf ihrem Platz, die Bank war mit lindgrüner Farbe gestrichen, der Baum gefällt und seine zersägten Teile säuberlich gestapelt. Sogar Gras war gesät, und es würde nicht mehr allzu lange dauern, bis die ersten Spitzchen sich durch die Erde schoben.

Wir entfernten ohne jegliche Gewissensbisse unsere Nationalabzeichen, stiegen in die Straßenbahn und fuhren bis zur Endstation. Das war natürlich für Deutsche streng verboten, und es wäre uns schlecht ergangen, wenn man uns erwischt hätte.

In Oderfurt angelangt, pirschten wir uns vorsichtig an die Stelle heran, an der wir den Sack versteckt hatten. Er lag noch unversehrt da. Nur bestand die Gefahr, dass die Feuchtigkeit zu schnell eindrang oder Ameisen den Zucker aufsuchten, es war also höchste Eisenbahn, den Sack zu bergen. Aber wie, das war unser Problem. Wie holten wir den Sack und wie bekamen wir ihn ins Lager, das war hier die Frage.

„An diesem Problem beißen wir uns alle 64 Zähne aus", knirschte Fabricius.

„63", berichtigte ich, „63 Zähne." Und ich sah schaudernd die rostige Zange vor mir und das dreiwurzelige, blutige Etwas, in das sie sich festgebissen hatte.

Als wir, mit der Straßenbahn zum Lager zurückfuhren, hatten wir alle unsere Hoffnungen begraben.

„Wir müssen den Sack aufgeben. Da ist beim besten Willen nichts zu machen. Schade darum!", sagte mein Begleiter zerknirscht.

Wir gaben also auf. Das war am Freitag. Am nächsten Tag aber sah mit einem Mal alles ganz anders aus. Und das kam so: Unser Malermeister Schober hatte vom Lagerkommandanten Šubrt den ehrenvollen Auftrag erhalten, am Sonntag das Wachlokal und das Kommandantenzimmer zu streichen. Zu dieser Arbeit sollte er sich selbst einen Gehilfen suchen. Das Material wie Schlemmkreide, Leim, Pinsel, Leitern, Eimer und Pulverfarben bekam Šubrt von seinem Schwager Podola, der in Oderfurt dem ehrbaren Beruf eines Maler- und Anstreichermeisters nachging. Schober brauchte die Sachen lediglich mit einem Handwagen in der Werkstatt des Meisters abzuholen.

Ich erfuhr das alles am Freitagabend in der Stube, als Schober fragte, wer ihm denn am Sonntag helfen wolle. Natürlich meldete sich kein Mensch; wer meldete sich damals schon freiwillig. Bis mir plötzlich wie eine Eingebung die Idee kam: Vielleicht konnte man bei der Gelegenheit doch noch den Zuckersack holen und ins Lager schmuggeln. Natürlich konnte man das! Mit den Malersachen. Die wird der Posten bestimmt nicht untersuchen. Das war eine einmalige und bestimmt die letzte Möglichkeit.

Gerade fragte der arme Schober zum zweiten Mal: „Hat denn wirklich keiner von euch Lust? So schlimm wird das doch nicht werden!"

Keiner hatte Lust. Am Sonntag noch dazu.

„Ich mache mit", rief ich in die allgemeine Stille.

Rochel klappte seinen Mund auf wie ein Nussknacker, Peppo riss seine Kugelaugen auf und gaffte mich an wie das achte Weltwunder, Fabricius hob seine Augenbrauen so hoch, dass von seiner Stirn nicht mehr viel zu sehen war, und erstarrte mitten in der Bewegung.

„Das ist nett von dir", sagte Schober, „du wirst sehen, es wird keine schlechte Arbeit. Hast du denn so etwas schon gemacht?"

„Ach Gott, Wände hab' ich schon angestrichen und so. Außerdem kann ich gut zeichnen, vielleicht lässt sich etwas an die Wand malen."

„Da werde ich den Šubrt fragen. Morgen musst du dann um 16 Uhr hier sein. Wir kriegen einen Handwagen und holen bei Podola die Malersachen."

Ich begab mich wieder in meine Ecke, wo Fabricius, Peppo und Rochel gerade die Köpfe zusammensteckten, um über meinen derzeitigen Geisteszustand gewisse anstößige Bemerkungen auszutauschen. Ich ließ sie reden, wusste ich doch, mit welchem Trumpf ich sie jederzeit zum Schweigen bringen konnte. Als sie eine kleine Pause einlegten, um mir spöttische Blicke zuzuwerfen, bemerkte ich lässig: „Eins habt ihr bei eurem Gequatsche nicht bedacht: Dass ich morgen mit den Malersachen auch den Zuckersack ins Lager bringe."

Ich kann gar nicht beschreiben, wie ich das nun folgende, beinahe andächtige Schweigen genoss.

Rochel war der Erste, der die eindrucksvolle Stille unterbrach: „Das ist", sein Zeigefinger fand zielsicher das linke Nasenloch, „das ist, schlicht gesagt, einfach großartig!"

„No, sag' ich auch, prima ist das, wenn's klappen tut!", ließ Peppo verlauten.

Fabricius fand, dass diese Idee auch von ihm hätte stammen können. Sonst weihten wir vorerst niemand in unsere Pläne ein.

Ein Problem galt es noch zu lösen, das uns reichlich Kopfzerbrechen bereitete: Wohin mit dem Zucker? Im Zimmer verstecken? Das war völlig ausgeschlossen, wo doch alle naselang eine genaue Durchsuchung stattfand.

Bis endlich Fabricius einen annehmbaren Vorschlag machte: „Wisst ihr, was wir machen? Wir verstecken den Sack einfach unter der Baracke. Sie steht auf einem Fundament, aber das ist nicht durchgehend, versteht ihr? Zwischen den einzelnen Betonblöcken ist ein freier Raum, der von außen mit Brettern vernagelt ist. Wir machen einfach ein paar Bretter unter unserem Fenster los, nageln sie von hinten zusammen, dass wir das Ganze wie eine Klappe hochheben können. Diese muss oben irgendwie befestigt werden. Unten in die Mitte kommt ein Nagel, an diesen eine Schnur, die wir zum Fenster hochleiten. Ein Zug an der Schnur, und die Geheimklappe hebt sich."

Man merkte deutlich: Der Architekt führte das entscheidende Wort.

Wir benutzten noch denselben Abend dazu, um diesen Teil des Planes in die Tat umzusetzen. Die Bretter waren schnell gelöst. Dann krochen wir auf allen Vieren unter der Baracke herum und fanden das Versteck durchaus für unsere Zwecke geeignet. Der Raum war knapp einen Meter hoch, der Boden mit feinem Sand bedeckt. Hier konnten wir uns ziemlich sicher fühlen, eine Entdeckung des Verstecks war kaum zu befürchten. Unter der Baracke zogen wir mit der Zahnzange des Sanis die Nägel aus den Brettern heraus und benutzten sie dazu, um auf ihrer Rückseite zwei Leisten so anzunageln, dass die erwähnte Klappe entstand. Diese lehnten wir vorerst provisorisch an die Öffnung.

Später bauten wir oben an der Innenseite zwei kräftige Scharniere ein, die Peppo - er war damals in einer Schmiede beschäftigt - an seiner Arbeitsstelle klaute. Die Schnur ließen wir nach eingehenden Beratungen lieber weg, da sie unter Umständen unser Versteck verraten konnte.

Am Sonnabend war ich mit Schober unterwegs. Gemeinsam zogen wir den ratternden Handwagen hinter uns her. Erst jetzt machte ich den biederen Malermeister mit unserem Plan vertraut. Seine Angst war zwar größer als seine Vaterlandsliebe, aber der Zucker verlockte ihn doch so sehr, dass er bereit war mitzumachen.

„Weißt du, das fehlt mir am meisten: einmal etwas Süßes! Wenigstens einen süßen Kaffee. Aber wenn sie uns erwischen! Wenn sie uns erwischen!"

„Ach was, wie sollen sie uns denn erwischen? Oder denkst du, die Posten werden die Malersachen durchsuchen?"

„Glaub' ich eigentlich nicht. Aber wenn sie doch ..."

„Dann sagen wir eben, wir hätten gedacht, da sei Schlemmkreide drin."

Unser Weg führte am Bahnhof vorbei. Wir verzichteten darauf, nachzusehen, ob unsere wertvolle Ladung nach da war, sondern ratterten noch durch ein paar Nebenstraßen, bis wir die Werkstatt der Firma Podola erreichten.

Der Besitzer, ein kleiner, dicker Herr mit einem echten Kneifer auf der knolligen Nase, ging höchstpersönlich mit uns in sein Lager. Er zeigte uns die Sachen, die wir aufladen durften: eine über und über bekleckerte Leiter, mehrere Eimer, einen Sack mit Schlemmkreide, ein leeres Fass, das zum Anrühren der Schlemmkreide diente, einige halbzerrissene Tüten mit allen möglichen Pulverfarben, ein Sieb, einen Sack mit Trockenleim und mehrere total ausgefranste Pinsel verschiedener Größen.

Meister Podola erwies sich als ein Mann mit Übersicht. „Am Montag bringen Sie die Sachen gleich zur Schule, Herr Schober", schnurrte er. Er sprach ein beinahe fehlerloses Deutsch und bot uns sogar ein paar selbstgestopfte Zigaretten an, ehe wir mit dem vollbeladenen Wagen losfahren durften.

Während Schober den Wagen zog, schob ich hinten und passte zugleich auf, dass wir nichts von Meister Podolas wertvollen Utensilien verloren.

„Das ist also dein Chef", rief ich nach vorne, „er scheint ganz in Ordnung zu sein, oder?"

„Es geht. Du müsstest ihn aber erleben, wenn er einen Tobsuchtsanfall bekommt. Dann hüpft er herum wie ein Gummiball, läuft rot an wie ein gekochter Krebs und brüllt so laut, dass die Farbe von den Wänden rieselt."

Als wir den Bahnhof erreichten, galt es nur noch, den Sack zu holen und zu verstecken. Diese Kleinigkeit erledigten wir im Handumdrehen. Mit Windeseile trugen wir die Leiter zum Versteck, holten den Sack hervor, legten ihn auf die Leiter und schleppten die süße Last zum Wagen. Das fiel gar nicht auf, und vorbeigehende Passanten würdigten uns keines Blickes. Schnell verstauten wir unsere Beute im Fass und bedeckten sie mit einem leeren Papiersack. Schließlich streuten wir noch eine Schicht der klumpigen Schlemmkreide darüber, und die Tarnung war perfekt.

Anstandslos durften wir das Lagertor passieren, denn erstens hatte der stämmige Smůla gerade etwas zu rauchen, und zweitens schien er überzeugt zu sein, dass unter den bekleckerten Malersachen nichts zu holen war.

Nach Anbruch der Dunkelheit, zogen und zerrten wir den Zuckersack in sein Versteck unter unserem Zimmer.

Somit standen jedem Bewohner unserer Stube nach den Berechnungen des Architekten mehr als fünf Pfund Rohrzucker zur Verfügung.

Jetzt erst konnten wir vom Gelingen unseres Feldzuges und der Eroberung des kostbaren Zuckers berichten. Man kann sich leicht vorstellen, welch ein Hallo ausbrach. Der einzige, der unsere Freude hätte trüben können, hatte uns vor einigen Tagen verlassen. Pfotenhauer lag für einige Wochen auf der Krankenstation, gelber als der gelbste Chinese, wie der Sani uns erzählte. Die Galle machte ihm zu schaffen. Vielleicht war sie ihm übergelaufen, das meinte Rochel.

Im Laufe der nächsten Tage brachte Peppo von seiner Arbeitsstelle einige ausgediente Munitionskästen mit. Im Vorbeigehen warf er sie einfach über den Zaun. Auf der anderen

Seite wartete zur festgelegten Zeit bereits Rochel, holte die Kästen und schob sie unter die Klappe. Wir saßen unter der Baracke, übernahmen sie und füllten die Gefäße der Reihe nach mit Zucker.

In den folgenden Wochen legten wir uns unter unserem Zimmer ein wahres Warenlager an. Wir gruben einen kreisrunden Graben mit einer Stufe als bequeme Sitzbank. In der Mitte ließen wir einen zylinderförmigen Erdblock als Tisch stehen und bedeckten ihn mit einem ausgedienten Wachstuch. Hier hielten wir uns auf, wenn wir ungestört sein wollten, spielten Karten und qualmten, dass der Rauch durch die Fußbodenritzen über uns in unser Zimmer drang.

Die Munitionskästen vergruben wir sicherheitshalber im Sand und verteilten an jeden nur kleine Rationen. Der Hunger war groß, viele hatten wirklich Pech mit der Arbeitsstelle und mussten tagsüber nur mit dem auskommen, was uns im Lager geboten wurde. Und das war immer noch das gleiche. So bedeutete die tägliche Zuckerzuteilung für alle eine spürbare Erleichterung.

„Das war wirklich Rettung in höchster Not, nicht wahr, Herr Svoboda", sagte Herr Böhm, „ich kann vor Hunger kaum noch Schach spielen."

„Da müssen's aber immer schon Hunger gelitten haben", konnte sich Herr Svoboda nicht verkneifen zu frozzeln.

Herr Böhm ließ sich nicht provozieren. „Wissen's, Herr Svoboda, ich könnt' Ihnen jetzt eine Antwort geben, aber ich lass es lieber sein. Morgen haben Sie Geburtstag, und ich auch. Das werden Sie vielleicht noch behalten haben. Und da ich der Ältere von uns beiden bin, will ich auch der Klügere sein. Aus diesem Grund, denke ich, wollen wir uns wenigstens einmal vertragen."

Herr Svoboda gab sich empört. „Aber ich bitt' Sie, Herr Böhm, haben wir uns denn einmal nicht vertragen? Was würd' ich denn nur anstellen, wenn ich Sie nicht hätte!"

Morgen also hatten die beiden wackeren Streiter Geburtstag, gleichzeitig auch noch. Herr Svoboda wurde 50, Herr Böhm 51. Eine kleine Überraschung könnte man den beiden schon bereiten. Aber wie? Was konnte man ihnen schenken? Das war leichter gesagt als getan, schließlich waren wir alle arm wie die Kirchenmäuse.

Ich sprach mit Fabricius darüber.

„Du hast Recht, das wäre schon was. Aber woher nehmen und nicht stehlen? Dennoch, in meinem Unterbewusstsein, da schlummert etwas. Lass mich mal nachdenken? Irgendwo habe ich irgendetwas gesehen. Wart mal - ich hab's! Ein Schachspiel war es! Das meine ich."

„Das wäre natürlich das ideale Geschenk! Und wo hast du's gesehen?"

„Bei der schielenden Försterfrau, bei Frau Nováková! Da steht ein Schachspiel, ein richtiges, mit großen Figuren. Morgen versuchen wir's mal, vielleicht lässt Frau Nováková sich erweichen, es wäre ja gewissermaßen ein Abschiedsgeschenk."

Unsere Arbeit im Vierweiberlhaus ging ohnehin langsam aber sicher ihrem bitteren Ende entgegen. Trotz unserer ausgefeilten Verzögerungstaktik ließ sich keine Verlängerung herausschinden, drei Wochen waren dem Polier Kratochvil nach langem Hin und Her bewilligt worden, nicht ein Tag mehr.

Wir hatten alles nach besten Kräften in Ordnung gebracht, den Zaun zweimal gestrichen, Muttererde aufgeschüttet, Gras gesät, am Schluss noch Bäumchen, Büsche und ein paar Stachelbeersträucher gepflanzt, die wiederhergestellte Bank dreimal mit der lindgrünen Farbe angepinselt und den Holzstapel mehre Male von einer Ecke in die andere verlegt.

Zwischendurch hatten wir ausgezeichnet und reichlich gegessen und jeder der vier Frauen versichert, dass keine so gut kochen könne wie sie. Und in der Tat, wir hatten viele

Spezialitäten der mährischen und böhmischen Küche kennengelernt, und es ist wohl für jeden verständlich, wie herzlich Leid es uns tat, diese Stätte der Ruhe und Erholung verlassen zu müssen.

Unseren letzten Arbeitstag verbrachten wir eigentlich nur damit, uns von den vier Damen gebührend zu verabschieden.

Bei Frau Nováková nutzten wir die Gunst der Stunde. Noch einmal erzählten wir, wie schwer und unerträglich das Lagerleben sei, wie freud- und hoffnungslos, und fragten sie schließlich geradeheraus, ob sie denn das Schachspiel auf der Kommode dringend benötigte.

„Aber wo", sagte sie, „mein Mann hat früher oft gespielt. Ich verstehe gar nichts davon. Wenn ihr das Schachspiel gerne haben möchtet, könnt' ihr's mitnehmen, ich schenk' es euch zum Abschied."

Wir zierten uns ein wenig, dann aber ließen wir uns überreden, das fürstliche Geschenk anzunehmen. Sie gab uns auch noch Papier zum Einwickeln, denn das war damals wie vieles andere Mangelware.

Unten in der leeren Wohnung, die wir ebenfalls gefegt und in Ordnung gebracht hatten, verstauten wir das Spiel in drei Päckchen. In eines wickelten wir die weißen Figuren und schrieben darauf: "Herrn Svoboda zum 50. Geburtstag ". Wir schenkten ihm die weißen Figuren, weil er weiße Haare hatte. Das zweite Päckchen enthielt die schwarzen und die Aufschrift: "Herrn Böhm zum 51. Geburtstag", da er noch einige schwarze Haare zur Schau trug. Das zusammenklappbare Holzbrett und die Holzschatulle zum Aufbewahren der Figuren verstauten wir im dritten Päckchen. Vorher legten wir in jedes der beiden Fächer zwei gekochte Eier, die uns Frau Pilátová zum Abschied geschenkt hatte, dazu ein Stück geräucherten Speck, eine milde Gabe Frau Čurdas. Dieses Päckchen versahen wir mit der Aufschrift: "Den Herren Böhm und Svoboda zum 101. Geburtstag". Die drei Pakete versteckten wir in einem uralten, verdreckten Kartoffelsack.

Der Abschied von den vier Frauen vollzog sich sehr feierlich. Wir schieden aus bekannten Gründen ebenfalls sehr ungern und versprachen, sie alle bei passender Gelegenheit zu besuchen.

Dann trieben wir uns fast eine geschlagene Stunde vor dem Lagerzaun herum, ehe Peppo, wieder mit zwei leeren Munitionskästen bewaffnet, auf der Bildfläche erschien. Er war mit Rochel verabredet, der jenseits des Zaunes warten sollte.

Ich blinzelte durch einen Spalt. Da stand er ja schon der Rochel, sah sich nach allen Seiten vorsichtig um und zog den Finger aus der Nase.

Als Peppo an den Zaun klopfte, sagte er wie verabredet: „Kann losgehen!"

Die Kästen und der alte Sack flogen über die Bretterwand. „Rochelinus", flüsterte ich durch einen Ritz, „versteck den Sack auch! Kapiert?"

„Was ist denn in dem Sack drin, ihr Säcke?", fragte er, und an seiner Stimme war deutlich zu erkennen, dass er vor Neugierde beinahe platzte.

Aus Sicherheitsgründen hielten wir uns nicht länger am Zaun auf, ließen uns am Lagertor mit gutem Gewissen durchsuchen, denn bei uns hatten die Posten noch nie auch nur das Geringste gefunden.

Die große Gratulationscour fand am nächsten Abend statt. Wir warteten, bis die beiden Schachhasen ihre allabendliche Blindpartie begannen. Darin hatten sie übrigens inzwischen schon anerkennenswerte Fortschritte gemacht und stritten sich erst nach dem 15. bis 20. Zug, was etwas heißen wollte.

Fabricius, Peppo, Rochel und ich stellten uns nebeneinander vor das Doppelbett der beiden Geburtstagskinder.

Sie bemerkten uns, unterbrachen ihr Spiel und sahen uns ziemlich ungehalten an. Nichts liebten sie weniger, als beim Spielen gestört zu werden.

„Zum Geburtstag viel Glück, zum Geburtstag viel Glück, zum Geburtstag Böhm und Svoboda, zum Geburtstag viel Glück", sangen wir mit gedämpfter Stimme, um keinen Wächter herbeizubeschwören, wobei ich allerdings zugeben muss, dass unser Gesang in keiner Weise dazu angetan war, irgendjemand anzulocken.

Böhm und Svoboda hörten andächtig zu. Ihr Unwille, beim Spiel gestört zu werden war ihrer echten Freude darüber gewichen, dass wir an ihren Geburtstag gedacht hatten.

Nach Absingen des Liedes überreichten wir den beiden zuerst die Päckchen mit den Schachfiguren.

„Nein, so was, jetzt beschenken sie uns noch", sagte Böhm gerührt, während er mit fahrigen Händen die Schnur aufwickelte. „Das war aber nicht nötig, wo ihr doch selbst nix habt", ließ Svoboda mit belegter Stimme verlauten.

Ungefähr zur gleichen Zeit lüftete sich für sie das Geheimnis des Inhalts.

„Ja, das ist doch nicht möglich!", rief Herr Svoboda beim Anblick der weißen Schachfiguren aus und fuhr sich mit der Hand durch seine weißen Haare, „was sagen Sie denn dazu, Herr Böhm?"

„Ich bin sprachlos! Schenken die Jungen uns ein Schachspiel!", rief Böhm aus, und seine Rührung kannte keine Grenzen. Dann aber sagte er noch etwas, was uns beinahe umwarf: „Ja, nun sagt einmal, woher wusstet ihr denn, dass wir so schrecklich gern ein Schachspiel gehabt hätten?"

„Das war unser Scharfsinn", sagte Fabricius, „wenn wir uns jetzt auch um das Vergnügen gebracht haben, uns eure spannenden Blindpartien anzuhören. So aber könnten wir vielleicht ein kleines Turnier veranstalten."

„Aber selbstverständlich, gerne", beeilten die beiden sich zu sagen.

Sie erhielten noch das Brett und das Holzkästchen, dessen überraschender Inhalt ihnen Tränen der Rührung entlockte. " „Das könnt ihr uns glauben, diesen Geburtstag werden wir so bald nicht vergessen. Das könnt ihr uns glauben!", rief Herr Böhm und zählte seine schwarzen Figuren.

„Ja, wirklich, diese Überraschung ist euch gelungen. Und wie! Ich habe mich schon lange nicht mehr so gefreut", versicherte Herr Svoboda.

Unmittelbar darauf fand auch schon das Eröffnungsspiel statt, das zu unser aller Zufriedenheit mit einem gerechten Remis endete.

Ja, so war das damals. Wir alle waren bescheiden geworden in dieser Zeit, und nur das war der Grund, dass wir uns oft über die alltäglichsten Dinge freuten, die uns heute höchstens ein müdes Lächeln entlocken könnten.

Ein Wiedersehen

Für Fabricius und mich begannen wieder die harten Tage der Umstellung. Die immer noch viel zu schmale Lagerkost machte uns umso mehr zu schaffen, als wir uns daran gewöhnt hatten, von vier liebenswerten alten Damen mit schmackhaften, abwechslungsreichen und nahrhaften. Speisen verwöhnt zu werden.

Jedoch auch diese neue Heimsuchung ertrugen wir mit stoischer Ruhe, vertrauend auf unser Glück und auf kommende, bessere Zeiten.

Vorerst aber verlief unser Leben im Lager wieder eintönig und ohne erfreuliche Lichtblicke.

Es war zwar inzwischen eine Regelung getroffen worden, die für manche, wenn auch leider nicht für uns, eine fühlbare Erleichterung brachte. Wer nicht Mitglied der Partei gewesen war und gegen den auch sonst nichts vorlag, wurde, sobald er eine feste Arbeitsstelle nachweisen konnte und einen festen Wohnsitz besaß, aus dem Lager entlassen und bekam ab sofort von seinem Arbeitgeber den vollen Lohn.

Malermeister Schober war bei Podola untergekommen, der ihm auch ein Zimmer zur Verfügung stellte. Auch der Spieß und Ewald der Schöne hatten uns verlassen und waren in irgendeinem Büro als Schreiberlinge gelandet.

Für uns "Ungelernte" allerdings bestand wenig Hoffnung auf eine baldige Entlassung. Wir wurden für Arbeiten herangezogen, die keine besonderen Fachkenntnisse verlangten, dafür aber umso höhere Anforderungen an unsere Muskelkraft stellten.

Aber der Mensch ist und bleibt zu seinem Glück ein Gewohnheitstier, und so gewöhnten auch wir uns schnell wieder an den unerfreulichen Arbeitstrott.

Bis dann plötzlich ein Tag anbrach, der in mein trübsinniges Lagerdasein mit einem Schlag eine völlig unerwartete

Wende brachte.

Es geschah abends gegen 19 Uhr. Ich hatte soeben Stella zugewinkt, die täglich und ohne Verspätung jenseits des Zaunes erschien. Einige verstohlene Winke über das sechs Meter breite Niemandsland hinweg, das war leider alles, was wir uns an Liebesbekundungen erlauben konnten, und das war bei aller Bescheidenheit viel zu wenig. Leider waren alle meine Versuche, in der Nähe des "Deutschen Hauses" eine Beschäftigung zu finden, bisher hoffnungslos gescheitert. Im Gegenteil! Bereits eine volle Woche war ich nun schon in der Oderfurter Zeche beschäftigt, und ich kann gar nicht beschreiben, wie sehr mir diese ungewohnte Schinderei zum Halse heraushing.

Kein Wunder also, dass ich nach der kurzen Begegnung mit Stella in äußerst trüber Stimmung auf die Stube zurückkehrte. Hier hockten nur noch Peppo und Rochel, alle anderen Stubeninsassen saßen schon im Essraum und löffelten Olgas Kartoffelsuppe. Die beiden hatten geduldig auf mich gewartet, da sie stets gerne mit mir zum Essenfassen gingen. Schließlich bekam ich von der guten Olga immer noch meine doppelte Ration und durfte außerdem Suppe nachfassen. Aus diesem Grunde musste ich als Letzter erscheinen, damit es für sie wie auch für mich keine Scherereien gab.

Wir wollten gerade, mit unseren Blechschüsseln und Aluminiumlöffeln bewaffnet, zur Essbaracke aufbrechen, als wir plötzlich undeutlichen Lärm vernahmen, der allmählich lauter wurde und in wüstes Geschrei ausartete.

Dann ertönten vom Gang her eilige Schritte und unser Baby kam atemlos in die Stube gestürmt. „Me-me-mensch Mei-eier, ihr s-s-si-sitzt d-da s-s-so s-s-seelenr-ruhig ..." Er war völlig aus dem Häuschen, der Bedauernswerte.

„Ja sag mal, was ist denn mit dir los, Babyleinchen? Komm, setz dich zu uns und beruhige dich erst einmal", sagte Rochel milde.

„N-n-nein! Es ist ein n-n-neuer T -transport ge-gekommen. Au-ausgehungert u-und v-verprügelt! U-u-und d-da ist ein Bewacher, i-ich k-k-kann euch f-f-lüstern, d-der verdrischt aa-alles, wa-was ihm in d-den Weg l-l-läuft!"

Wie zur Bestätigung drang von draußen verstärkter Lärm und lautes Wehgeschrei in die Stube.

„In diesem Falle", eröffnete Rochel und zog seinen Zeige-finger aus seiner Nase, dass es knallte wie ein Sektpfropfen, der aus dem Flaschenhals schießt - ein Kunststück, das ihm keiner nachmachte -, „in diesem Falle verziehen wir uns in die Unterwelt!" Ohne ein weiteres Wort zu verlieren, schwang er sich mit einem mächtigen Satz aus dem Fenster.

Wir folgten ihm auf dem Fuße, hoben unsere Geheimklap-pe hoch und krochen mit Windeseile unter die Baracke. Hier blieben wir bewegungslos liegen.

Dass wir uns in allerletzter Sekunde in Sicherheit gebracht hatten, sollten wir bald deutlich zu hören bekommen, denn über uns wurde die Tür aufgerissen und jemand trampelte mit polternden Schritten im Zimmer herum. „Ist denn kein einzi-ges Dreckschwein hier, verdammt nochmal!", schrie dieser Jemand so laut, dass wir hier unten jedes seiner Worte deut-lich verstehen konnten.

Wir sahen uns an und grinsten. Da hatte der Herr da oben Pech gehabt. Leise robbten wir unter der Baracke hindurch bis zur gegenüberliegenden Seite. Hier waren die Bretter zwi-schen den Fundamenten noch fest verankert, wiesen aber breite Fugen auf, durch die wir bequem auf den Lagerhof bli-cken konnten. Wir fanden alle vier je einen breiteren Spalt und blinzelten gegen die untergehende Sonne.

In der Tat, die Männer, die unmittelbar vor unserer Bara-cke standen, sahen erbarmungswürdig aus. Die mageren Gestalten schienen nur noch aus Haut und Knochen zu be-stehen. Ihre Köpfe waren kahlgeschoren, die Gesichter wirk-ten grau und eingefallen. Die nackten Füße steckten in groben Holzschuhen. Sie trugen alle die gleiche Kleidung: eine graue Drillichhose und ein gleichfarbiges Hemd. Bei einigen waren die nackten Oberarme mit roten Striemen bedeckt, oder ihr Hemd wies auf dem Rücken unübersehbare Blutspuren auf.

Die Männer waren in Zweierreihen angetreten, standen erschöpft und teilnahmslos da und wagten kaum sich zu bewegen. Vor ihnen schritt ein peitschenschwingender Kerl auf und ab, schlug mal auf den, mal auf jenen ein und brüllte und fluchte wie ein Droschkenkutscher.

Unmittelbar vor mir stand ein besonders großgewachsenes, unglaublich dürres Menschenexemplar. Der kahlgeschorene Schädel pendelte auf dem mageren Hälschen haltlos hin und her. Die abstehenden Ohren waren grau und hingen wie zwei welke Blätter traurig herunter. Aus den viel zu kurzen, ausgefransten Hosenbeinen ragten erschreckend dürre Storchenbeinchen hervor, die jeden Augenblick unter der Last des Körpers zusammenzubrechen drohten.

Die Leutchen da draußen konnten einem leidtun. Ihnen würde das Leben hier im Lager bestimmt wie die reinste Erholung erscheinen.

Wir lagen ungefährdet unter der Baracke und beobachteten traurig dieses menschenunwürdige Schauspiel. Sonst hatten sich alle Lagerinsassen in ihre Stuben verzogen, und kein Mensch ließ sich am Fenster sehen.

Der Dürre stand so dicht an der Baracke, dass ich ihm mit ausgestreckter Hand bequem die Haare aus den Waden zupfen konnte. Zufällig hatte er seinen Standort so gewählt, dass er sich auch zwischen mir und der untergehenden Sonne befand. Da er mit gespreizten Beinen dastand, ihn außerdem die Mutter Natur mit geradezu klassischen O-Beinen ausgestattet hatte und ich genau nach Westen blickte, ergab es sich, dass die blutrote Scheibe der untergehenden Sonne genau zwischen seinen Knien zu hängen schien. Das sah so aus, als ob er sie wie einen Fußball zwischen die Beine geklemmt hatte und festhielt. An seiner linken Wade, oder besser gesagt, an seinem mit ein wenig Haut und ein paar Haaren bedeckten linken Wadenbein, kroch ein großer, schwarzer Käfer empor und hätte es beinahe geschafft, unter dem ausgefransten Hosenbein zu verschwinden, wenn sein Besitzer sich nicht gebückt und ihn mit einer matten Handbewegung weggewischt hätte.

Bisher hatte ich den Burschen nur von hinten betrachten können. Jetzt aber, in dem Moment, als er sich bückte, um das lästige Insekt abzustreifen, wandte er mir sein Profil zu. Hätte ich nicht auf dem Boden gelegen, ich wäre garantiert der Länge nach umgefallen. Diese großen, leicht hervorstehenden Augen, diese leicht gekrümmte Nase, das spitze Kinn, der unübersehbare Adamsapfel..., du lieber Himmel, dieses Profil kannte ich nur zu gut! Ein Irrtum war ausgeschlossen! Am liebsten wäre ich aufgesprungen und hätte losgebrüllt: „Mann, Mikosch, uraltes Haus, so sehen wir uns wieder!" Aber ich musste mich beherrschen, wenn es mir auch unsagbar schwerfiel. „Ich werd' verrückt!", flüsterte ich, „ich werd' verrückt!"

Peppo rückte an mich heran. „Warum du wirst verrückt?"

Ich bedeutete ihm, sich ganz still zu verhalten. „Weißt du, wer da draußen vor uns steht? Du kennst ihn auch. Es ist Mlikosch, mein Freund."

„Ach der, mit dem du mich immer hast geärgert, ich weiß", grinste Peppo und kroch zu seinem Spalt zurück.

„Jetzt erkenn' ich den Schlawiner auch", raunte Rochel mir von der anderen Seite zu, „er ist nur so schlank geworden."

Ich hielt den Mund an den Spalt und flüsterte: „Miiikosch!"

Mein Freund schien etwas gehört zu haben, denn er blickte seinen Nebenmann fragend an. Als dieser überhaupt nicht reagierte, schien er die Überzeugung gewonnen zu haben, einer Sinnestäuschung zum Opfer gefallen zu sein.

Noch einmal rief ich durch den Spalt, diesmal etwas lauter und eindringlicher: „Miiiikosch!"

Dieser Ruf traf ihn wie ein Blitz aus heiterem Himmel. Er knickte förmlich in den Knien zusammen, dann blickte er wieder zu seinem teilnahmslos dastehenden Nachbarn hinüber. Als er sich erneut vergewissert hatte, dass der Ruf auf keinen Fall von diesem Mann kam, drehte er sich vorsichtig nach allen Seiten um. Rechts von ihm stand kein Mensch, da erstreckte sich der wie leergefegte Lagerplatz. Hinter ihm erhob sich die Baracke, die Fenster alle verschlossen, und hinter den trüben Scheiben ließ sich keine Menschenseele blicken.

Ich rief noch einmal: „Miikoschek, alter Gauner!"

Wieder zuckte mein geplagter Freund zusammen. Diesmal wusste er so ungefähr, woher die Stimme kam. Er drehte sich um und blickte genau in meine Richtung, konnte mich aber nicht sehen.

Dafür sah ich umso deutlicher, dass sein linkes Auge mit einem recht umfangreichen, in allen Farben des Spektrums schillernden Veilchen verziert war.

Da stand er und war so rat- und hilflos, der arme Kerl! Ich musste mich ihm bemerkbar machen. Vorsichtig zwängte ich meinen Zeigefinger durch den Spalt, wartete, bis er sich wieder verstohlen umsah, und begann mit dem Finger zu wackeln.

Und Mikosch sah ihn. Sein rechter Augendeckel klappte ein paarmal nach unten, sein Adamsapfel hüpfte aufgeregt auf und ab. Er ließ vor Staunen seinen Unterkiefer bis aufs Brustbein herunterfallen, so dass an der Stelle, wo sonst seine Lippen prangten, ein ovales Loch klaffte, in dem bequem eine Billardkugel Platz gefunden hätte. Dann schloss sich die Öffnung wieder, und sein mageres Gesicht verzog sich zu einem erfreuten Grinsen. Jetzt musste er wissen, wem dieser Finger gehörte, und er wusste es auch, denn er verschränkte seine Hände hinter dem Rücken und begann heftig zu winken.

„Mikosch, der Stinkbombenwerfer", wisperte mir Rochel zu und strahlte über sein ganzes Gesicht. Ich hatte ihm viel von unseren Streichen erzählt. Offensichtlich schienen ihm die Stinkbomben in Hawlitscheks Laden am meisten imponiert zu haben. Er wollte mir noch etwas zuflüstern, ich gab ihm aber ein Zeichen zu schweigen, denn draußen tat sich etwas.

Unser Šubrt war erschienen und hielt eine kurze Ansprache. Danach begann er, die Leute auf die Zimmer aufzuteilen. „Stube eins - vier Mann", rief er, „Stube zwei - vier Mann, Stube drei - sieben Mann!"

Die Aufgerufenen beeilten sich, so schnell wie möglich in der Baracke zu verschwinden, um sich so den Zugriffen des Peitschenschwingers zu entziehen und sich endlich irgendwo auszuruhen.

„Mikosch", sagte ich durch den Spalt, „du musst auf Stube elf! Kapiert?"

Er nickte, und als drei Mann für Stube elf gesucht wurden, da bewegte er sich mit einer Geschwindigkeit nach vorne, die man ihm bei seiner körperlichen Verfassung eigentlich gar nicht zugetraut hatte. Dennoch gehörte etwas Glück dazu, denn es traten viel mehr Deutsche vor, die auf Stube elf wollten. Mikosch aber hatte schneller geschaltet und pflanzte sich als Erster vor dem Lagerkommandanten auf.

Wir hatten genug gesehen. Auf allen Vieren krochen wir zu unserer Klappe zurück. Nachdem wir uns vergewissert hatten, dass die Luft rein war, verließen wir unser Versteck und schwangen uns durch das Fenster in die Stube.

Mikosch und die beiden anderen waren schon da und saßen erschöpft am Tisch. Als mein Freund die polternden Geräusche vorn Fenster hörte, sprang er auf und wankte mir entgegen. Ich sprang ihm vom Fensterbrett direkt in die Arme.

„Mensch, Hardi, wir können hinkommen, wohin wir wollen, überall laufen wir uns in den Weg!" Mikosch war gerührt und hielt sich an mir fest, sonst wäre er vor Schwäche umgefallen.

„Das ist doch prima, dass wir uns wieder treffen! Was denkst du, wie ich mich freue, dass du hier bist."

„Und ich erst, das kannst du mir glauben!"

Als die erste Wiedersehensfreude vorüber war und wir nebeneinander auf der Bank saßen, musterte mich Mikosch von oben bis unten. „Lass dich erst einmal richtig ansehen, du armer Zuchthäusler!" Dabei stierte er mich mit seinem normalen und dem geschwollenen Auge prüfend an. Dann zog er ein bedenkliches Gesicht und schüttelte besorgt sein kahles Haupt. „Was bist du abgemagert! Als du vorhin vom Fenster heruntersprangst, da dachte ich schon, du würdest dir beide Beinchen brechen. Du läufst ja herum wie der Storch im Salat!"

Ich war zu Recht empört. „Das musst gerade du mir sagen! Deine dürren Beinchen könnte man als Zahnstocher benutzen, wenn sie nicht mit so langen Haaren überwuchert wären! Und wenn du nicht so ein dickes Fell hättest, wäre dein fleischloses Skelett schon längst in sämtliche Einzelteile zerfallen."

„Jetzt übertreibst du aber wie immer maßlos! Im Vergleich zu dir bin ich ein ausgesprochen wohlgenährter Mensch, Mensch."

„Du und wohlgenährt! Weißt du, was du bist? Ein total ausgehungerter Kerl, Kerl! Wenn ich schon die Löcher in deinen Wangen sehe. Da könnte ja in jedes ein ausgewachsenes Huhn ein paar Eier hineinlegen!"

Mikosch begann schallend zu lachen, dabei pendelte sein kahles Köpfchen derart heftig hin und her, dass ich zu befürchten begann, es würde ihm abfallen. „Als du vorhin vom Fenster sprangst, da hatte ich Angst zu atmen. Ich dachte nur nicht atmen, sonst fällt der Hardi um und zerbricht in tausend Stücke!"

Das war wieder einmal typisch Mikosch! Lief herum wie der klapprige Sensenmann persönlich und mäkelte an anderen herum.

Genau wie damals im Lazarett, als er vor lauter Hinken nicht gehen konnte und ausgerechnet mich als Hinkebein hinstellte.

Während mir diese Gedanken durch den Kopf gingen, war der Bursche immer noch nicht ruhig und wandte sich an Rochel, der uns grinsend gegenübersaß: „Weißt du, Rochus, das ist typisch Hardi. Besteht nur aus Haut und Knochen, und auf seinen Rippen könnte man Klavier spielen, wenn man nicht Angst haben müsste, dass man dabei sein Brustkörbchen zerquetscht wie ein rohes Ei."

„Und weißt du, was ich dachte, als ich dich vorhin vor der Baracke stehen sah? Ich dachte: Oh Gott, was ist aus deinem Freund Mikosch geworden! Eine dünne Bohnenstange mit einem Pickel auf dem Hals!"

Da wir uns nicht einigen konnten, wer von uns beiden der Ausgehungertere war, maß Rochel mit einer Schnur den Umfang unserer Gelenke, der Brust und des Bauches, besser gesagt, der Bauchgegend. Er kam zu dem Ergebnis, dass wir beide gleich dünn und ausgehungert waren.

Wer aber dachte, dass sich mein Freund mit dieser Entscheidung zufriedengeben würde, der irrte sich gewaltig. Denn nunmehr versuchte er, mir zu beweisen, dass er ja um zwölf Zentimeter größer sei als ich und daher trotz der gleichen Umfangsmaße entsprechend dicker sei, denn er müsste ja, so seine Rede, bei seiner Größe dünner sein als ich, sei es aber nicht.

Ich brachte ihn sehr schnell zum Schweigen, indem ich aus meinem Versteck einen halben Laib Brot und ein Stück Wurst, ein Honorar der letzten Handlesung, hervorzauberte und ihm diese Köstlichkeiten vor die Nase hielt. „Auf dass du noch dicker und fetter wirst, als du ohnehin schon bist! Wenn mir auch vorkommt, dass das einzige Dicke an dir dein linkes Auge ist!"

Wie groß sein Hunger war, das konnte ich daraus ersehen, dass er mir keine Antwort gab. Er hieb seine kräftigen Zähne in das Brot, dass man befürchten musste, er würde sich seinen Unterkiefer ausrenken.

Um seinen Schluckvorgang zu beschleunigen, holte ich schnell noch einen Topf mit Wasser herbei, von dem er zu meiner größten Überraschung reichlich Gebrauch machte. So schlecht waren die Zeiten geworden: mein Freund hatte das Wassertrinken gelernt.

Wir saßen um den Essenden herum und sahen ihm stumm zu.

Armer Mikosch, ich sehe an deinem Eifer, dein Hunger muss gewaltig sein! Die Wurst wie auch das Brot verschwanden im Nu, kein Krümelchen blieb übrig, nicht einmal die Wursthaut ließ er stehen.

Da die beiden anderen Neuankömmlinge voller Neid zugesehen hatten und keinen Blick von dem Essenden wandten, holte Rochel für sie aus unserem Keller von unserer eisernen Reserve ein Stück Brot und jedem eine Tüte mit Rohrzucker. Auch Mikosch erhielt als Nachspeise ein Häufchen Zucker, das er aufleckte wie eine Katze ihre Milch.

„Sag mal", begann ich, als ich merkte, dass er wieder ansprechbar war, was hast du denn mit deinem treuen Auge gemacht? Es sieht so verändert aus."

Mikosch winkte wegwerfend. „Ach, das war dieser Bursche da draußen, der dauernd mit seiner Peitsche herumfuchtelt. Boxt mir so mir nichts dir nichts ins Auge. Bloß weil ich sagte:

Ein alter-Mann ist doch kein D-Zug! Da verpasst er mir diesen Hieb und schreit: Da hast du deinen D-Zug, du Blödian!"

Ich klopfte ihm tröstend auf die Schulter: „Hier ist es zwar auch nicht berauschend, aber du wirst dich bestimmt wieder erholen. Das Essen reicht natürlich bei weitem nicht aus, aber wir beschaffen uns schon hie und da etwas nebenbei."

Ich führte Mikosch in den Essraum, wo er sich noch ein wenig mit Kartoffelsuppe stärken konnte. Nachdem er auch Olgas Einheitssüppchen spurlos beseitigt hatte, klopfte er sich auf den Bauch, der mächtig angeschwollen war. „So, jetzt kehren meine Lebensgeister allmählich wieder", konstatierte er und bewies seine Behauptung damit, dass er einen seiner unüberhörbaren Rülpser zum Besten gab.

Nach dem Essen setzten wir uns in die Ecke auf Peppos Bett, um uns hier ungestört gegenseitig unsere letzten Abenteuer zu erzählen.

Mikosch war ja bekanntlich bei Königgrätz ausgestiegen, um sich bei einer seiner ungezählten Tanten in Trebechovice zu verstecken. Als die Russen kamen, wurde er mitsamt seiner lieben Tante in ein Lager gesteckt. Die Behandlung in diesem Lager war so schlecht, dass alle ziemlich schnell auf den Hund kamen.

Von hier aus brachte man ihn dann in ein Lager bei Hultschin, wo es ihm auch nicht viel besser erging. Schließlich wurde er in seine Heimatstadt abgeschoben. Hier in Ostrau war er ein paarmal vernommen worden. Mikosch hatte es verstanden, seine absolute Unschuld so überzeugend zu beteuern, dass man ihn in unser Lager steckte.

Ich erzählte ihm nunmehr meine Geschichte. Am Schluss erwähnte ich meine Begegnung mit Stella. Von unserer "Strafe" berichtete ich lieber nichts.

Sofort begann er zu grinsen. „Soso, Stella ist auch hier! Meine geliebte Stella. Die wird sich freuen, wenn sie mich wiedersieht!"

„Erstens ist es nicht deine Stella", widersprach ich ihm heftig, „und zweitens glaube ich kaum, dass sie vor Freude überschäumen wird."

Mikosch sah mich von der Seite prüfend an. „Aha, aha, daher wehen die Winde! Stella hat es meinem edlen Freund angetan. Als ob ich das nicht schon immer gewusst hätte. Aber ich gönne sie dir, wenn sie es fertigbringt, sich von mir loszureißen. Dein armer Mikoschek hat jetzt ganz andere Sorgen, leibliche Sorgen nämlich."

Kommando "Palace – Hotel"

I n den folgenden Wochen erholte sich mein Freund erstaunlich schnell von den Strapazen, die er hatte ertragen müssen. Er war ebenfalls der Zechen- Arbeitskolonne zugewiesen, da er natürlich auch keine fachlichen Qualifikationen aufzuweisen hatte.

So erwartete uns täglich das gemeinsame, wenig zweifelhafte Vergnügen, einen mit Kohlenstaub beladenen Eisenbahnwagen leerzuschaufeln. Zwei geübte Schaufler schafften das in 4-5 Stunden. Wir zwei armen und schwachen Menschlein brauchten zuerst die doppelte Zeit und hatten auf den. Händen bald mehr Schwielen als Finger aufzuweisen. Erst im Laufe der Zeit erlernten wir einige Tricks, die uns halfen, uns diese Knochenarbeit ein bisschen zu erleichtern. Als jedoch nach drei Tagen dieser scheußlichen Tätigkeit unsere Schwielen zu eitern begannen, sah sogar Šubrt ein, dass er uns eine andere Beschäftigung zuteilen musste.

Es entstand das neue Arbeitskommando "Palace-Hotel". Diese Gruppe bestand aus insgesamt fünf hochqualifizierten Leuten: aus Fabricius, Mikosch, Rochel, Peppo und meiner Wenigkeit.

Der Lagerkommandant sah uns prüfend an, sagte aber kein Wort. Ich hatte ihm wenige Tage zuvor aus der Hand gelesen, vielleicht war das die Ursache für seine milde Stimmung.

Es muss noch erwähnt werden, dass das besagte Hotel schräg gegenüber vom "Deutschen Haus" zu finden ist. Wenn man die Bahnhofstraße, heute Dimitrova, aus Richtung Oderfurt entlangkommt, so stößt man direkt auf dieses renommierte Hotel. Die Straße rechts, die heutige Gottvaldova, führt nach Witkowitz, links, geht es zur Stadtmitte auf die sogenannte Promenade.

Das "Palace-Hotel" wurde zum Teil von Offizieren der

Roten Armee bewohnt, besaß im Keller eine vornehm einge-richtete Bar und eine lauschige Weinstube. Was unsere An-wesenheit notwendig machte, war die Tatsache, dass das Hotel Zimmer für Zimmer renoviert wurde. Wir hatten die Auf-gabe, den ganzen Tag irgendwelche Möbelstücke hin- und herzuschleppen. Räume, die wir am Vortage wegen der be-vorstehenden Malerarbeiten ausgeräumt hatten, mussten nach Fertigstellung wieder bewohnbar gemacht werden. Vor-her war eine Frauenkolonne damit beschäftigt, die von den Anstreichern angerichtete Verwüstung zu beseitigen, Fenster, Türen und Fußböden von den Farbflecken zu befreien und die über und über bekleckerten Waschbecken zu säubern.

Anschließend kamen wir an die Reihe. Wir hängten die Gardinen wieder auf, belegten den Fußboden mit Teppichen und schleppten die Möbel wieder hinein. Natürlich mussten wir die Teppiche vorher auch klopfen, Treppen scheuern und sonstige Arbeiten verrichten, die einem zünftigen Hausdiener zustehen. Das war schon eher eine Arbeit nach unserem Ge-schmack, denn auf den unübersehbaren Korridoren und in den unzähligen Zimmern konnte man für längere Zeit unauf-findbar verlorengehen.

Für mich allerdings waren nicht diese Überlegungen von ausschlaggebender Wichtigkeit. Entscheidend war, dass meine Mutter in der Bar dieses Hotels als Putzfrau arbeiten musste. Außerdem stand ungefähr 50 Meter von unserer Wirkungsstätte entfernt das "Deutsche Haus", oder besser gesagt, standen dort die Reste des ehemaligen "Deutschen Hauses", das bekanntlich völlig abgerissen wurde. An diesen Arbeiten waren nur Deutsche beteiligt.

Die gewonnenen Ziegel wurden von Lagerfrauen gesäu-bert, und dieser nerventötenden Tätigkeit widmete sich auch jemand, der für mich von vordringlichstem Interesse war.

Am ersten Tag erhielten wir den Auftrag, die roten Teppi-che auf den Treppen von den Klammern zu lösen und aufzurollen. Da wir oben im vierten Stockwerk anfingen, führte uns unser Weg automatisch bis in den Keller hinunter, wo sich die Bar befand. Unten angelangt, schob ich den aufgerollten Teppich achtlos beiseite und blinzelte mit Herzklopfen durch die Scheiben der gläsernen Schwingtür in den Barraum.

Hier waren mehrere Frauen bei der Arbeit. Mit Putzlappen, Besen und Schrubbern beseitigten sie den Dreck des letzten Abends.

Dass es sich um deutsche Frauen handelte, konnte man damals ohne besondere kriminalistische Fähigkeiten erraten.

Eine dieser Frauen stand an der Theke und polierte Gläser. Sie war nicht sehr groß, ein wenig mollig und, wie alle anderen, kahlen Hauptes.

Ich erkannte sie sofort an ihren Bewegungen und der Art, wie sie beim Gläserpolieren den Kopf neigte. Da stand es, mein Muttchen, ganz vertieft in seine Arbeit. Leise drückte ich die Pendeltür auf und schlich zwischen den Tischen und Stühlen auf die Bartheke zu. Der dicke Teppich auf dem Fußboden verschlang jedes Geräusch. Eine der Frauen hielt in ihrer Arbeit inne und wollte mich etwas fragen. Ich bedeutete ihr aber mit einer unmissverständlichen Geste, ganz still zu sein.

In wenigen Sekunden hatte ich die paar Meter zurückgelegt und stand unmittelbar hinter ihr.

Sie polierte gerade andächtig ein Weinglas, hielt es prüfend gegen das Licht und wollte gerade einen unsichtbaren Flecken entfernen, als ich sie plötzlich von hinten ergriff, hochhob und im Kreise herumwirbelte. Sie schrie vor Schreck auf, griff nach hinten, und hielt sich krampfhaft an meinen Schultern fest, um nicht das Gleichgewicht zu verlieren. „Lassen Sie mich los!", schrie sie, „lassen Sie mich sofort los! Sie sind wohl ganz und gar verrückt geworden!"

Ich stellte sie behutsam auf den Teppich und gab ihr so Gelegenheit, sich den Verrückten näher zu besehen.

Sie tat es auch, und das mit bitterbösem Gesicht und geballten Fäusten. Dann erkannte sie mich, und ihre Zornesfalten verschwanden. „Jesusmaria, Hardi, du bist es! Das sieht dir wieder einmal ähnlich, mich so zu erschrecken!" Sie fiel mir um den Hals. „Hardi, wie ist das schön, dass wir uns wiedersehen. Ich habe mir schon so große Sorgen um dich gemacht!" Ihr Blick fiel auf meine Glatze, und sie erschrak. „Du meine Güte, Hardi, wie schaust du denn aus? Wo sind denn deine Locken geblieben?"

Ich verzichtete, sie darauf aufmerksam zu machen, dass ich auch auf ihrem Kopf die gewohnte Lockenpracht vermisste.

Wir setzten uns in eine Ecke der Bar und erzählten uns das Wichtigste. Sie hatte in der Tat eine Zeitlang als Helferin beim deutschen Lagerarzt gearbeitet, musste aber diese Beschäftigung wegen ihrer dauernden Ohnmachtsanfälle aufgeben. Nun arbeitete sie hier in der Bar. Es bestand aber die Möglichkeit, dass sie in Kürze nach Hause zurückkehren durfte, wo mein Vater noch immer mutterseelenallein in der großen Wohnung hauste.

„No, der wird sich freuen, wenn ich wieder zu Hause bin, wo er doch in seinem ganzen Leben noch keinen Kochtopf angefasst hat!"

In diesem Augenblick gesellte sich Mikosch zu uns, den ich vor lauter Wiedersehensfreude ganz vergessen hatte.

Meine Mutter hatte erhebliche Schwierigkeiten, in dem ausgehungerten Gestell mit den eingefallenen Wangen den altbekannten Schwerenöter Mikosch zu erkennen.

Es war nach den vielen Wochen der Entbehrung, Mühsal und Unsicherheit ein überaus erfreuliches, unvergessliches Wiedersehen.

„Ich habe auch noch eine kleine Überraschung für dich", verkündete meine Mama geheimnisvoll, „warte mal, ich hol' dir's gleich!" Sie verschwand in einem Nebenraum, der für das Personal vorgesehen war, und erschien, eine große Blechbüchse in der Hand haltend, nach wenigen Augenblicken wieder. „Hier, das hab' ich dir zurechtgemacht."

Meine hoffnungsvolle Ahnung wurde zur Gewissheit. Die Büchse war bis zum oberen Rand mit Tabak gefüllt, der angenehm und würzig duftete.

„Ich habe für dich jeden Tag alle Kippen aus den Aschenbechern gesammelt, den Tabak herausgeholt und die Büchse noch einmal warm gemacht. Und hier hast du Zigarettenpapier, das lag auch hier herum."

Das war Balsam für meine schon lange Zeit unbefriedigte Raucherseele. Ich war wunschlos glücklich. Wie wenig brauchte man damals, um wunschlos glücklich zu sein! Aber ich wiederhole mich.

„Ich werde dir jeden Tag die Kippen aufheben, den Rest musst du dir dann schon selber machen", versprach sie mir.

Wir sahen uns in den nächsten Wochen täglich, und regelmäßig erhielt ich meine Tabakzuteilung.

Unsere Tätigkeit im Hotel erwies sich bald als so angenehm und erholsam, dass wir beschlossen, dieser Arbeitsstelle so lange wie nur möglich treu zu bleiben. Der Chef, der unsere Arbeit beaufsichtigte, war ein sehr ruhiger, sympathischer Mann, der uns weder zur Arbeit antrieb noch schikanierte.

Am zweiten Tag in der Mittagspause beschlossen Mikosch und ich, Stella unsere Aufwartung zu machen.

„Schlag dir das Mädchen aus dem Kopf", riet Mikosch mir jovial, „denn wenn sie mich wiedersieht, wird sie dich ohnehin sofort vergessen. Sie wird der Zeiten gedenken, da wir eng umschlungen auf der Bank hinter dem Rathaus saßen und ich ihr ewige Liebe und Treue schwor. Ach, was tust du mir so unendlich leid, edler Freund, aber wo die Stimme des Herzens spricht…"

Ich ließ ihn reden. „Du wirst dich wundern, mein lieber Mikoschek, welchen Empfang dir deine ewige Geliebte bereiten wird!" Und ich grinste schadenfroh vor mich hin, während wir uns der Ruine des "Deutschen Hauses" näherten.

Dann umrundeten wir vorsichtig die Reste des Gebäudes. Hier herrschte ebenfalls Mittagspause. Die von der schweren und ungewohnten Arbeit ermüdeten Frauen hatten sich hinter den Trümmern im kühlenden Schatten niedergelassen und ruhten sich aus. Es war gar nicht so einfach, unter den vielen Gruppen die Gesuchte zu finden. Schließlich entdeckten wir sie hinter einem hohen Ziegelhaufen.

Vorsichtig versuchte ich, Stellas Aufmerksamkeit auf mich zu lenken. Rufen durfte ich auf keinen Fall, denn zwischen ihr und uns saß auf einem Stoß gestapelter Ziegelsteine jenes schwarzhaarige, bösartige Frauenzimmer, das Stella damals jene saftige Ohrfeige verpasst hatte. Sie saß, ihren Rücken uns zugekehrt, auf einer Zeitung, die sie auf den Ziegeln ausgebreitet hatte und aß, das Aas.

Ich begann, Stella Zeichen zu geben, winkte, ruderte mit den Armen, vergeblich! Sie sah einfach nicht her. Wie sollte ich mich ihr nur unauffällig bemerkbar machen? Ich hob eine Zeitung auf, die auf der Erde lag, nahm in jede Hand einen Zeitungsbogen und schwenkte das Papier auf und ab.

Endlich blickte sie auf und erkannte mich. Sie fuhr sichtlich zusammen und sah so auffällig zu mir herüber, dass ich befürchten musste, auch ihre Bewacherin auf mich aufmerksam zu machen. Ich gab ihr daher ein Zeichen, um das Haus herumzukommen und ging eilig in Deckung.

Sie hatte mich verstanden, erhob sich, klopfte den Staub von ihrer Kleidung und verzog sich hinter einer zur Hälfte eingerissenen Mauer.

Wir kamen ihr von der anderen Seite entgegen.

„War das wirklich Stella?", fragte mich Mikosch unterwegs, „die sieht ja aus wie ein gerupftes Huhn!"

Ich blieb stehen. „Guck dich doch mal im Spiegel an, dann wirst du wissen, wie ein gerupfter Storch aussieht!"

Mikosch sah mich vorwurfsvoll an. „Aber Hardi, Freund und Spezi, warum denn gleich so böse? Es scheint mir…"

In diesem Augenblick tauchte Stella auf. Mikosch breitete theatralisch seine Arme aus, um seine Geliebte in diese zu schließen. Er schloss die Augen und rief: „Stella, da bist du ja endlich!"

Stella würdigte meinen Freund, der mit ausgebreiteten Armen wie ein Nachtwandler dastand, keines Blickes. Hinter den säulenartigen Pfeilern des Eingangs fiel sie mir um den Hals, und wir küssten uns.

Mikoschs Augen waren inzwischen wieder aufgegangen. Die Arme immer noch ausgebreitet, lehnte er sich verdutzt an eine Säule und ließ seine Augendeckel klappen. „W-w-was ist denn das?", stammelte er, „seit wann küssest du meine Stella?"

Stella warf meinem Freund einen flüchtigen Blick zu. „Was will denn dieser Don Quichotte hier?", fragte sie mich.

Mikosch war verwirrt. „Willst du etwa sagen, du erkennst deinen geliebten Mikoschek nicht mehr?"

Sie sah ihn nachdenklich an. „Mikosch? Mikosch?", sagte sie gedehnt, „diesen Namen habe ich noch nie gehört."

Mein Freund wollte sich die Haare raufen, aber sein kahles Haupt ließ diese Geste der Verzweiflung nicht zu. „Hast du denn ganz vergessen, was ich dir auf der Bank hinter dem Rathaus sagte?"

Stella wandte sich an mich: „Wer ist denn dieser Verrückte? Anscheinend verwechselt er mich mit irgendeiner dummen Gans, der er einmal seine primitiven Märchen erzählt hat. Komm, ich hab' dir so viel zu erzählen!" Sie ergriff meinen Arm und zog mich in den Seiteneingang des Theaters hinein, wohin ich ihr nur zu willig folgte.

Ich warf noch einen Blick zurück. Mikosch stand wie eine Schaufensterpuppe da und starrte uns mit aufgerissenen Augen und offenem Mund nach. Da er noch nichts von dem ereignisreichen Sonntag wusste, den ich mit Stella auf dem Pranger im Bannkreis verbracht hatte, konnte er sich einfach nicht erklären, warum Stella nicht ihn, sondern mich umarmte.

Aber ich kannte meinen Freund. Derartige Schicksalsschläge trug er mit Fassung und nahm sie vor allen Dingen nicht tragisch. Schließlich hatten wir früher oft dieselben Freundinnen besessen und sie uns nie gegenseitig streitig gemacht.

Während Stella und ich, den Blicken Außenstehender verborgen, hinter dem Eingang standen, blieb Mikosch draußen, lehnte sich immer noch an die Säule und wartete geduldig.

Sie verließ mich bald. Ihre Furcht, durch ihr langes Ausbleiben Schwierigkeiten zu bekommen, war groß. Sie versprach aber, am nächsten Tag zur gleichen Zeit wiederzukommen. Flink huschte sie an Mikosch vorbei, der noch einmal seine Arme ausbreitete, um einen seiner effekthaschenden Auftritte zum Besten zu geben. „Stella, meine Vielgeliebte, ich . ." Weiter kam er nicht, denn seine "Vielgeliebte" war längst hinter der nächsten Ecke verschwunden.

Mikosch ließ seine Arme sinken und warf mir einen melancholischen Blick zu. „Und das tust du mir an, du mir, deinem besten Freund? Raubst mir das einzige Wesen, das mein Herz bevölkert?" Danach begann er unvermittelt zu grinsen. „Aber im Ernst, wie hast du das Kunststück fertiggebracht, dass sie dir und nicht mir um den Hals gefallen ist?"

Erst jetzt erzählte ich ihm von unserer "Strafe".

„Ach so, dann ist mir alles klar! Jetzt verstehe ich alles! Wo Stella immer schon so romantisch veranlagt war. Aber mich gleich so zu beleidigen! Mit diesem Ritter Don Quichotte vergleicht sie mich. Sehe ich etwa so aus wie Den Quichotte?

Sag mir das mal, Hardi!" Er reckte seine Hühnerbrust heraus und blickte mich augenrollend an.

Ich trat einen Schritt zurück und musterte ihn prüfend. „Nicht ganz", stellte ich fest und legte ihm tröstend die Hand auf die Schulter, „die Rüstung und der Helm fehlen. Und die Rosinante."

Stella und ich trafen uns nunmehr fast täglich, wenn auch nur für wenige Minuten und unter Anwendung aller nur erdenklichen Vorsichtsmaßnahmen.

Zwar hatte sich die Lage der Internierten in letzter Zeit etwas gebessert, die Wut und der Hass auf alles, was deutsch hieß, waren ein wenig abgeklungen. Dennoch war mit unseren Aufsehern noch immer nicht gut Kirschen essen, und das Beste, was man tun konnte, war, ihnen möglichst oft und weit aus dem Wege zu gehen.

Mikosch hatte sich übrigens schnell getröstet, und zwar ebenfalls mit einer Stella. Sie gehörte zu der Frauengruppe, die die von den Anstreichern hinterlassene Schweinerei beseitigen musste.

Da beide Stellas im gleichen Lager untergebracht waren, marschierten wir jeden Abend gegen 19 Uhr zu zweit an der Demarkationslinie entlang und winkten den beiden Mädchen zu, die jenseits des Zaunes auftauchten, ein bescheidenes und vor allem sehr keusches Vergnügen.

An einem der folgenden Tage wurde meine Mutter aus dem Lager entlassen. Sie musste zwar weiterhin in der Bar arbeiten, was mir gar nicht so unrecht war, durfte aber nach der Arbeit nach Hause gehen.

Leider erhielten meine Eltern an einem Freitag die lapidare Mitteilung, dass sie innerhalb von drei Tagen die Wohnung zu räumen hatten. Ihnen wurde eine Wohnung auf der Fifejda, Teichgasse 11, zugewiesen. Diese Behausung bestand aus einer geräumigen Küche mit Fenster zum Hinterhof und einem mittelgroßen Zimmer. Hierher durften nur dringend benötigte Möbel mitgenommen werden.

Da unsere bisherige Wohnung vier Räume mehr aufzuweisen hatte, musste der größte Teil der Möbel stehenbleiben. Uns aber tat es vor allem um all die Bücher leid, deren Schicksal feststand: Sie würden auf dem Bürgersteig, später dann beim Altpapier landen.

Die meinen Eltern zugewiesene Unterkunft befand sich in einem derart verwahrlosten Zustand, dass es einfach unmöglich war, sogleich dort einzuziehen.

Hier konnte nur Malermeister Schober helfen, der immer noch bei der Firma Podola arbeitete. Ich fand ihn in einer Schule, wo er mit mehreren Gesellen sämtliche Gänge und Klassenzimmer mit einem blütenweißen Anstrich versah. Dank seiner Hilfe und dem Entgegenkommen unseres Chefs im "Palace - Hotel", der mir den ganzen Sonnabend freigab, holte ich bereits am frühen Morgen in der Schule einen Handwagen mit den benötigten Farben, Leitern und sonstigen Utensilien, fuhr in die neue Wohnung und strich Decken und Wände.

An Montag, zwei Stunden vor Arbeitsschluss, war ich mit Mikosch wieder unterwegs. Diese kurze Zeitspanne stand uns zur Verfügung, um über tausend Bücher aus dem dritten Stockwerk hinunter zu schleppen, auf den Handwagen zu werfen, zur Teichgasse zu fahren und dort abzuladen. Wir schufteten wie zwei Mulis, erklärten den vorbeigehenden Passanten, die Bücher kämmen alle ins Altpapier, und wir schafften es, sämtliche Bände vollzählig und wohlbehalten an ihren neuen Bestimmungsort zu transportieren.

Am nächsten Freitag hatten meine Eltern diese beiden Räume endlich wieder halbwegs bewohnbar eingerichtet. Da kam das nächste Schreiben. Die Wohnung war ihnen irrtümlich zugewiesen worden. Sie hätten die beiden Zimmer wieder zu räumen und eine Wohnung auf der Hofseite zu beziehen.

Am gleichen Tage noch besichtigte ich das verordnete Etablissement und war mehr als erschüttert. Die anscheinend erst jetzt für uns standesgemäße Behausung bestand wiederum aus zwei Räumen. Allerdings waren sie viel kleiner und noch verwahrloster, so dass in der vorderen Wohnung wieder ein paar Möbel stehenbleiben mussten.

Die Küche, ein schmaler, fensterloser Schlauch, besaß einen türlosen Durchgang zum Zimmer. Dieser Raum war nicht viel größer Das kleine Fenster an der Stirnseite gestattete einen Blick auf die enge Straße und eine mit grünem Moos bedeckte Ziegelmauer einer stillgelegten Zeche. Die Wände wie die Decken wiesen unzählige Löcher und Sprünge auf. Die Wand auf der linken Zimmerseite war in ihrer gesamten Länge mit Tintenklecksen übersät, als ob dem geplagten Martin Luther hier Hunderte Teufel erschienen waren, die er mit ebenso vielen Tintenfässern beworfen hatte. Der abgetretene Holzfußboden knarrte bei jedem Schritt, und die breiten Fugen zwischen den Brettern quollen über vor Unrat und Schmutz.

Von der fleckigen Haustür, die jeglichen Anstrich vermissen ließ, führten drei abgetretene Steinstufen in die Küche hinunter. Der Raum war leer, nur in der Ecke stand ein verrosteter Küchenherd, in dessen fettiger Platte mehrere Eisenringe fehlten.

Entsetzt stand ich vor diesem unwirtlichen Loch. Das konnte auf keinen Fall so bleiben.

Am Sonnabend ging die ganze Arbeit von vorne los: die Löcher und Sprünge in Decken und Wänden vergipsen, Decken und Wände streichen, Wände mit Hilfe einer Gummiwalze mit Mustern versehen, anschließend den Fußboden und die Fenster streichen. Ein Dank dem ahnungslosen Meister Podola, dessen Farben und Geräte wieder herhalten mussten.

Am Montag schleppten wir die Bücher in Wäschekörben und Kisten hinüber, zwei Möbelpacker trugen die notwendigsten Möbel, und die zweite Übersiedlung war vollzogen.

Übrigens enthielt das letzte Schreiben noch einen kleinen Zusatz: Meine Eltern erhielten die Auflage, in dieser Wohnung zusätzlich zwei Deutsche aufzunehmen, die noch im Lager steckten und keine eigene Wohnung mehr vorzuweisen hatten.

Meine Mutter erinnerte sich ihrer ehemaligen Freundin, meiner geduldigen Klavierlehrerin, Frau Agathe Zibulka, die noch immer im Lager saß. Mein Vater kannte vom Schachklub her einen gewissen Herrn Kohl, und diese beiden lieben Leutchen durften nunmehr das Lager verlassen und zu uns ziehen.

Es wurde daher recht eng in der neuen Wohnung, und ich war im Grunde genommen froh, dass man mich noch im Lager behalten hatte.

Marillenklöße

Die Sache mit den Marillenklößen hatten wir einzig und allein der Lagerchefköchin Olga und meiner Handlesekunst zu verdanken.

Die Küchenfee hatte mich an einem Abend beiseite gerufen und mir etwas über die Nichte ihrer Cousine ins Ohr geflüstert, die doch jetzt geheiratet habe, einen netten, sportlichen jungen Mann, einen zukünftigen Ingenieur. Und dass sie sich viele Kinder wünschte und er noch mehr. Sie erzählte mir so ausführlich aus dem Leben ihrer entfernten Verwandten, dass ich der Nichte ihrer Cousine auch ohne Hand ihre gesamte Vergangenheit genauso überzeugend schildern konnte wie die Erfüllung ihrer Wunschträume in der fernen Zukunft.

Kein Wunder, dass die fällige Handlese-Séance zur vollsten Zufriedenheit der jungen Frau ausfiel, der man schon anhand der Statur mindestens drei Kinder zutrauen konnte. Jana, so hieß die frischgebackene Ehefrau, war sehr glücklich, als sie erfuhr, dass sie drei Kinder bekommen werde, zwei intelligente Jungen und ein sehr geschicktes Mädchen mit ausgezeichneter hausfraulicher Begabung. Ihr Mann, eröffnete ich ihr, würde ihr genauso treu sein wie sie ihm. Das konnte sie dann halten wie sie wollte.

Als ich mit meinen Märchen fertig war, überhäufte sie mich mit Dankesworten und versprach, mir am nächsten Tag etwas mitzubringen. „Morgen bring' ich dir was aus unserem Garten mit. Ich geb's der Olga."

Das hatte ich gerne! Erst die schwere geistige Arbeit und dann leere Versprechungen. Ich ließ mir meine Enttäuschung nicht anmerken; sie war ja schließlich eine Verwandte der Köchin, und die tat ohnehin genug für mich. Also zog ich mich, nur innerlich grollend, in meine Gemächer zurück.

Am folgenden Abend jedoch bekam ich meinen wohlver-
dienten Lohn. „Ich hab' eine Kleinigkeit für dich von Jana",
raunte mir Olga zu, als sie mir die hausübliche Suppe auf den
Teller goss. „Hol' dir's nachher ab!"

Na also, wer sagt's denn! Hatte sie doch noch ihr Versprechen gehalten, die gute Jana.

Nach dem Essen merkte ich erst, wie reichlich sie meine
Flunkereien belohnt hatte, und ich begann, ihr von ganzem
Herzen die Erfüllung meiner Prophezeiungen zu wünschen.
Als ich mir nämlich das kleine Geschenk abholen wollte, da
stand ein ganzer Eimer vor mir, bis an den Rand gefüllt mit
Marillen, wunderschönen, goldgelben Früchten. Und auf den
Aprikosen, sozusagen als Krönung, lachte mir mindestens ein
Dutzend schneeweißer Eier entgegen.

Olga winkte mich näher heran. „Jana schickt dir das. Ich
leg' dir eine Zeitung drauf und einen alten Lappen. Dazu
nimmst du diesen Besen in die Hand, dann fällt das nicht
auf!"

Die gute Olga! Sie zerbrach sich wegen mir den Kopf. Aber
ihr Rat war ausgezeichnet, und ich konnte beinahe sicher
sein, ohne Schwierigkeiten unsere gute Stube zu erreichen.

Unterwegs kam mir die glorreiche Idee, diese Marillen, in
manchen Gegenden auch Aprikosen genannt, nutzbringend
anzuwenden.

„Marillenklöße könntest du machen, jede Menge Marillenklöße", sprach ich laut vor mich hin, „das wäre ein Fest für die
ganze Bude!"

Gekocht hatte ich schon immer gern, wobei ich stets weniger Wert auf die Qualität, in höchstem Maße dafür auf die
Quantität legte. Sollte mein verwegener Plan verwirklicht
werden, galt es natürlich, noch eine ganze Menge Probleme
zu lösen, ehe diese begehrten Leckerbissen dampfend auf-
getragen werden konnten.

Zuerst mussten möglichst schnell die restlichen Zutaten besorgt werden. Zur Herstellung des Kartoffelteigs benötigten wir Mehl, Kartoffeln, Milch. Eier und Zucker. Marillen standen uns ja in ausreichender Menge zur Verfügung. Auf die fertigen Klöße wurde noch eine Mischung aus Zucker und Semmelbröseln gestreut, und darauf goss man, als krönenden Abschluss sozusagen, zerlassene braune Butter. Also brauchten wir auch noch Semmelbröseln und Butter, außerdem Holz, dann natürlich... Ich war schon so intensiv mit der Vorbereitung dieses Festmahles beschäftigt, dass ich Šubrt erst wahrnahm, als er sich dicht vor mir aufbaute. „Wohin mit dem Eimer?", grollte er wie immer und schnitt ein Gesicht wie ein Blutvergießer.

Ich musste schnell schalten. „In unser Zimmer. Da hat einer alles vollgekotzt, das muss weg."

Šubrt grinste. „Anscheinend fresst ihr zu viel, wenn ihr noch kotzen könnt. Aber wer kotzt, schont seinen Hintern." Er gab mir den Weg frei. „Ich sehe nachher vorbei, ob alles sauber ist!"

Ich beschleunigte meine Schritte und drehte mich nicht nach ihm um. In der Stube. angekommen. knallte ich den vollen Eimer direkt vor Mikosch, Peppo und Rochel auf den Tisch. Sie waren, wie an jedem Abend, in irgendein Kartenspiel vertieft, dessen Regeln mir bis zum heutigen Tag schleierhaft geblieben sind.

Die drei Kahlköpfe fuhren hoch und starrten mich Störenfried erbost an.

„Kannst du deinen Dreckeimer nicht woanders abstellen?", schrie Rochel, „musst du gerade stören, wenn ich meinen Trumpf ausspielen will, du Scheißer!" Er kroch hinter dem Tisch herum und sammelte seine Karten auf, die er vor Schreck hatte fallenlassen.

Ich erhielt unerwartete Unterstützung von einer Seite, von der ich sie nie und nimmer erwartet hätte. Er ließ seine giftige

Stimme vernehmen, unser Allweltmeckerer und Miesepeter vom Dienst. Er war zwar vor wenigen Tagen aus der Krankenstation entlassen worden, sein Gesicht aber war immer noch gelblich angehaucht. „Etwas anderes könnt ihr ja nicht, als euch schmutzige Schimpfwörter zuzuwerfen. Traurig ist das, die eigenen Kameraden so zu beschimpfen!"

Da kam er bei Rochel gerade an den Rechten. „Kümmre dich doch um deinen eigenen Mist, du unkluges Borstenvieh! Ist das so vornehm genug?"

Pfotenhauer war in seinem Element. „Ja, so ist die Jugend von heute! Primitiv, verdorben und ordinär. Alle sind sie gleich, diese Kerle!"

Rochel breitete seine Arme aus. „Ach du mit Verdammnis beladene Menscheschlacke! Bohr doch in deinem eigenen Zinken! Und guck dir deinen Stuhlgang an: lauter klitzekleine Korinthen!"

Es wurde Zeit, einzugreifen, ehe der Streit ein größeres Ausmaß annahm. Schnell entfernte ich daher den Putzlappen und das Zeitungspapier. Mehr brauchte ich eigentlich nicht zu tun. Ich brauchte auch nichts zu sagen, denn der überraschende Anblick der Eier und der Marillen elektrisierte alle wie auf ein Kommando. Schließlich war die Verpflegung um keinen Deut besser geworden, auch die Quantität war die gleiche geblieben, es war also durchaus verständlich, dass alle den vollen Eimer wie ein Weltwunder anstarrten.

Mikosch fasste sich zuerst. „Mensch, Hardi, wo hast du denn diese schönen Sächelchen her?", fragte er, ergriff prüfend ein Ei und wog es in der Hand.

Ehe sein Inhalt hinter Mikoschs Kehle verschwand, legte ich das Ei wieder an seinen Platz. „Was soll ich da sagen? Es ist mein kleines Honorar für einen hochinteressanten Handlesevortrag!"

Mikosch grinste. „Hast du wieder einmal eines deiner Märchen aus Tausend-und-einer-Nacht verzapft? Und für jeden kleinen Schwindel eine Marille, für jeden größeren ein Ei kassiert?"

Peppo nahm mich in Schutz. „Der Hardi, der tut überhaupt nicht schwindeln. Mir hat er auch verzählt die ganze Wahrheit."

Na bitte! Es gab doch noch welche, die an meine seherischen Fähigkeiten glaubten!

Aber nun war es an der Zeit, mit meinem Plan herauszurücken.

„Hört mal her! Ich habe mir folgendes gedacht: Den Eimer hier stelle ich allen zur Verfügung."

Beifälliges Gemurmel.

„Aber nicht so. Ich schlage vor, wir machen morgen Abend Marillenklöße. Zucker, Eier und Marillen haben wir schon. Was wir noch an Zutaten brauchen, müssen wir uns eben besorgen."

Erneutes, noch beifälligeres Gemurmel.

„Und was brauchen wir noch?", fragte Mikosch. Ihm waren meine Kochkünste aus der Zeit, als wir gemeinsam wochenlang in einer Hütte in den Bergen hausten, sattsam bekannt.

Karl mischte sich ein. Seinen Beinamen "der Kahle" hatte er abgelegt, da wir uns von ihm in keiner Weise mehr unterschieden. Als ehemaliger Bäcker und Konditor hatte er seit einigen Wochen eine Beschäftigung in einer Bäckerei gefunden. „Nun, wir brauchen für den Teig Kartoffeln, ich würde sagen, so an die 60 Stück. Dann brauchen wir mindesten drei Kilogramm Mehl, nicht zu vergessen zum Draufstreuen Semmelbrösel oder gemahlenen Mohn, etwas Salz und ein Stück Butter. Und Milch natürlich. Wer könnte denn etwas davon besorgen?"

Unser Karl! An den hatte ich gar nicht gedacht! Da hatten wir ja einen echten Fachmann unter uns, der würde das Ding schon schaukeln!

Der weiche Schmid meldete sich zu Wort, aber erst, nachdem ihm der harte Schmitt etwas in die Ohrmuschel gewispert hatte. „Ihr wisst ja, dass wir bei den Russen arbeiten. Wir kriegen als Lohn immer ein paar Kartoffeln. Einige haben wir im Keller als Reserve, den Rest bringen wir morgen."

Der harte Schmitt und die beiden Neuen nickten beifällig. Sie arbeiteten alle vier bei den Russen.

„Ich bringe Mehl und Semmelbröseln mit, vielleicht auch ein Stück Butter", versprach Karl, „ich kenne nämlich die Tochter vom Bäcker sehr gut. Die gibt mir das Zeug bestimmt. Morgen Abend werfe ich alles über den Zaun."

Das Salz, so erbot ich mich, wollte ich bei der Küchenolga besorgen, ebenso die erforderliche Milch.

Somit waren die schwierigsten Probleme gelöst. Einen großen Kochtopf besaßen wir schon lange, denn hinter der Baracke wurden mit stillem Einverständnis der Wachmannschaft Kartoffeln gekocht oder im Feuer gebraten. Alle, die bei oder für die Russen arbeiteten, bekamen als Arbeitslohn ein paar Kartoffeln und die Erlaubnis, sich diese im Lager zuzubereiten. Es wagte daher kein Posten, uns das zu verbieten. Die heimliche Angst vor dem mächtigen Bruder steckte jedem von ihnen in den Knochen.

Karl nahm die Sache endgültig in die Hand. „Und morgen bringt jeder von euch Holz mit. Möglichst kleine Stücke, schön gebündelt! Und jetzt wollen wir gleich die Aufgaben verteilen. Wir brauchen..., sagen wir, vier Kartoffelschäler, vier Feuermacher, die gleichzeitig die Kartoffeln und später die Klöße kochen, fünf Teigrührer und Knödelformer, zwei Marillenkernentferner und einen Abfallbeseitiger."

Die größten Schwierigkeiten bereitete es für Rochel eine geeignete Arbeit zu finden. Sein Herzenswunsch, der Gruppe der Teigrührer zugeteilt zu werden, scheiterte. an den heftigen Protesten der gesamten Belegschaft. Die Gründe dafür waren jedem einleuchtend: seine andauernde, beinahe leidenschaftliche Popelei war allen zur Genüge bekannt.

„Du hast ja keine Nase, sondern allem Anschein nach ein Popelbergwerk mit zwei Schächten, in die du abwechselnd einfährst", beschloss Fabricius den Streit.

„Dann geh' ich eben zu den Feuermachern", trotzte Rochel. Aber auch dieser Wunsch wurde ihm zunichte gemacht. Denn für uns alle stand fest: Ihn ans Feuer zu stellen, hieß entweder, die ganze Baracke in Brand zu setzen oder im Rauch zu ersticken.

Er wurde schließlich trotz seines energischen Protestes zum Abfallbeseitiger ernannt. Er hatte Kartoffelschalen, Eierschalen und Marillenkerne spurlos zu entfernen.

„Dafür darfst du das Festessen eröffnen und bekommst die ersten zehn Knödel", versprach ihm Karl.

„No, dann bin ich selbstverfreilich einverstanden, das ist ja klar wie Schuhwichse", freute sich der Verstoßene, „aber es müssen auch wirklich zehn Stück sein."

Peppo, der aufgrund seiner monatelangen Arbeit bei einem Schmied kohlschwarze Pfoten bekommen hatte, wurde den Feuermachern zugeteilt. Ihm sollte aus einleuchtenden Gründen Korsch zur Seite stehen, dem der Aufenthalt in freier Natur und frischer Luft bestimmt nicht schaden konnte, während unser Baby und Schülke die verantwortungsvolle Aufgabe übernahmen, später die Klöße ratenweise zu kochen.

Unsere beiden Schachmeister, der Boss und der Taubstumme, mussten sich als Kartoffelschäler bereithalten. Und die beiden Schmidts durften ihre Köpfe über dem Marilleneimer zusammenstecken, die Früchte halbieren und die Kerne entfernen.

Fabricius, Mikosch, der Astronom, ein Neuer, der von Beruf einstmals Buchhalter war und meine Wenigkeit, wir hatten die Ehre, unter Karls Oberaufsicht den Teig zu kneten und die Knödel zu formen.

Unser Sani blieb arbeitslos, da er meist noch länger auf seiner Station zu tun hatte. Zum Essen aber wollte er pünktlich erscheinen, das sei ja schließlich Arbeit genug.

Der zweite Neue, ein gelernter Verkäufer, hatte sich bei einem Sturz den rechten Oberarm gebrochen und wurde zum einzigen Zuschauer ernannt.

Nur Pfotenhauer lehnte jegliche Beteiligung ab, da ihn, so seine Worte, dieser Quatsch nicht interessierte.

Somit waren sämtliche Vorbereitungen abgeschlossen und alle Aufgaben bis ins Detail eingeteilt und besprochen. Es konnte eigentlich nichts mehr schiefgehen.

Nur wer so lange Zeit gehungert hat wie wir, meist nur auf die eintönige Lagerkost angewiesen, der wird uns nachfühlen können, mit welcher Vorfreude wir dem nächsten Tag entgegenfieberten.

Ich konnte erst gar nicht einschlafen. Dauernd ging mir das Kochrezept zur Herstellung von Marillenknödeln im Kopf herum. Hatte Karl bestimmt keine Zutaten vergessen? Wird es uns überhaupt gelingen, diesen riesigen Haufen Teig zu verarbeiten? Wird Karl das Mehl und die Butter beschaffen können? Wird mir Olga die Milch geben?

Während mir diese Fragen im Kopfe wie Mücken in einer Tüte herumsurrten, fielen mir endlich die Augen zu, und der tiefe Schlaf ließ mich alle meine Sorgen vergessen.

Was die Zutaten betraf, wurde der folgende Abend ein voller Erfolg. Alles, was wir benötigten, kam pünktlich über den Zaun geflogen. Zuerst ein Sack mit Kartoffeln, dann ein weißer Beutel mit Mehl, Butter und Semmelbröseln. Mir hatte Olga anstandslos das erbetene Salz und eine Tüte Trockenmilch zur Verfügung gestellt.

Es konnte also losgehen.

Korsch und Peppo hatten draußen vor unserem Fenster schon ein ansehnliches Feuer entfacht, und als im kohl-

schwarzen Kessel das Wasser kochte, warfen sie die unge-
schälten Kartoffeln hinein.

Inzwischen entwickelten wir auch in der Stube eine fieber-
hafte Tätigkeit. Wir fünf Teigkneter kehrten mit blitzsauberen
Händen aus dem Waschraum zurück und stellten uns an den
Tisch. Karl häufte vor jedem von uns ein Fünftel des Mehls
auf, daneben legte er je zwei Eier und ein bisschen Salz. Eine Zählung der Kartoffeln hatte ergeben, dass jedem 16
Stück zur Verfügung standen. In einem Kochgeschirr wurde
das Milchpulver mit Wasser vermischt und von Karl kräftig gerührt.

Während im Zimmer alle Vorbereitungen abgeschlossen
waren kamen vom Kartoffelkochkommando andauernd Be-
richte über den Härtegrad der ersten 30 Erdäpfel, die in unserem Topf Platz gefunden hatten.

Das Kartoffelschälkommando saß schon mit gezückten
Gabeln auf der Bank und wartete geduldig auf das Eintreffen
der heißen Erdäpfel.

Dann war es endlich soweit. Die gekochten Pellkartoffeln
wurden durch das Fenster gereicht, sogleich mit Hilfe der
Gabeln, Messer durften wir ja keine besitzen, von ihrer Pelle
befreit und an uns weitergereicht.

Mit der Gabel zerquetschten wir eine Kartoffel nach der
anderen und begannen mit der Teigherstellung. Jeder musste
genau die gleiche Menge Mehl hinzufügen, die gleiche Menge Salz drüberstreuen und in die Masse eine Kuhle formen,
in die der Inhalt der beiden Eier und ein Schuss Milch gekippt
wurde.

Das besorgte der Sicherheit halber Karl, der von sich behauptete, das Öffnen von Eiern mit untrüglicher Sicherheit zu
beherrschen.

Anschließend mussten wir den Teig so lange kneten, bis er
nicht mehr an den Fingern klebenblieb, ihn also immer wieder

mit Mehl einstäuben, dabei aber auf keinen Fall mehr als die Hälfte des kostbaren Mehles verbrauchen.

Karl schritt ruhelos von Teighaufen zu Teighaufen und begutachtete jeden nach seiner Qualität. Er stellte keine wesentlichen Mängel fest.

Somit konnte der zweite Abschnitt beginnen. Jeder Teigkneter musste eine lange Wurst rollen und diese in kleine Scheiben zerschneiden. Karl machte uns das genau vor. Dann prüfte er bei jedem die Dicke der einzelnen Stücke nach, damit die fertigen Produkte möglichst die gleiche Größe erhielten. Die beiden Schmidts hatten schon längst sämtliche Marillen halbiert und die Kerne entfernt.

Unser Abfallentferner hatte Kartoffelschalen, Eierschalen und Marillenkerne mit nie gesehenem Eifer aufgelesen und zur Latrine befördert.

Unter Karls fachkundiger Anleitung formten wir nun flache Teigscheiben, legten eine halbe Marille darauf, streuten eine Prise Zucker darüber und näherten uns so der Vollendung unseres Werkes. Jetzt mussten wir die Seiten vorsichtig nach oben über die Marille ziehen, die Enden zusammendrücken und das Ganze zu einem Kloß rollen. Die ersten Produkte unserer Modellierkunst fielen zwar etwas eckig aus, dann aber ging es immer besser, bis der Moment kam, wo man schon an der Form den Knödel erkennen konnte.

In der Zwischenzeit war der zweite Schub Kartoffeln gar, und die Kartoffelschäler begannen mit der zweiten Schicht.

Es klappte alles wie am Schnürchen. Alle waren mit Feuereifer dabei. Unter uns herrschte eine friedliche Eintracht und eine ungewöhnliche Harmonie, wie wir sie noch nie erlebt hatten. An Freundlichkeit und gegenseitigem Entgegenkommen waren wir nicht zu überbieten. „Könntest du mir bitte noch ein wenig Salz herüberreichen?", hieß es. „Aber selbstverständlich, hier, bitte sehr!" „Ich bräuchte noch ein bisschen Milch, könnte ich den Topf bitte haben?" Drei Leute griffen gleichzeitig nach dem verbeulten Kochgeschirr, um der Bitte nachzukommen.

Als der zweite Schub Kartoffeln geschält und der letzte Knödel gerollt war, kochte draußen das Wasser und erwartete dampfend seine Opfer. Nach einer gewissenhaften Endkontrolle durch Karl reichten wir die fertigen Delikatessen zum Fenster hinaus, wo sie Schülke und das Baby in Empfang nahmen und mit gezieltem Wurf in den Topf beförderten.

60 Klöße fanden Platz, so dass unser Abendessen in Raten gekocht werden musste.

Während die ersten 60 der begehrten Leckerbissen ihrer endgültigen Vollendung entgegensahen, kneteten wir die zweite Hälfte des Teiges und erledigten alle weiteren Arbeiten ohne Karls Hilfe und mit größtem Geschick. Auf dem Tisch entstand eine schier endlose Dreierreihe der mehlbestäubten Teigkugeln.

243 waren es insgesamt, wie Mikosch nach der dritten Zählung feststellte, somit entfielen auf den Kopf der Stubenbevölkerung zwölf bis dreizehn Stück.

Draußen begannen die ersten Produkte unserer Kochkünste auf der brodelnden Wasseroberfläche aufzutauchen, ein Zeichen dafür, dass sie gar waren. Sie wurden der Reihe nach mit Hilfe eines Kochgeschirrdeckels aus dem kochenden Wasser gefischt und zu je zehn Stück auf unsere Blechteller gelegt.

Nun durfte der zweite Schub gekocht werden. Um den ersten Essern die Möglichkeit zu geben, am Tisch zu speisen, schichteten wir die rohen Knödel sorgfältig auf dem Fensterbrett auf.

Die beiden Schmidts und Rochel beseitigten die letzten Teigreste vom Tisch. Dabei zeichnete sich besonders der Letztere durch übergroßen Fleiß aus. Ihm konnte alles nicht schnell genug gehen, denn sein Teller mit zehn Klößen stand schon bereit. Nachdem Heribert die lästigen Vorarbeiten beendet hatte, die er ganz bestimmt für völlig überflüssig hielt, setzte er sich an den Tisch.

In der Stube herrschte zu diesem Zeitpunkt eine festliche, beinahe feierliche Stimmung. Wir umstanden den ersten Esser, der mit offenem Mund erwartungsvoll am Tische saß. In der rechten Hand hielt er den Rest seiner Gabel, deren Griff ihm längst abgebrochen war. Auch der Löffel lag einsatzbereit da, denn sein Besitzer rechnete damit, dass die Marillen im Inneren der Knödel recht saftig waren. Beim Löffel fehlte ebenfalls der Griff, was sich wohl damit erklären ließ, dass unser Freund stets mit einem behänden Eifer und äußerstem körperlichen Einsatz zu speisen pflegte. Diesen Strapazen war ein einfaches Aluminiumbesteck nicht gewachsen.

Als er den dampfenden Teller vorgesetzt bekam, strahlten seine Augen hinter den Mattscheiben der Augengläser vor freudiger Erwartung. Eilig bestreute er seine Leckerbissen mit einem Gemisch aus Zucker und Semmelbröseln, schöpfte mit seinem kurzstieligen Löffel ein wenig ausgelassene Butter aus einem Kochgeschirr und verteilte sie sorgfältig und gerecht auf alle zehn Klöße. Ein herrlicher, ungewohnter Duft verbreitete sich in der Stube, wie wir ihn in den vielen Monaten im Lager noch nie genossen hatten. Uns lief das Wasser im Munde zusammen, als wir so dastanden und keinen Blick von Rochel ließen.

Der erste Spatenstich konnte beginnen.

Rochel erhob seinen Gabelstummel. „Freunde, das Leben ist hart, wenn auch nicht immer unerträglich. Aus diesem Grunde eröffne ich, Heribert Rochel, unser heutiges Festmahl feierlich mit dem ersten Gabelstich!"

Nach diesen wohlgesetzten Worten bohrte er die Gabelzinken in eine der appetitlichen Teigkugeln, als ob er sie ermorden wollte. Eine derartige Behandlung aber lässt sich der harmloseste Kloß nicht widerspruchslos gefallen. Aus dem schwerverletzten Knödel schoss ein dünner, orangefarbener

Strahl genau auf Rochels Hemd, hinterließ dort unvergängliche Spuren und vermischte sich mit der Vielzahl andersfarbiger Flecke zu einer wahren Farborgie.

„Himmel, Pops und Zwirn, der schöne Saft!", bedauerte er diesen großen Verlust, ehe er sich den ersten Knedlik in den aufgesperrten Rachen schob. Dann verdrehte er seine Augen und rief mit verzücktem Gesichtsausdruck: „Herrlich schmecken sie, einfach phänomenal! Davon könnte ich jetzt eine Million Stück aufessen!"

Als er die erste Hälfte vertilgt hatte, begann er zu schnaufen. „Ich glaube, ich muss mir ein wenig Wasser holen, da rutscht das besser." Rochel erhob sich, ergriff seinen Blechnapf und ging auf die Türe zu.

Da sah ich es. Nein, das konnte doch nicht möglich sein! Doch, Rochel machte es möglich. Und es war nicht zu übersehen. Sagen konnte ich nichts, aber ich wies mit ausgestrecktem Finger auf den zerknitterten Hosenboden meines Freundes. Hier klebte etwas, das aussah wie ein überdimensionales Hühnerei, in der Mitte eine total zerquetschte Marille, rings umgeben vom plattgedrückten, an den Rändern ausgefransten Teig. Das Gebilde starrte uns an wie das Auge des grausamen Wüterichs, des einäugigen Zyklopen, wenn es uns auch von einer Stelle anblickte, die normalerweise kein Auge aufzuweisen hatte. Ich konnte mich nicht mehr halten und fiel nach vorne auf die Tischplatte, wobei ich noch zwei Klöße zerdrückte. Dann platzte ich los vor Lachen, immer noch auf diesen nahezu klassischen Hosenboden zeigend.

Es brach ein derartiges Gelächter los, dass Rochel, der soeben die Tür öffnete, zu stutzen begann. Er blickte zurück. „Ist etwas an mir?", fragte er ungerührt.

„Guck dir doch mal deinen Hintern etwas genauer an!", kicherte Svoboda.

Unser Freund tat es und sah die Bescherung. „Oh, ein Marillenknödel! Wie kommt der denn dahin?"

Während er versuchte, mit den Fingern Teig und Marille abzukratzen, standen wir alle vor dem ungelösten Rätsel: Wie hatte er es fertiggebracht, den Kloß vom Tisch zu fegen und sich auch noch draufzusetzen? Wir fanden die Lösung nicht. Eines aber war uns allen klar. Es gab nur einen, der ein derartiges Kunststück fertigbrachte: unser Freund Heribert Rochel.

Wir waren den ganzen Abend damit beschäftigt, alle neunzehn Stubeninsassen mit der entsprechenden Menge Marillenklöße zu versorgen. Unsere Befürchtungen, dass die Anzahl der süßen Produkte nicht ausreichen könnte, erwiesen sich als völlig unbegründet. Ausgehungert, wie wir waren, schafften wir nur mit Mühe ein Quantum, das uns in normalen Zeiten im besten Fall als Nachspeise gereicht hätte.

Als wir uns, stöhnend vor Sattheit, die Bäuche hielten, lagen immer noch einige Reihen der Teigkugeln auf den Tellern und harrten des Verzehrtwerdens.

Mikosch aß immer noch. Besser gesagt, er schlang mit übermenschlichen Kräften den letzten Kloß hinunter. „Ich glaube, jetzt bin ich endgültig satt", würgte er mit einem dicken Kloß in der Stimme hervor. Den Rest essen wir eben morgen. Das wird das Beste sein."

So dachte er sich das in seinem jugendlichen Optimismus. Aber er hatte die Rechnung ohne Smůla gemacht.

Es ging nämlich ohne vorheriges Getrampel die Tür auf, und herein trat der stiernackige Kettenraucher auf der verzweifelten Suche nach Rauchbarem. Er blieb im Türrahmen stehen und vergaß, vor lauter Staunen, die Tür hinter sich zu schließen. „Ich glaub', ich bin im Wald! Das kann doch nicht wahr sein!"

Er zog sich kräftig an der Nase. „Schlaf' ich oder wach' ich? Das kann doch wahr und wahrhaftig nicht wahr sein! Ich esse heute Abend ein paar Scheiben Margarinebrot, und die Deutschen stopfen sich ihre Wampen mit Knedlikis voll!"

Allmählich fasste er sich, kam herein und schloss die Tür. „Was habt ihr drin?", erkundigte er sich und schnupperte immer noch.

„Marillen sind drin", gab Fabricius bereitwillig Auskunft. „Aber wenn Sie ein paar versuchen wollen?"

Smůla zögerte. Dann gab er sich einen Ruck und setzte sich an den Tisch. Seine Maschinenpistole warf er dem harten Schmitt aufs Bett. „No, dann werd' ich nicht nein sagen. Marillenklöße sind nämlich mein Lieblingsessen."

Mikosch servierte dem überraschten Aufseher einen gehäuften Teller mit seinem Lieblingsgericht, reichte ihm auch die Semmelbrösel und die ausgelassene Butter und seine nachpolierte Gabel.

Smůla langte zu, dass es eine Freude war. „Wenn ich das jemand erzähle, dann glaubt mir das keiner. Sitzen im Lager eingesperrt und fressen haufenweise Knedliki!" Er kam aus dem Staunen nicht mehr heraus. Nach jedem Kloß, den er hinunterschluckte, schüttelte er den Kopf und murmelte etwas von unglaublich, kann man nicht fassen, gibt's nicht nochmal.

Als der Teller leer war, erhob Smůla sich ächzend und ergriff seine Maschinenpistole. „Puh", stöhnte er und klopfte auf seinen Bauch, „jetzt bin ich aber satt. Wenn ich das meiner Frau erzähle, wird sie mir kein Wort glauben, das versichere ich euch, kein einziges Wort."

Der Tisch war leer. Fast leer. Nur noch drei verlassene, rohe Klöße lagen da. Sie hatten beim Kochen der letzten Rate einfach nicht mehr in den Topf gepasst. Die restlichen 240 hatten wir mit Smůlas Hilfe restlos beseitigt.

Er wollte gehen, um seinen Rundgang und seine Suche nach Rauchbarem fortzusetzen, als die Tür mit einem Ruck aufgerissen wurde. Herein stürmte, die Nüstern gebläht und das Kinn wütend vorgeschoben, unser Lagerkommandant Šubrt. „Was ist denn hier los?", fragte er und knallte die Tür schwungvoll ins Schloss.

„Die wollten sich ein paar Marillenklöße kochen, glaube ich", erklärte Smůla scheinheilig.

Šubrt sah sich um. Aber es war nicht mehr viel zu sehen. Die Teller waren bis auf den von Šubrt längst weggeräumt, das Feuer draußen vor dem Fenster war längst erloschen. Nur noch die drei rohen Knödel zeugten von verschwundener Pracht. Mehlbestäubt lagen sie da und rührten sich nicht.

Mit einem wahren Panthersprung überwand der Lagerkommandant, seine Würde vergessend, die wenigen Meter bis zum Tisch. „Das wär' noch das Letzte! Die Deutschen mampfen hier Knedliki!"

Mit einer blitzschnellen Bewegung fegte er die drei letzten Überbleibsel unserer Kochkünste vom Tisch, dass sie wie Kanonenkugel durch das Zimmer schossen. Zwei der Kugeln landeten völlig harmlos in den Betten, die dritte suchte sich ein anderes, lohnenderes Ziel.

Nichtsahnend saß einer auf der Bettkante und blickte, sein Essen verdauend, mit unschuldigen, himmelblauen Augen durch das matte Glas seiner Brillengläser, als unverhofft und urvermutet das heimtückische Geschoß angesaust kam und mit einem dumpfen Laut genau zwischen seinen Augen. aufschlug. Der Unglücksrabe fuhr erschrocken zurück und donnerte mit dem Hinterkopf an das obere Seitenbrett. Der Kloß aber setzte unbeirrt seine Reise fort und nahm die Brille mit auf den Weg.

Das alles nahm Šubrt nicht zur Kenntnis. „Das hätte euch so gepasst, ihr verlausten Spitzbuben! Ich soll noch einmal so etwas sehen, dann wird es mit meiner Geduld vorbei sein, das schwöre ich euch! Und damit ihr's wisst: die ganze Stube bekommt heute kein Brot und keine Suppe! Oder glaubt ihr, ich lasse mich wegen euch als Kollaborateur einsperren wie der Dvořák?"

Šubrt ging, und Smůla folgte ihm mit undurchdringlichem Gesicht. Von draußen wurde die Tür so wuchtig ins Schloss

241

geschmettert, dass mehrere Wanzen zu Tode erschreckt aus ihren Ritzen fielen.

Wir standen da, sahen uns gegenseitig an und grinsten vorsichtshalber erst einmal ganz verstohlen.

Rochel, das einzige Opfer dieses Überfalls, kroch auf allen Vieren auf der Erde herum und tastete nach seiner Brille, wobei er es nicht versäumte, den Kloß, der ihm solches Ungemach bereitet hatte, mit seinen spitzen Knien bis zur Unkenntlichkeit zu zerquetschen.

Erst nachdem wir uns überzeugt hatten, dass Šubrt sich außerhalb der Hörweite befand, brach das fällige, donnernde Gelächter aus.

„Hat der Bursche denn wirklich gedacht, wir hätten uns nur drei Klöße gemacht?", schrie Mikosch. Und während er lachte, schoss sein Adamsapfel wahre Kapriolen.

Svoboda und Böhm, die natürlich schon dabei waren, ihre Figuren für das fällige Schachspiel aufzustellen, waren beide sichtlich erheitert. „Da muss ich aber weinen, dass ich heute die köstliche Lagersuppe nicht fassen darf und kein Brot ", jammerte Svoboda und zog seinen Damenbauern auf d4.

„Schon wieder einmal derselbe Eröffnungszug", stellte Herr Böhm unwirsch fest und schob seinen Damenbauern auf d5.

Der Rest des Abends verlief ruhig und friedlich.

Karl grölte auf seinem Bett, nachdem ich ihm eine meiner ausgezeichneten Bar-Mix-Zigaretten gedreht hatte, eines seiner schrecklichen Lieder, Svoboda und Böhm spielten drei Partien Blitzschach, wobei sie sich die Punkte teilten. Der Astronom behauptete, dass unsere Sonne höchstens noch zehn Milliarden Jahre scheinen werde, was uns ziemlich egal war, da wir, wie Rochel feststellte, bis dahin höchstwahrscheinlich nicht mehr am Leben sein dürften. Er, Mikosch und Peppo spielten wieder ihr unverständliches Kartenspiel. Pfotenhauer meckerte mit Korsch herum, weil dieser angeblich seine Strümpfe unter seine Matratze steckte. Die beiden

Schmidts klebten mit ihren Köpfen zusammen und flüsterten über geheimnisvolle Dinge. Der Boss lag in seiner Ecke und rührte sich nicht. Auch Schülke hatte seine Lieblingsstellung eingenommen und starrte, die Arme unter dem Kopf verschränkt, ins Leere. Unser Sani schlief bereits, was deutlich zu hören war. Fabricius löste mit gefurchter Stirn ein tschechisches Kreuzworträtsel und suchte gerade einen deutschen Kriegsverbrecher mit sechs Buchstaben. Die beiden Neuen, der Buchhalter und der Verkäufer, waren in eine spannende Läusejagd vertieft und ließen nach jedem Abschuss ihr freudiges Halali ertönen. Der Taubstumme saß neben mir auf der Bettkante und machte mir mit allen möglichen Zeichen und Lauten klar, dass er morgen endlich entlassen werde. Ich freute mich für ihn. Es war wirklich höchste Zeit, dass man den schwerwiegenden Irrtum erkannte und den Mann nach Hause schickte.

So verging dieser ereignisfreudige Abend ohne Streit, ohne Geschimpfe, friedlich und still. Und der Grund hierfür war denkbar einfach: Zum ersten Male waren alle wirklich satt, und dieses ungewohnte Gefühl war ein unbeschreiblich schöner Genuss, den jeder auf seine Art auskostete.

Machorka

Das Arbeitskommando "Palace-Hotel" existierte immer noch, wenn auch die Renovierungsarbeiten zu unserem Leidwesen langsam aber sicher ihrem Ende entgegengingen. So aber war es immer: sobald es am schönsten wurde, war auch der Abschied nicht mehr fern.

Eines Nachmittags hatten Mikosch und ich im Hotel eine Begegnung, von deren Auswirkungen auch sämtliche Insassen der Stube 11 profitieren sollten.

Wir waren gerade dabei, im zweiten Stockwerk auf dem Gang einen Teppich aufzurollen, als aus einem der Zimmer ein russischer Major heraustrat. Wir kannten ihn schon sehr gut, denn immer, wenn er uns auf der Treppe oder auf dem Gang begegnete, blieb er stehen, lächelte freundlich und erzählte uns irgendetwas in seiner Muttersprache.

Wir verstanden zwar kaum ein Wort, nickten aber immer verstehend und sagten grinsend "da, da" (ja, ja), das einzige Wort, das wir perfekt beherrschten,

Auch heute blieb er vor uns stehen und wartete geduldig, bis wir den langen Teppich ausgebreitet hatten. „Rabota, rabota", sagte er, und es schien mir, als ob er leicht angesäuselt war.

„Da, da", offenbarte Mikosch und wischte sich seinen imaginären Schweiß von der Stirne, „viel rabota."

Ich bestätigte diese faustdicke Lüge mit einem dreifachen „Da-da-da".

Der Major zog an seiner dicken Zigarette mit dem langen Pappmundstück und klopfte dem fleißigen Mikosch anerkennend auf die Schulter. „Du, du rauchän?", fragte er.

„Da, da, ich rauchän", antworteten Mikosch und ich wie aus einem Munde.

Er trat an das Fenster am Ende des Ganges und winkte uns herbei.

Nur ungern ließen wir unsere Arbeit im Stich, erhoben uns und traten heran.

Der Russe holte eine Blechschachtel aus seiner Tasche und reichte sie uns. „Wot, Machorka! Du rauchän und du rauchän!"

Mikosch nahm die Schachtel, ohne sich zu zieren und hob den Deckel hoch. Aus dem bis zum Rand mit groben Tabak-krümeln gefüllten Behälter wehte uns ein würziger, sehr star-ker Geruch entgegen.

Da war unser Bar-Mix-Tabak bestimmt besser. Natürlich hütete ich mich, etwas zu sagen, was unseren freundlichen Spender kränken oder gar beleidigen könnte.

Mikosch holte aus seiner Tasche ein Heftchen mit Zigaret-tenpapier hervor und wollte sich gerade eine tüchtige Prise Machorka aus der Büchse fingern, als der Major sein Hand-gelenk ergriff. „Das nix gut!", sagte er und winkte abfällig ab. Und dann hielt er uns eine russische Zeitung vor die Nase und riss ein Stück fast in der Größe einer Heftseite heraus. „Wot, Prawda gut! Nix germanskaja gasjeta!" Mit drei Fingern holte er eine gehörige Portion seiner Machorka aus der Dose und streute die Krümel auf das Prawda-Papier. Mit geschick-ten Fingern drehte er eine mächtige, kegelförmige Zigarette, leckte den Rand tüchtig ab, klebte die unförmige Rolle zu-sammen und reichte sie mir.

Dankend nahm ich dieses Ungetüm, schob es zwischen die Lippen und zündete es an. Nachdem der vordere Teil mit einer ansehnlichen Flamme abgebrannt war, machte ich ah-nungslos den ersten kräftigen Zug ... und stand starr. Meine Augen quollen aus den Höhlen, in meiner Kehle rotierte ein Kloß, meine Lungenflügel begannen zu flattern, in meinem Magen bildete sich ein eisenharter Klumpen, meine Därme begannen sich zu verknoten und meine Knie wurden butter-weich.

Der Major sah meine Not nicht, denn er hatte auch für Mikosch eine seiner imposanten Tabakwürste gewickelt und reichte sie ihm.

Mikoschs Pech wiederum war, dass er die ganze Zeit nur den russischen Major angestarrt hatte. Deshalb ergriff auch er dieses Lungentorpedo mit weltmännischer Geste, zündete es an und tat einen tiefen Zug. Ich hatte zwar gerade große Mühe zu verhindern, dass mir die Augäpfel herausfielen und meine Lungenflügel davonflogen, konnte aber dennoch sehen, dass der Tabak auch auf meinen Freund seine Wirkung nicht verfehlte. Sein Gesicht nahm erst die Farbe eines Schneeballes, dann die eines Laubfrosches an, und sein Adamsapfel raste mit einer Geschwindigkeit auf und ab, dass ich nur eine verschwommene Linie erkennen konnte.

Der Major hatte inzwischen seine Büchse wieder verstaut, machte einen Zug aus seiner Papirossa und sah mich an. „Machorka gutt?", fragte er mich und grinste.

Mit allergrößter Mühe versetzte ich mein Haupt in eine nickende Bewegung. „Gut", entquoll meiner Kehle ein heiserer, gequälter Laut. Unterdessen qualmte die Zigarette in meiner Hand wie ein Fabrikschlot.

„Du rauchän!", ermunterte mich der Offizier.

Was sollte ich tun? Ich steckte den Prawdawulst wieder in den Mund und machte den nächsten Zug, wobei ich mich wohlweislich hütete, den Rauch bis zur Lunge zu befördern.

Wieder klopfte er uns freundschaftlich auf die Schultern. „Dawaj, ty kommän mit, ty kommän mit!" Er ging und bedeutete uns, ihm sogleich zu folgen.

Wir trotteten völlig willenlos hinter ihm her. Was er wohl von uns wollte? Ich nahm an, dass er beabsichtigte, uns zu irgendeiner Dienstleistung heranzuziehen.

Unten angekommen, wandte er sich nicht dem Ausgang zu, sondern er steuerte seine Schritte in den Keller.

"Aha", dachte ich, "in die Bar will er.“

Aber auch das war, wie sich bald herausstellte, ein Trugschluss.

Zielsicher schritt der Major durch die schwach erleuchteten Gänge und bog neben dem Heizungskeller rechts in einen schmalen Gang ein. Vor einem unförmigen, beinahe mannshohen Sack blieb er stehen. „Wot, Machorka", strahlte er. „Du nehmän Machorka, und du nehmän Machorka!"

Ich trat an den Sack, zog mit beiden Händen die obere Öffnung auseinander und blickte hinein. In der Tat, Machorka! Ein ganzer Sack voll. Zwar wenig Blätter, dafür aber umso mehr Stängel. "Nimmst dir halt eine Handvoll", dachte ich, "dann wird unser Karl wieder einmal singen." Ich tauchte meinen Arm tief in den Tabak und holte ein paar Stängel und Blätter heraus.

Beleidigt riss mir der Offizier das Zeug wieder aus der Hand und warf es in den Sack zurück. Er machte eine bezeichnende Geste und sagte: „Du alläs nehmän, alläs!"

„Mich laust der Affe!", rief Mikosch aus, „der schenkt uns den ganzen Sack!"

"Da, da, ganzä Sack nehmän. Machorka gutt!"

Das war für die damalige Zeit ein geradezu fürstliches Geschenk! Damit wäre ja unsere ganze Stube für ein paar Monate mit Tabak versorgt! Aber schon tauchte das leidige Problem auf: Wie schafften wir das Zeug unentdeckt ins Lager?

Ich sah, wie der Major uns erwartungsvoll ansah.

„Oh, viel Machorka gut ", rief ich überschwänglich aus, „Jetzt wir alle viel rauchen Machorka!"

Der Russe freute sich. „Alläs nehmän!", versicherte er noch einmal, ehe er uns verließ.

Da standen wir im Keller vor dem mannshohen Sack und kratzten uns ratlos am stoppelbesäten Hinterkopf.

„Wir haben noch fünf Tage Zeit, den Tabak ins Lager zu schaffen. Das erledigen wir bestimmt. Schließlich sind wir fünf

Mann! Weißt du was, Mikosch, ich hole jetzt die anderen drei. Zu fünft wird uns schon etwas einfallen." Ich hatte große Eile Fabricius, Rochel und Peppo aufzustöbern. Da ich alle ihre Schlupfwinkel kannte, brauchte ich nur kurze Zeit, um sie im dritten Stockwerk zu finden, wo sie zu dritt eine Matratze herumschleppten.

„Kommt doch mal mit in den Keller!", forderte ich sie auf, „wir haben etwas geschenkt bekommen."

Rochel schielte mich misstrauisch von der Seite an. „Was haben wir denn Schönes geschenkt bekommen?"

„Kommt nur mit, ihr werdet staunen", tat ich geheimnisvoll.

„Du hast doch da unten nicht etwa eine Arbeit für uns?"

Rochels panische Angst vor Arbeit war schon beinahe krankhaft.

Ich versicherte ihm mit meinem Ehrenwort, dass mir nichts ferner läge, als ihnen noch eine Arbeit aufzubürden. „Es handelt sich wirklich um ein kleines Geschenk für uns. Seht es euch an, dann werdet ihr anders reden."

Jetzt hatte ich ihre Neugierde geweckt. Sie ließen die Matratze einfach fallen und folgten mir willig in den Keller. Während Rochel als Nichtraucher beim Anblick des umfangreichen Tabaklagers nicht sonderlich erschüttert war, verfehlte bei den beiden anderen dieses Geschenk des Majors seine Wirkung nicht.

Fabricius wühlte im Tabak wie der reiche Geizhals in seinem Geld. „Da sind wir ja für Monate versorgt, Leute! Aber wie bekommen wir die Machorka ins Lager? Das wird bestimmt nicht so einfach zu machen sein."

„Und warum nicht? Ich behaupte, das ist kein Kunststück! Ich würde eher sagen es ist ein Kinderspiel", prahlte Rochel. „Wir nehmen die alten blauen Gardinen, die wir gestern weggeschmissen haben und schneiden sie in viereckige Stücke. In die wickeln wir den Tabak und schmeißen die Päckchen auf ein Kommando über den Lagerzaun. Von dort kommt alles in unseren Keller."

„Manchmal bist du gar nicht so bedeppert, wie du aussiehst", sagte Fabricius. „Nur unter der Baracke darf das Zeug nicht bleiben, da unten ist es viel zu feucht."

„Na gut. Da hab' ich einen noch besseren Vorschlag: Wir nehmen einfach unsere Kopfkissen, schmeißen das verlauste und verflohte Stroh heraus, stopfen den Tabak hinein, und die Sache ist geritzt! Oder hat jemand von euch einen besseren Vorschlag?"

Heribert sah sich triumphierend im Kreise um. Er hatte heute seinen guten Tag, daran war nicht zu rütteln.

Fabricius zog ein gekränktes Gesicht. „Und auf diese Idee muss ausgerechnet so ein windiger Nichtraucher kommen!"

Wir pflichteten ihm bei.

Der windige Nichtraucher aber ließ sich nicht beirren und grinste überheblich. „Auf so eine grandiose Idee können doch eure vom Tabaksqualm vernebelten Gehirne gar nicht kommen. Und jetzt spitzt mal eure Öhrchen, denn nun kommt noch etwas Besseres: Wir pfeifen auf die Gardinen. Die brauchen wir nämlich gar nicht. Wir bringen einfach unsere ausgeleerten Kopfkissen her und stopfen sie voll. Was sagen die Herrschaften nun?"

Wir schwiegen ergriffen. Dann versicherten wir vergeblich, dass uns diese läppische Idee schon viel früher aufgegangen war. Sie sei uns aber zu primitiv und einfallslos erschienen. Damit erreichten wir nur, dass Rochel noch überheblicher zu grinsen begann.

Am nächsten Morgen warfen wir unsere fünf Kopfkissen zum Fenster hinaus, entfernten das Stroh mitsamt den lästigen Untermietern, banden die leeren Hüllen zu einem schlichten Bündel zusammen und warfen dieses über den Zaun.

Unser Baby war schon instruiert. Er musste ab 18 Uhr am

Lagerzaun warten, auf unser Klopfen ein Zeichen geben und die fünf neugefüllten Kissen in Empfang nehmen. Wir beschlossen, den Tabak gleich im Kopfkissen zu belassen, was zwei Vorteile mit sich brachte. Wir hielten es für ausgeschlossen, dass selbst die abgehärteste Laus, der zäheste Läuserich oder der widerstandsfähigste Floh es in dem Machorka auch nur für kurze Zeit aushalten könnte. Außerdem war das Kissen ein sicheres Versteck und ein trockener, leicht erreichbarer Aufbewahrungsort.

Im "Palace-Hotel" angekommen, eilten wir sogleich, von größter Sorge und Unruhe erfüllt, in den Keller zu unserem Sack. Unsere Besorgnis war unbegründet, denn das plumpe Ungetüm stand noch unberührt da und verbreitete schon von weitem einen beinahe penetranten Tabakgeruch.

Gegen 18 Uhr war unsere Arbeitszeit zu Ende. Unser Weg führte schnurstracks in den Keller, wo wir sämtliche fünf Kopfkissenhüllen mit Machorka vollstopften. Unserer Schätzung nach hatten wir beim ersten Mal kaum ein Drittel des Sackinhalts verstaut.

Programmgemäß warfen wir unsere Beute über den Zaun, das Baby übernahm sie und reichte die in übergroße Tabaksbeutel umfunktionierten Kopfkissen durch das Fenster weiter.

Am Lagertor wurden wir an diesem Tage besonders genau nach Tabakvorräten durchsucht, da Smůla wieder einmal nichts zu rauchen hatte.

Seelenruhig stellte ich mich vor ihn hin, um die fällige Durchsuchung über mich ergehen zu lassen. Erst als er auf meine Seitentasche klopfte und ein blechernes Geräusch ertönte, fiel mir mein schöner Bar-Mix-Tabak ein, den ich vor lauter Machorka in der Tasche steckengelassen hatte.

Smůla holte mit einem blitzschnellen Griff die Dose hervor.

„Aha, schon wieder in unerlaubtem Tabakbesitz", grinste er, hocherfreut über diese fette Beute, und verstaute die

Büchse in seiner Tasche. „So leid es mir tut, aber ich muss den Tabak hiermit beschlagnahmen. Das wär' ja noch schöner! Unsereiner hat nichts zu rauchen, und da kommt so ein bekackter Deutscher an und hat die Taschen voller Tabak."

Ich zog es vor, die Beschlagnahmung schweigend hinzunehmen und setzte eine weinerliche Duldermiene auf. "Mein lieber, nicht minder bekackter Vacek", dachte ich, "wenn du wüsstest, wie viel Tabakreserven ich in der großen Büchse unter unserer Stube versteckt habe, ich glaube, du würdest dir ein Monogramm in deinen dicken Hintern beißen. Ganz zu schweigen von dem Machorka, mit dem wir einen schwunghaften Handel beginnen könnten."

Wir durften das Tor passieren, und Smůla weidete sich an dem zerknirschten Gesichtsausdruck, den ich aufgesetzt hatte.

Am nächsten Tag nahmen wir wieder fünf Kissen mit, die uns die anderen Raucher in der Stube mit größter Bereitwilligkeit zur Verfügung gestellt hatten. Auch diese wurden voll. Den Rest konnten wir in vier weiteren Kissen verstauen.

Somit betteten insgesamt 14 Mann ihre müden Häupter auf Tabak.

In der ersten Nacht schliefen wir alle sehr unruhig, da der Geruch nach Machorka uns schwer zu schaffen machte. Dann aber gewöhnten wir uns schnell daran.

Die Kissen wurden bis auf eine kleine Öffnung sorgfältig vernäht, ihrem Inhalt jeweils nur eine kleine Menge entnommen, die für den Abend ausreichte. Die sorgfältig geschnittenen Stängel, mit einer Prise zerkleinerter Blätter vermischt, erwiesen sich als unglaublich stark. Da aber fast niemand etwas Besseres aufzuweisen hatte, wurden mit Hilfe von Zigarettenpapier fleißig zigarettenähnliche Würste gedreht und mit Vorsicht geraucht.

Pfotenhauer hatte uns auch verlassen. Wir weinten ihm keine Träne nach, im Gegenteil, bei unserer Machorkaaktion wäre seine Anwesenheit nicht nur störend, sondern ein Grund zur Besorgnis gewesen.

Und Korsch? Der konnte nunmehr beruhigt und ohne Erregung öffentlichen Ärgernisses seine Schuhe im Zimmer auszuziehen, denn dichte Schwaden beißenden Tabaksqualmes ließen andere Gerüche nicht mehr zu.

Trotz des geöffneten Fensters und der gebotenen Vorsicht ließ es sich nicht vermeiden, dass unsere tschechischen Bewacher etwas merkten. Es hatte auch wenig Sinn, in unseren Keller zu kriechen und sich dort eine Zigarette anzustecken, denn der Rauch zog durch die Fußbodenritzen ebenfalls ins Zimmer.

Natürlich war es Smůla, der eines Abends unverhofft in unser Zimmer geschossen kam. Wir hatten ihn zwar kommen hören und die glühenden Stummel blitzartig verschwinden lassen. Was sich aber nicht verbergen ließ, war der dichte, beißende Machorkaqualm, der über Tisch und Betten lagerte. Dass Smůla, wenn er nichts zu rauchen hatte, ausgedehnte Streifzüge durch die Baracken unternahm, war uns sattsam bekannt. Seine Hoffnung, dabei doch irgendwo ein wenig Tabak aufzuspüren, war die Antriebsfeder, die ihn unermüdlich suchen ließ.

Er trat ein und blieb schon an der Tür wie angewurzelt stehen.

„Schon wieder diese verfluchte Stube 11! Erst fressen sie Marillenklöße, und jetzt qualmen sie wie die Fabrikschlote!" Er schnupperte mit geblähten Nüstern. „Da müssen ja 100 Mann geraucht haben."

Wir sagten kein Wort und sahen ihn unschuldig an.

„Wer hat hier geraucht?", begann der Stiernackige zu schreien, denn Raucher, die nichts zu rauchen haben, verlieren schnell die Geduld.

Niemand von uns antwortete.

Smůlas Stirnadern quollen hervor, er ballte seine Riesen-fäuste und brüllte drohend: „Ich habe gefragt, wer hier ge-raucht hat, und noch einmal frage ich nicht mehr!"

„Wir haben alle geraucht", sagte ich, „oder, besser gesagt, fast alle."

„So, ihr habt fast alle geraucht", wiederholte er im Brustton tiefster Befriedigung. „Das ist ja interessant. Und woher habt ihr den Tabak?"

„Ach, das war weiter kein Tabak, nur ein paar Machorka-stängel mit Blättersalat." Und um ihn zu beruhigen, erhob ich mich und kramte aus meiner Tasche ein paar Stängel und ein welkes, zerknittertes Machorkablatt hervor und legte alles behutsam auf den Tisch.

Die anderen folgten meinem Beispiel. Sie krempelten ihre Taschen um und brachten auch ein paar Stängel und Blätter zutage.

Smůla stand staunend vor dem Tisch und sah starr auf den ansehnlichen Haufen, den er jetzt beschlagnahmen konnte. „Und woher habt ihr das Zeug?"

Mikosch hielt es für angebracht, auch etwas zu sagen. „Das hat uns ein Major der Roten Armee geschenkt. Er wohnt im "Palace-Hotel", wo wir arbeiten."

Smůla war ein wenig schockiert. „So, geschenkt sagst du." Und nach einer Pause wurde die Stimme wieder lauter. „Und ihr glaubt wohl, ihr seid hier im Sanatorium? Sitzen hier her-um und rauchen, und unsereiner ... " Er sprach nicht weiter. Das wollte er lieber nicht so offen zugeben. Krampfhaft such-te er nach einem Opfer, an dem er seinen Zorn abreagieren konnte. Sein Blick fiel auf Svoboda und Böhm, die gerade ein Spielchen austrugen. Mit einer gezielten Handbewegung wischte er sämtliche Figuren vom Schachbrett. „Spielen hier Schach, diese Nazis!" Wütend blickte er die beiden Schach-hasen an, die wie Puppen vor dem leeren Schachbrett sa-ßen. „Oder etwa nicht?"

„N-nun ja, gewissermaßen", begann Böhm zu stottern.

Aber der Aufseher unterbrach in barsch: „Halt dein Maul, ich hab' dich nicht gefragt! Dann wandte er sich wieder an uns: „Ihr haltet mich wohl für blöd, was? Jetzt sagt ihr mir, wo ihr den Tabak versteckt habt!"

Allgemeines Schweigen.

„Leute, ich warne euch! Ich frage kein zweites Mal!"

Erneutes Schweigen.

„Na gut. Ihr wollt es ja nicht anders haben. Ich soll nur ein Krümelchen finden, dann lernt ihr mich erst richtig kennen. Aber dann wird's zu spät sein!"

Smůla begann zu suchen. Er riss die Spinde auf. Aber sie gähnten vor Leere. Dann wühlte er unter den Strohsäcken herum, warf die Kopfkissen mitsamt der Machorka durch die Gegend, leuchtete unter die Betten, aber er fand nichts. Es war ihm deutlich anzusehen, dass sein Ärger über die Erfolglosigkeit seiner Suchaktion immer größer wurde.

„Ich kann, wenn Sie wollen, noch mehr Machorka vom Herrn Major bekommen. Aber was soll ich dann damit machen? Vorne am Tor nimmt man mir eh alles weg."

Smůla beruhigte sich allmählich wieder. „Morgen Abend werde ich am Tor sein. Und das da", er zeigte auf den Stängelhaufen, „das ist beschlagnahmt! Wickel das Zeug in eine Zeitung, aber schnell!"

Fabricius beeilte sich, seinem Wunsch zu entsprechen und reichte ihm die eingewickelten Machorkastängel.

Der Aufseher riss sie ihm aus der Hand und ging zur Tür. Während er sie öffnete, schüttelte er ungläubig mit dem Kopf und brummte: „Kriegen den Tabak von einem sowjetischen Major, diese Erznazis."

Am nächsten Tage blieb uns nichts anderes übrig, als ein Päckchen Machorka aus dem Lager zu schmuggeln. Als wir von der Arbeit kamen, warf es mir Rochel über den Zaun. Am Lagertor ließ ich mich von Smůla durchsuchen.

Er beschlagnahmte das Bündel mit dem Tabak sofort, warf es betont achtlos auf den Tisch und zog dabei ein Gesicht, als ob ihn das völlig kalt ließe.

Seit dieser Zeit ließ er sich seltener bei uns sehen, er sagte auch nichts, wenn blaue Rauchschwaden uns einnebelten. Es sei denn, seine Vorräte waren ausgegangen, Dann begann er wieder zu suchen, und wir sorgten dafür, dass er auch etwas fand.

Rochel, der Nichtraucher, verwendete den Machorka auf seine Weise. Er kochte hinter der Baracke in einer großen Blechbüchse Wasser und warf ein paar seiner Stängel in die kochende Flüssigkeit. Dann versenkte er seine Hemden und Unterhosen in der braunen Brühe.

Wir lehnten am Fenster und sahen ihm belustigt zu. Unsere hohntriefende Frage beantwortete er nicht.

Nach dieser Prozedur hängte er seine durchlöcherte Wäsche, die eine bräunliche Färbung angenommen hatte, zum Trocknen auf.

Erst später wurde uns seine Absicht klar. Er hatte nämlich seither keine Läuse mehr, auch Flöhe und Wanzen hielten sich von ihm fern. Anscheinend hatten diese sonst so anhänglichen Tierchen etwas gegen Nikotin, jedenfalls war er seither alle diese Plagegeister los.

Da unsere Kopfkissen prall gefüllt, unsere Reserven also noch unbegrenzt waren, begann in den nächsten Tagen eine allgemeine Unterwäschekocherei.

Und was soll ich sagen? Wenn die Biester auch nicht ganz ausgemerzt wurden, so nahm ihre Zahl so erheblich ab, dass wir kaum noch unter ihrer Vorherrschaft zu leiden hatten.

„Mann, Rochelinus, sag mir mal, wie bist du denn eigentlich auf diese großartige Idee gekommen?", fragte ich ihn eines Abends.

Rochel wischte sich ein paar Tropfen Kartoffelsuppe von seinem rechten Brillenglas und grinste geschmeichelt. „Weißt du, ich hab' gemerkt, dass im Kopfkissen keine Laus mehr zu finden war. Da dacht' ich: Das könnte vielleicht ein Mittel gegen Ungeziefer sein. Aber nun konnte ich mir doch keine Machorka in die Unterhose stecken. Also, dachte ich, machst du's umgekehrt. Steckst eben die Unterhose in dieses Unkraut. Und wie du siehst, es hat geklappt. Wenn ich mal hier rauskomme , las' ich mir meine Erfindung patentieren."

„Hast du denn schon einen Namen für dein Wundermittel?"

„Ich hab' mir gedacht, ich nenne das Zeug Romacho?"

„Romacho?"

„Ja, Rochels Machorka, abgekürzt Romacho. Mit Romacho ganz groß, wirst du alle Läuse los."

„Warte mal! Wie wär's damit: Mit Romacho, o Mann, o Weib, hältst Flöh' und Läuse dir vom Leib."

Peppo mischte sich in unser Gespräch: „Ich weiß auch ein Gedicht: Romacho ist gutt, macht das Laus total kaputt!"

Die Übersinnlichen

Eines Abends hatte unser Astronom wieder einmal das Wort. Wenn er nämlich auf sein Lieblingsthema zu sprechen kam, dann war er einfach nicht mehr zu bremsen. Er erzählte uns, dass alle Sterne am Himmel Sonnen wären, viele davon größer oder heißer oder heller als unser Tagesgestirn. Dann kam er auf die Milchstraße zu sprechen und auf die unzähligen, fernen Galaxien, die wiederum aus Milliarden und Abermilliarden Sonnen bestehen.

„Und um Millionen Sonnen unter den Milliarden Sternen einer einzigen Galaxis kreisen unzählige Planeten, auf denen sich das Leben wie bei uns entwickeln konnte. Dazu kommt, dass viele Sonnen um Milliarden Jahre älter sind als unsere, daher werden auch die Planeten oft um Millionen Jahre älter sein. Und diesen Zeitvorsprung werden auch die Menschen oder menschenähnlichen Lebewesen vor uns besitzen. Das müsst ihr euch mal vorstellen: Lebewesen, deren Technik und Kultur um Millionen Jahre älter ist als unsere! Welche Entwicklung hat die Technik auf unserer Welt bloß in den letzten fünfzig Jahren gemacht. Und nun stellt euch die Entwicklung der Technik im Verlauf einer Million Jahre vor! Ich bin überzeugt, dass im Weltraum unzählige Rassen existieren, die schon längst die Raumfahrt beherrschen und in ihren Raumschiffen mit Lichtgeschwindigkeit oder gar Überlichtgeschwindigkeit von Stern zu Stern fliegen."

Rochel hatte, das Kinn auf seine Hände aufstützend, ein wenig gelangweilt dagesessen. Er war Realist, und Lebewesen, die eine Million Jahre älter waren und zwischen den Sternen herumflogen, interessierten ihn daher wenig. „Und wie ist das mit meiner Zukunft?", warf er dazwischen, „kannst du mir die aus den Sternen lesen?"

Der Astronom zuckte wie unter einem Hieb zusammen und machte eine wegwerfende, verächtliche Geste. „Ph, glaubst du wirklich, dass unser lächerliches Zwergendasein in den Sternen geschrieben steht? Da könntest du ja genauso an Geister oder Gespenster glauben!"

Rochel hob erstaunt seine buschigen Augenbrauen hoch. „Selbstredend glaube ich an Gespenster und auch an Geister. Und wie ich daran glaube! Ihr etwa nicht?"

Der Astronom fasste sich an die Stirn. „Wie viele Geister hast du denn schon gesehen?"

„Gesehen? Warte mal! Lass mich mal nachdenken! ...Ei - eigentlich bisher noch keinen. Aber geträumt hab' ich oft von vielen Geistern, meist von furchtbar bösen, schrecklichen Geistern. Sie sitzen mir immer auf der Brust und klopfen mir mit einem kleinen Hämmerchen auf dem Wirsing herum."

Da ging der Streit schon los, und wir teilten uns in drei Lager: die Geistergläubigen, die Nicht-an-Geister-Gläubigen und schließlich in solche, die da sagten, es gäbe gewisse Dinge zwischen Himmel und Erde, die man nicht so einfach erklären oder so mir nichts dir nichts unter den Tisch fegen könne.

Bis sich schließlich Schülke, der wie immer mit unter dem Kopf verschränkten Armen auf seinem Bett gelegen hatte, in unseren Disput einmischte. „Meiner Meinung nach gibt es keine Geister oder Gespenster, höchstens den Geist, den jeder Mensch besitzt, oder die Seele, oder wie man es sonst zu nennen beliebt. Und diesen Geist kann ein anderer beherrschen. Besser gesagt, manche können das."

„Ach, du meinst wohl die Hypnose. Ja, natürlich, Hypnose gibt es, aber die hat, wie du schon richtig sagtest, mit Geistern gar nichts zu tun", sagte der Astronom.

„Kannst du vielleicht hypnotisieren?", fragte ich Schülke mehr zum Spaß.

„Ja, das kann ich", entgegnete dieser knapp.

Wir horchten auf.

„Jetzt sag mal im Ernst, du kannst hypnotisieren?",

vergewisserte ich mich noch einmal.

„Gewiss kann ich das."

„Mann, und warum sagst du uns das erst jetzt? Das musst du uns vormachen! Hypnotisier doch einen von uns!"

Schülke zögerte offensichtlich. „Eigentlich wollte ich nie wieder etwas mit Hypnose zu tun haben. Es hat mir kein Glück gebracht. Aber ... einverstanden. Einmal will ich eine Ausnahme machen."

Das war ja eine echte Sensation! Aufgeregt umringten wir Schülkes Bett. Fast jeder von uns wollte sich natürlich von ihm hypnotisieren lassen.

Seine Wahl fiel jedoch auf Peppo, der sich auf Schülkes Bettkante gesetzt hatte. „Peppo, ich will dich als Versuchsperson nehmen. Ich kann fühlen, dass es bei dir sehr leicht gehen wird."

Peppo strahlte wie ein Honigkuchenpferd und verdrehte seine rehbraunen Glupschaugen. „Ich bin aber noch niemals nicht hy-hypontisiert worden. Geht das schön?"

Wir versicherten ihm, dass wir allesamt miteinander ganz bestimmt noch nicht hypnotisiert worden waren und dass es bestimmt schön ginge.

Er glaubte uns das, der arme Kerl! Wenn er geahnt hätte, was ihm in der nächsten Stunde blühte, er hätte es bestimmt vorgezogen, unter unsere Baracke zu kriechen und sich dort zu verstecken.

So aber nahm alles seinen Gang.

Das Kaninchen Peppo bezog auf einem Hocker Platz, die Schlange Schülke stellte sich ihm gegenüber auf.

Wir umringten neugierig die beiden und warteten gespannt auf den Fortgang der Ereignisse.

Schülke bat uns, ganz still zu sein, damit er sich voll konzentrieren könne. Er nahm seine dickglasige Brille ab und blickte Peppo durchdringend an.

Dieser hockte auf seinem Schemel und erwiderte mit weit

aufgesperrten Augen Schülkes Blick.

Zuerst geschah gar nichts. Peppo glotzte seinem Gegenüber in die Augen und rührte sich nicht. Auch Schülke stand bewegungslos vor ihm, seine Hände mit gespreizten Fingern an Peppos Schläfen haltend.

Bis plötzlich mit dem Kleinen eine merkliche Veränderung vor sich ging. Sein Blick wurde schlagartig glasig, sein Gesicht wirkte mit einem Mal puppenhaft starr und unbeweglich.

Schülke trat aufatmend einen Schritt zurück.

„So", sagte er und setzte seine Brille auf, „unser junger Freund ist nunmehr in Hypnose versetzt. Er macht jetzt alles, was ich ihm sage oder befehle."

In der Stube war es totenstill. Wir starrten Peppo an, der auf seinem Schemel hockte wie eine Schaufensterpuppe.

Noch waren wir nicht so ganz überzeugt, ob er sich tatsächlich im Zustand einer Hypnose befand oder uns nur etwas vorspielte.

Rochel wollte es ganz genau wissen. Er kramte unter seinem Strohsack ein Stuck uraltes, völlig verschimmeltes Brot hervor. „Isst er das, wenn du es ihm sagst?"

Schülke nickte und nahm das Brot. „Hier, Peppo, hier hast du ein Stuck Torte! Das wird dir schmecken."

Peppo ergriff das verschimmelte Stück, ohne auch nur eine Miene zu verziehen und biss ein großes Stück ab.

„Na, schmeckt dir die Torte?"

Unser Freund verzog verzückt das Gesicht und kaute selig. „Hmm-hmm", mampfte er und streichelte sich den Bauch, um zum Ausdruck zu bringen, wie sehr ihm das Tortenstück mundete.

„Aber Peppo, das schmeckt dir? Du isst doch eine Zitrone!"

Mit einem Schlag verzog sich Peppos Gesicht zu einer Grimasse. „Brrr", stieß er hervor und spuckte den grünlichen Brei angeekelt auf die Erde. Er schüttelte sich, weil die Zitrone so sauer war.

Wir begannen, uns zu amüsieren. Das war ein Schauspiel ganz nach unserem Geschmack. Auch Böhm und Svoboda hatten ihr geliebtes Schachspiel beiseitegelegt, waren zu uns getreten und machten lange Hälse, denn so etwas hatten sie auch noch nicht erlebt.

Inzwischen aber ging die Vorstellung mit Peppo in der Hauptrolle weiter.

Ich musste mich aufs Bett setzen. Dann sagte der Hypnotiseur zu seinem willfährigem Opfer: „Du bist im Park. Dort auf der Bank", er zeigte auf mich, „sitzt deine Liebste Olga. Geh hin und sei nett zu ihr!"

Peppo gehorchte sofort. Mit glasigem Blick kam er auf mich zu und breitete seine dürren Ärmchen aus. Seine weit-aufgerissenen Augen waren zwar auf mich gerichtet, sein Blick jedoch ging förmlich durch mich hindurch, irgendwohin in eine wesenlose Ferne gerichtet. Dann legte er mir seine Arme um den Hals, als ob er mich erwürgen wollte, und spitzte seine Lippen in der unmissverständlichen Absicht, mir einen Kuss zu geben. Aus seinem rechten Mundwinkel kroch noch ein dünner Faden grünlichen Schimmelbreies.

Peppo war ein dürres, schmächtiges Kerlchen, aber er umarmte mich mit so einer Kraft, dass ich mich aus seiner Umklammerung nicht zu befreien vermochte. Und immer wieder versuchte er, mir seine vorgestülpten Lippen aufzudrü-cken. Dabei kam er, trotz meines energischen Widerstandes, immer näher und näher.

„Liebling", murmelte er monoton, „Liebling."

Bis mir diese Schmuserei zu blöd wurde. „Schaff mir diesen Kerl vom Hals, das ist ja nicht mehr zum Aushalten!", schimpfte ich, als meine Kräfte zu erlahmen drohten.

„Peppo, lass los, die Polizei kommt! Schnell, versteck dich!", rief Schülke schnell.

Peppo stieß mich rücksichtslos beiseite, warf sich mit einem kühnen Satz auf den Boden und kroch mit Windeseile unter das Bett.

Wir quittierten diese akrobatische Glanzleistung mit beifälligem Gelächter.

„Du kannst wieder herauskommen! Die Polizei ist weg."

Der gestörte Liebhaber kroch aus seinem Versteck hervor und blieb vor seinem Herrn und Meister stehen.

Dieser aber rief: „Fliegeralarm! - Du bist bei der Flak. Los, schieß schon, die feindlichen Flugzeuge kreisen bereits über dir. Siehst du sie?"

Peppo starrte mit stierem Blick auf die Zimmerdecke und nickte heftig. „Ja, ich sie sehe alle", sagte er ausdruckslos.

Schülke reichte ihm einen Schrubber. „Du musst jetzt schießen, Junge! Du bist doch bei der Flak."

Peppo ergriff den Schrubber, richtete ihn steil gegen die Decke und begann wie ein Wilder zu schießen. „Rättättä pchchch, rrättätättä pchch!" Er drehte sich im Kreise, kniff beim Zielen ein Auge zu, schoss und schoss, bis das Kanonenrohr glühte.

Er schoss, als ob der gesamte Himmel mit einer Unzahl feindlicher Flugzeuge übersät wäre.

„Am Schluss seines gellenden "Rättättää" folgte immer dieses "Pchch". Was das nur bedeuten sollte?

Als das mörderische Abwehrfeuer lange genug unter den feindlichen Flugzeugen gewütet hatte und der tapfere Schütze schon total außer Atem war, wandelte sich für ihn ganz plötzlich der Schaulatz des Geschehens.

„Du bist in einem Tanzsaal. Leise Musik ertönt. Und du, Peppo, tanzt mit deiner wunderschönen Braut Olga."

Die Kanone verwandelte sich in ein gertenschlankes Mädchen, das der selige Tänzer glücklich lächelnd umfing. Im Takte der betörenden Musik, die außer dem Hypnotisierten niemand von uns hörte, drehte sich Peppo steif im Kreise und blickte den zerfransten, dreckigen Schrubber ganz verliebt an.

Wir waren zwischen die Betten getreten, um dem flotten Tänzer bei seinen Eskapaden nicht im Wege zu stehen und lachten, dass uns die Tränen kamen. Sogar der Boss vergaß für kurze Zeit seinen Kummer und verzog sein sonst so trauriges Gesicht zu einem versteckten Lächeln.

„Peppo, du bist im Wald und suchst Pilze fürs Mittagessen", unterbrach Schülke den beschwingten Tanz.

Und schon suchte Peppo eifrig Pilze. Angespannt blickte er in alle Ecken, bückte sich mal da und mal dort und pflückte ein Schwammerl nach dem anderen. Erst beschnupperte er jeden gepflückten Pilz, ehe er ihn in ein imaginäres Körbchen warf.

Aber der friedliche Pilzsammler wurde durch einen Zuruf Schülkes aus seiner beschaulichen Ruhe aufgeschreckt. „Du hast plötzlich einen fürchterlichen Durchfall, nicht eine Sekunde kannst du es länger aushalten!"

Unvermittelt ließ der Pilzsammler sein Körbchen fallen, riss sich wie ein Blitz die Hose herunter und hockte sich mitten in der Stube hin. Es geschah zum Glück weiter nichts, aber er saß unbeweglich da und starrte ins Leere.

Rochel lachte so laut, dass wir schon befürchteten, er würde den Hypnotisierten aus seinem Schlaf reißen.

Aber nichts dergleichen geschah. Die Sitzung im Walde dauerte an. Während Peppo wie ein Ölgötze dahockte, wandte sich Schülke an uns: „Ihr könnt euch jetzt etwas ausdenken und es ihm sagen. Auch eure Befehle wird Peppo befolgen. Das geht ohne weiteres."

Mir fiel etwas ein: „Könnten wir Peppo auch auf den Mond fliegen lassen?"

Der Hypnotiseur nickte. „Sicher können wir das. Komm doch her und erzähl Peppo, was er machen soll!"

Ich ging auf den im Walde hockenden Pilzsammler zu und sagte: „Du bist jetzt fertig!"

Peppo glotzte durch mich hindurch, riss ein Moos- oder Grasbüschel aus der Erde und säuberte sich gründlich. Danach zog er seine geflickten Hosen wieder hoch.

„Du wirst jetzt auf den Mond fliegen. Dein Fesselballon ist schon startklar. Du brauchst nur noch in die Gondel zu steigen und das Seil zu lösen, dann kann der Flug losgehen."

Der frischgebackene Astronaut kletterte gehorsam in die Gondel, besser gesagt, er stieg auf die Holzbank und sah sich mit leeren Blicken um.

„Peppo, pass auf, ich mache jetzt das Seil los. - Du steigst und steigst!"

Peppo hielt sich am Bettrand fest und schien sich in der Gondel nicht so richtig wohlzufühlen.

„Du bist jetzt 100 Meter hoch ... Jetzt 200 Meter."

Er blickte vorsichtig und ängstlich hinunter.

„Siehst du da unten die beiden Männer auf dem Feld?"

Der Mondreisende beugte sich langsam nach vorne und blickte angespannt auf das Feld hinunter. Dann nickte er lebhaft und zeigte mit ausgestrecktem Arm auf den Fußboden.

„Da!", rief er, „da gehen sie!"

„Spuck ihnen auf den Kopf!", schlug ich vor.

Peppo ließ sich das nicht zweimal sagen. Er beugte seinen Oberkörper weit über den Gondelrand und spuckte mehrmals auf den Fußboden.

„Hast du sie denn getroffen?", fragte ich.

„Ja, den einen hab' ich getroffen, den einen."

Der Ballon stieg höher und höher. Längst schon schwebte er hoch über den Wolken.

„Merkst du was? Es wird langsam immer kälter!", sagte ich.

Der arme Peppo fing sofort an zu frieren. Er bewegte die Arme und trat von einem Fuß auf den anderen, um sich warmzuhalten. Dabei klapperte er mit den Zähnen und bibberte vor Kälte.

Endlich ließen wir ihn auf dem Mond landen. „So, du bist jetzt auf dem Mond gelandet. Du hast deinen Raumanzug an. Schraub den Helm fest, steige aus und sieh dich um!"

Der Astronaut schraubte sorgfältig seinen Helm fest, sprang von der Bank und begann, in unserer Stube hin- und herzugehen. Dabei sah er sich mit starren Augen nach allen Seiten um.

„Erzähl mal, was du siehst", forderte ich ihn eindringlich auf.

„Alles glitzert und glänzt", stieß Peppo abgehackt hervor, „alles ist weiß, ... weiße Felsen, . . . Eis, . . . überall ist Eis." Dann stockte sein Fuß. Entsetzt sah er nach unten. „Da eine Spalte, ... ganz tief!"

Es war einfach unglaublich. Wir standen in einer spartanisch eingerichteten Stube mit zehn Doppelbetten, einem wackligen Tisch und zwei Holzbänken, und da lief einer herum und sah funkelnde, weiße Berge und Felsen, gähnende Spalten und glitzerndes Eis. Er wandelte auf dem Mond, ging vorsichtig herum, stieg über unsichtbare Steine, sprang über meterbreite Spalten und abgrundtiefe Schluchten.

Schülke stand wie unbeteiligt daneben, aber ich sah, wie auf seiner Stirn kleine Schweißtropfen perlten.

Nachdem unser Astronaut den Erdtrabanten zur Genüge besichtigt hatte, hieß ich ihn den Rückflug antreten. Langsam näherte er sich mit seinem Ballon wieder der Erde.

„Es wird allmählich heißer und heißer", sagte ich.

Peppo zog seine Jacke aus und legte sie auf die Bank. Da ich es immer heißer werden ließ, zog er auch sein Hemd aus und begann tatsächlich zu schwitzen.

Die Landung stand unmittelbar bevor.

Mir fiel wieder etwas ein: „Peppo!", rief ich aus, „du fliegst mit deiner Gondel über dem Meer. Überall ist Wasser, du sinkst immer tiefer. Gleich wird die Gondel auf dem Wasser aufschlagen."

Ich sagte das, und wir alle konnten nicht ahnen, was jetzt geschehen würde. Hätte ich es geahnt, wäre Peppo bestimmt in der Wüste gelandet.

So aber nahm die Landung ihren Lauf. Peppo tat etwas, was wir wirklich nicht voraussehen konnten. Er sprang von der Gondel ins Wasser. Das wäre weiter nicht schlimm gewesen, wenn er einen Fußsprung gemacht hätte. Aber den Gefallen tat er uns nicht. Er zog es vor, mit einem Kopfsprung ins Wasser zu hechten. Es ertönte ein dumpfer Schlag, als Peppo mit dem Kopf und der Schulter auf dem Holzfußboden aufschlug. Und dann begann er zu schwimmen. Er ruderte mit den Armen und strampelte mit den Beinen, dass es nur so spritzte.

Ich erlöste ihn so schnell wie möglich aus dieser tödlichen Gefahr. „Da vorne ist Land, du erreichst es bald! Das Wasser ist nicht mehr tief!"

Der verzweifelte Schwimmer stand erschöpft auf und watete durch das Wasser ans Land. Auf seiner Stirne allerdings bildete sich eine ansehnliche Beule, die ihr Besitzer vorerst nicht zur Kenntnis nahm.

„Komm, setz dich hier auf den Felsen und ruh dich ein wenig aus!"

Peppo ließ sich gehorsam auf der Bank nieder lehnte sich an das Bett der beiden Schmidts.

In diesem Augenblick hob Schülke die Hand. „Wir müssen jetzt Schluss machen. Das wird für ihn wie für mich allmählich zu viel. Aber ehe ich Peppo aufwecke, will ich ihm noch einen posthypnotischen Befehl geben. Er wird danach wach werden und nichts von dem wissen, was er hier angestellt hat. Dennoch wird er auch im wachen Zustand das machen, was ich ihm jetzt befehle."

Er wandte sich an Peppo, der sich immer noch ausruhte. „Du wirst gleich aufwachen und austreten müssen. An der Tür wirst du dem, der in deiner Nähe steht, eine herunterhauen, die sich gewaschen hat! - So, und jetzt wirst du langsam wach und hast alles vergessen, was du getan hast!"

Schülke sah den Hypnotisierten an und fuhr ihm mit den Händen über die Schläfen.

Peppo kam schlagartig zu sich. Wir sahen es deutlich. Seine ganze Haltung lockerte sich, der Blick wurde klar.

Wir standen vor ihm und lachten immer noch.

Peppo erhob sich und sah uns ratlos an. Er wusste nicht, was um ihn herum vorging. Verwirrt betastete er seinen nackten Oberkörper und blickte sich im Kreise um. Überall sah er unsere grinsenden Gesichter. „Was ist los? Warum ihr lacht so blöd?"

Er griff sich an die Stirn und betastete seine Beule. „Boh, was mir tut mein Kürbis weh! ... Was hab' ich denn da für eine mächtige Horn auf dem Kopf?"

„Ja weißt du denn gar nicht, was du hier die letzte Stunde getrieben hast?", fragte ihn Fabricius.

„Ich? Getrieben? Was ich hab' getrieben?"

„Du hast zum Beispiel Flieger abgeschossen und mit deiner geliebten Olga getanzt."

Peppo verstand überhaupt nichts. „Was hab' ich?"

„Du hast auch Pilze gesucht und wolltest deine Geliebte im Park küssen."

Peppo lachte unsicher und setzte sich wieder. „Hört's auf, mich zu verarschen! Pilze abgeschossen! Flieger gesucht! So ein Blödsinn, so ein blöder!"

„Sag bloß, du weißt nicht mehr, dass du mit einem Ballon auf dem Mond warst?", fragte ich und setzte mich neben Peppo auf die Bank.

Er sah mich hilflos an. „Auf dem Mond? Auf was für einem Mond?"

„Auf was für einem Mond! Auf unserem natürlich. Und wie du hingeflogen bist, hast du von oben zwei Männern auf den

Kopf gespuckt." Ich deutete auf die beiden unübersehbaren Flecke auf dem Fußboden.

Der arme Kerl starrte mich wortlos an.

„Und weil es so heiß war, hast du dein Hemd ausgezogen. Und wie du ins Meer gesprungen bist, hast du dir deine Birne auf dem Fußboden angehauen", schrie Rochel und lachte, dass seine ‚Brillengläser anliefen.

Peppo betastete erneut seine Beule. „Hab' ich das wirklich gemacht? War ich denn lange hypontisiert?"

Der Sani zeigte auf seine Uhr. „Sieh doch selbst! Es ist fast zehn Uhr, und kurz vor neun fing das Theater an."

Peppo hielt sich immer noch den Kopf. „Mir tut auch der Schädel schrecklich brummen... Aber jetzt muss ich noch schnell auf die Latrine laufen." Mit diesen Worten eilte er zur Tür und riss sie auf. Dann tat er etwas Unerwartetes.

Neben der Tür stand Rochel. Bis zu diesem Zeitpunkt hatte er noch nicht aufgehört zu lachen. Die Hände auf seine Oberschenkel aufstützend, stand er vorgebeugt da, riss den Mund auf, kniff die Augen zu und ließ sein meckerndes Gelächter ertönen.

Ihn erwischte es. Bei ihm wurde der posthypnotische Befehl wirksam.

Wie von einer unsichtbaren Riesenfaust gepackt, blieb Peppo plötzlich stehen, holte kurz aus, und schon landete seine Rechte mit einem unüberhörbaren Klatschen auf Rochels ungewaschener Wange.

Der Geohrfeigte blieb mitten in seinem Gelächter stecken, fuhr entsetzt zurück, sein Mund klappte noch weiter auf, und seine Brille mit den trüben Augengläsern hing völlig schief vorne auf der Nasenspitze.

Der Täter aber hatte ungerührt seinen Weg fortgesetzt.

Mit zwei langen Sprüngen setzte ich ihm nach und ergriff ihn am Ärmel. „Aber Peppo, was hast du denn mit dem armen Rochelinus gemacht?"

Er sah mich verständnislos an. „Mit dem Rochel? Ich? Was ich soll gemacht haben?"

Er wusste wirklich nichts. Ohne sich dessen bewusst zu werden, hatte er den posthypnotischen Befehl ausgeführt und sofort wieder vergessen.

Das war schon ein interessanter Abend in Stube 11. Wir waren alle fasziniert und begeistert. Nur Rochel hielt seit damals wenig von posthypnotischen Befehlen, denen er zu verdanken hatte, dass auf seiner zarten Wange fünf deutliche Fingerabdrücke in leuchtendem Rot prangten.

„Da geht das Bürschchen an mir vorbei zum Donnerbalken, als ob nichts wär'. Ich steh' da und lache gerade ein bisschen, auf einmal macht er kehrt und haut mir eine derartige Watsche herunter, dass mir fast alle Zähne wackeln. Da, fühl mal! Meine Backe ist richtig geschwollen. Da ist ja mein Vater noch ein Vaserl dagegen, und der kann ganz schön zuhauen, das kannst du mir glauben!"

Peppo war ganz betrübt. „Ich kann doch nix dafür! Das war doch bloß wegen dem Postbefehl von dem Schülke!"

„Sag mal, Peppo, was ich dich noch fragen wollte", sagte ich am Abend zu ihm, als er bereits im Bett lag, „als du bei der Flak warst, hast du mit dem Schrubber wie ein Verrückter herumgeschossen. Das ging so bei dir: 'Rättättää…pchch. Nun erklär mir mal, was bedeutet dieses Pchch?"

Peppo dachte angestrengt nach. „Hab ich immer pchch am Schluss gemacht?"

„Ja, immer pchch", bestätigte ich ungeduldig, und ich glaubte, nahe vor des Rätsels Lösung zu stehen. „Na, sag schon, was hat das zu bedeuten?"

„No, weiß ich nicht. Ich hab' noch nie geschossen mit so einer Kanone. Vielleicht sie macht am Schluss pchch. Und jetzt will ich schlafen!" Damit drehte er mir seine Kehrseite zu und rührte sich nicht mehr.

Die Bedeutung des geheimnisvollen Pchch aber wird wohl

niemals gelüftet werden.

Unser Peppo wurde von nun an Schülkes Medium.

Bereits am nächsten Abend hypnotisierte er ihn noch einmal. Diesmal aber versetzte er ihn in einen hypnotischen Tiefschlaf.

Peppo lag da, steif wie ein Brett, und als Schülke ihm die Augenlider hochhob, sahen wir nur die weißen Augäpfel. Wir legten unser Versuchskaninchen mit dem Hinterkopf auf einen Stuhl, mit den Fersen auf einen zweiten. Dennoch knickte er nicht durch, auch dann nicht, als wir mit Gewalt versuchten, seinen schwächlichen Körper durchzubiegen.

Der Rote Eric und der stiernackige Smůla waren auch erschienen und beobachteten mit tiefer Ehrfurcht das unheimliche Schauspiel, das sich ihnen darbot.

„Ich habe so etwas schon auf der Bühne gesehen", sagte Smůla mit gedämpfter Stimme, als ob er fürchtete, den stocksteifen Schläfer aufzuwecken, „aber wenn man so weit weg sitzt, dann glaubt man immer, dass alles ein Schwindel ist. Hier aber kann ich alles wirklich sehen und probieren." Er trat zu dem starren Körper und versuchte mit Eric gemeinsam, die schmächtige Gestalt durchzudrücken. Ihre Mühe war vergeblich.

„Wenn mir jetzt etwas zustößt", sagte Schülke, „dann ist Peppo so gut wie verloren. Den kriegt keiner mehr wach!"

Im Laufe der Woche kamen wir alle an die Reihe. Schülke stellte sich hinter jeden von uns, konzentrierte sich eine Weile, und schon kippte der Betreffende nach hinten um und wäre platt aufs Kreuz gefallen, hätte ihn Schülke nicht aufgefangen

Er versuchte sich auch in Massenhypnose. Wir mussten alle die Hände falten und uns voll auf den großen Meister konzentrieren. Dann redete er uns ein, dass wir unsere Finger nicht mehr auseinanderbringen konnten. Und siehe da, die meisten mühten sich vergeblich, ihre Hände voneinander zu trennen.

Bei mir hatte er kein Glück, auch Korsch und Svoboda schafften es spielend. Die anderen zogen und zerrten, bis sie rote Köpfe bekamen, aber eine geheimnisvolle Kraft schien ihre Finger zusammenzuhalten.

Der kleine Herr Böhm führte wahre Tänze auf, um seine Hände von den unsichtbaren Fesseln zu befreien. Als er sah, dass ich meine Fesseln gelöst hatte, kam er zu mir. „Wie hast du denn das angestellt? Ich kann machen, was ich will, ich krieg' die Pfoten nicht auseinander!" Und er zog und ruckte noch einmal. Ohne Erfolg. „Komm, hilf mir doch mal! Das wär' doch gelacht, wenn ich die Hände nicht auseinanderkriegte!"

Ich ergriff seine Arme an den Handgelenken und begann, mit aller Kraft zu ziehen. Aber so sehr ich mich auch anstrengte, es war vergebliche Liebesmüh. Böhms Finger schienen zusammengewachsen zu sein.

Und Smůla erst. Er saß da und versuchte es mit Schütteln. Er hatte schon so viel geschüttelt, dass auf seiner Stirn dicke Schweißtropfen perlten.

Das ging so lange, bis Schülke sagte: „Jetzt versucht einmal, die Finger wieder zu trennen! Es geht spielend leicht. Wie von selbst."

Und es ging auch plötzlich! Ohne Anstrengung, leicht und bequem.

Das waren schon verblüffende Experimente, die auf unserer Stube durchgeführt wurden. Allmählich sprachen sich diese Wundertaten im Lager herum, auch unsere Aufseher waren über die seltsamen Vorgänge auf Stube 11 informiert. Da schon längere Zeit bekannt war, dass da auch einer die Zukunft wie die Vergangenheit mit verblüffender Sicherheit und dazu auch noch zutreffend aus der Hand lesen konnte, genossen wir bald den Ruf des Mystischen, Übersinnlichen.

Man begegnete uns mit unverhohlenem Respekt und scheuer Zurückhaltung.

Eines Abends beschloss Schülke, eine spiritistische Sitzung mit uns abzuhalten. Peppo war das geeignete Trance-Medium, außerdem wurden acht Personen ausgewählt, die sich mit dem Medium und dem Hypnotiseur an einen Tisch setzen sollten.

Mit Hilfe eines durchsichtigen roten Papiers hatten wir die Glühbirne umwickelt, so dass der ganze Raum in ein trübes, rötliches Dämmerlicht getaucht war.

Schülke und Peppo nahmen am Kopfende des Tisches Platz. Die restlichen, frischgebackenen Spiritisten setzten sich rund um den Tisch: Karl, Fabricius, Mikosch, ich, Rochel, der Astronom, Böhm und Svoboda, in dieser von Schülke festgelegten Reihenfolge nahmen wir Platz.

Ringsherum formierten sich die Zuschauer. An der Tür standen Šubrt, der Rote Eric und Smůla, die sich alle drei dieses einmalige Schauspiel nicht entgehen lassen wollten.

Nachdem wir uns alle gesetzt hatten, mussten wir die Hände mit gespreizten Fingern auf die Tischplatte legen und zwar so, dass der kleine Finger der rechten Hand den kleinen Finger der linken Hand des Nachbarn berührte und umgekehrt.

Nachdem alle notwendigen Vorbereitungen getroffen worden waren, trat eine nahezu beängstigende Stille ein.

Schülke begann; „Das Allerwichtigste ist für die Dauer der Séance absolute Ruhe und größtmögliche Konzentration, wenn wir Erfolg haben wollen. Ich werde jetzt zuerst Peppo in Hypnose versetzen. Dann wollen wir versuchen, den Geist eines Verstorbenen zu rufen. Also ab sofort absolute Ruhe!"

Das hätte er gar nicht zu sagen brauchen, wo wir schon jetzt kaum noch zu atmen wagten.

Schülke versetzte sein Medium mühelos in den erforderlichen Hypnoseschlaf.

Wir saßen eng aneinandergerückt in der Geisterrunde und bildeten mit unseren Händen einen geschlossenen Kreis.

Der trübe, rote Schein der Lampe beleuchtete ein gespenstisches Bild. Die Hände mit den gespreizten Fingern und die Gesichter schienen wie von innen her in einem düsteren Rot zu leuchten, während die unbeweglichen Gestalten und die sie umgebenden Gegenstände in der Dunkelheit fast völlig verschwanden. Die unerträgliche Stille und die knisternde Spannung waren beinahe körperlich spürbar.

Peppo war schon längst in den Trance-Zustand verfallen und saß so stocksteif da, als hätte er einen Besenstiel verschluckt.

In diese geisterhafte rötliche Dämmerung hinein gellte Schülkes Stimme: „Ihr Geister aus dem Jenseits, hört ihr mich?"

In meiner Kehle formten sich drei Klöße. Ich wagte kaum noch zu atmen.

Schülkes Stimme ertönte wieder: „Ich weiß, dass ihr da seid! Ich fühle es! ...Ich bitte euch, ihr Geister, gebt mir ein Zeichen!"

Und dann geschah es plötzlich! Der Tisch hob sich ein Stück! Dieser alte, zerkratzte, wacklige Tisch stieg langsam und unbeirrbar mindestens zehn Zentimeter hoch. Nicht schräg, von einer Seite hochgehoben, sondern waagrecht, mit seiner ganzen Fläche. Dann senkte er sich wieder und setzte mit einem lauten Krach mit allen vier Beinen gleichzeitig auf dem Fußboden auf.

Ich fühlte, wie sich meine Nackenhaare sträubten, und in meiner Kehle bildete sich ein ganzes Rudel durcheinanderwirbelnder Klöße. Es schien mir, als ob sich ringsum in der Dunkelheit unheimliche weiße Gestalten bewegten; unzählige, undefinierbare, unwirkliche Gestalten, erst klein, dann immer größer werdend, ins Riesenhafte wachsend, bis sie mein ganzes Gesichtsfeld einnahmen und alles andere in ein wallendes, nebelhaftes Nichts verdrängten.

„Ježíš kristus, hab' ich eine Angst!", tönte gedämpft Smůlas Stimme aus dem Hintergrund.

Dreimal hob sich der Tisch, wie von Geisterhand bewegt, und setzte mit lautem Klopfen wieder auf dem Fußboden auf.

Schülke wandte sich nun an sein Medium: „Du, der du mir hilfst, die Geister zu hören, sage mir, was siehst du?"

Peppo rührte sich nicht. Seine Augen waren unnatürlich weit aufgerissen und das Weiße seiner Augäpfel leuchtete bis zu mir herüber. Sein starrer Blick war in unendliche Fernen gerichtet, dann ertönte seine Stimme wie ein heiseres Krächzen: „Ich sehe! ...Ich sehe lauter Flammen, ...ein Haus, ein Fenster,...alles brennt! ..." Peppo heulte auf wie ein wundes Tier, es war ein schrecklicher, markerschütternder Schrei, der das Blut in den Adern erstarren ließ.

Die weißen Gestalten, die sich vor meinen Augen zu bewegen schienen, verschmolzen zu einem rötlichen Nebel und verschwanden.

„In den Flammen ... ein Gesicht! ... Es hat keine Augen, nur zwei schwarze Löcher starren mich an!"

„Wer ist es, den du siehst? Sag es mir! Kennst du ihn?", rief Schülke drängend und gebieterisch zugleich, „Sag mir, ob du ihn kennst!"

Peppos Stimme wurde schrill. „Er will mir etwas mitteilen, jetzt ... er öffnet den Mund,... ah ....aus dem Mund züngeln Flammen,... Da, ... ich sehe auch seine Hand ... Sie brennt, jeder Finger brennt!"

Das Medium schrie erneut auf. „Ja, ich kenne ihn! ...Es ist Havlitschek!....Jetzt brennt sein ganzes Gesicht!....Aus den Augen schießen Flammen, ... seine Haare brennen!..."

Das Medium schrie noch einmal auf, dann lehnte es sich zurück und schloss die Augen.

Schülke zog seine Hand zurück und stand auf. „Es ist genug", sagte er, „Peppo ist erschöpft und mit seinen Kräften am Ende."

Er riss das rote Papier von der Lampe.

Das plötzliche, grelle Licht fegte mit einem Schlag den ganzen Spuk beiseite.

Wir sahen uns betreten an, diesmal ganz ernst und betroffen.

Was war nun wirklich geschehen? Wer hatte den Tisch gehoben? Waren wir selbst es gewesen, von Kräften des Unterbewusstseins angetrieben? Was hatte Peppo gesehen? Fragen, auf die wir alle keine Antwort wussten.

Der arme Peppo saß immer noch zurückgelehnt auf seinem Platz und rührte sich nicht. Sein schmales, ausgehungertes Gesicht war unnatürlich bleich, unter den geschlossenen Augen hatten sich dunkle Ringe gebildet.

Schülke trat hinzu und strich ihm mit den Fingern sanft über die blutleeren Schläfen.

Peppos Haltung lockerte sich. Er öffnete die Augen, blinzelte verwirrt in das grelle Licht der Lampe und sah uns fragend an.

Dann schien er sich zu erinnern. „Sind wir schon fertig mit der Sitzung?", fragte er, „was ist alles passiert?"

Wir erzählten es ihm.

Auch diesmal wusste unser Medium von nichts und konnte sich an Garnichts erinnern. Nicht einmal daran, dass er seinen ehemaligen Chef und Brötchengeber Havlitschek im Feuer gesehen hatte.

Das, was an diesem Abend geschah, ist mir bis zum heutigen Tag ein Rätsel geblieben. Hinzu kam noch, dass wir später über das Schicksal Havlitscheks folgendes erfuhren: Er war beim letzten Bombenangriff in seinem Haus in Brünn ums Leben gekommen. Niemand von uns hatte das wissen können, natürlich auch Peppo nicht. Ebenso unerklärlich blieb

Peppos veränderte Sprechweise. Er sprach in Trance nicht mehr so hart und gebrauchte Worte, derer er sich sonst nie zu bedienen pflegte. "Flammen züngeln, mitteilen, öffnet den Mund", woher fand er auf einmal solche Worte?

Alles in allem beschlossen wir diesen Abend alle sehr nachdenklich und betroffen.

Der alte Svoboda gebrauchte den abgedroschenen Satz: „Ja, ja, es gibt eben Dinge zwischen Himmel und Erde, die wir uns nicht träumen lassen!"

Der harte Schmitt flüsterte dem weichen irgendetwas ins abstehende Ohr, worauf dieser sagte: „Geister gibt es überall. Ich hab' schon oft welche gesehen, besonders, wenn ich besoffen bin."

Rochel löste das Problem auf seine Weise: „Als der Tisch klopfte, hab' ich doch vor Angst beinahe in die Hose gemacht. Aber dann hab' ich gedacht: Heribert, hab' ich gedacht, wenn du das tust, lachen dich die Geister aus! Außerdem, vielleicht gibt's doch keine Geister."

Fabricius lachte: „Wenn es keine Geister gibt, dann hättest du deine Hosen auch vollmachen können! Übrigens, ich bin überzeugt, dass es Geister oder so etwas Ähnliches nicht gibt. Das ist alles Humbug, Vortäuschung falscher Tatsachen!" Verächtlich schnippte er mit den Fingern und kroch in seine Falle.

Schülke sagte nichts. Er lächelte nur hintergründig und warf das zerknüllte rote Papier in den Kanonenofen.

Irgendwo habe ich einmal gelesen: Was ist, wenn du schläfst und träumst, du bist im Himmel. Und wenn du im Traum eine wunderschöne Blume pflückst. Und was ist, wenn du dann aufwachst und hältst diese Blume in der Hand? Was ist dann?"

Damit blieb alles offen. Eines jedenfalls stand unzweifelhaft fest: der Tisch hatte sich dreimal mindestens zehn Zentimeter in die Luft erhoben. Und Peppo hatte Dinge gesehen, die sich später als Wahrheit entpuppten.

So stieg auch ich sehr nachdenklich in mein Bett. Ehe ich einschlief, nahm ich mir fest vor, im Traum diese wunderschöne Blume zu pflücken und auch mit ihr zu erwachen.

Epilog

Die nächsten Wochen brachten für viele von uns durch neue Verordnungen spürbare Erleichterungen. Nunmehr durfte jeder das Lager verlassen, der irgendeine Arbeitsstelle nachweisen konnte und dem kein gerichtliches Verfahren drohte.

Allmählich wurde das Lager aufgelöst. Es war auch allerhöchste Zeit, denn der Herbst war mit Regen, Sturm und Kälte eingekehrt. Zwar stand in jedem Zimmer ein großer Kanonenofen, aber es gab kein Brennmaterial. Was hilft da schon der größte Ofen! Daher machten uns die ersten Nachtfröste gehörig zu schaffen, und wir waren alle heilfroh, dass wir auf baldige Entlassung hoffen durften.

Mit einem Male gingen alle auseinander, und die wenigsten wussten, wohin der andere ging.

Mikosch und Fabricius landeten bei einer Maurerfirma und verließen am gleichen Tag wie ich das Lager. Peppo kam bei dem Schmied unter, bei dem er schon einmal einige Monate tätig war. Schober hatte dafür gesorgt, dass Rochel und ich als Malerstifte beim Malermeister Podola eingestellt wurden.

Mehrere Monate arbeitete ich noch bei dieser Firma. Wir versahen Schulen, Geschäfte, Kaffeehäuser und Wohnungen mit einem neuen Anstrich.

Als mein neuer Arbeitgeber, der kneifertragende Herr Podola, mein zeichnerisches Talent entdeckte, gab er mich als akademisch ausgebildeten Künstler aus und ließ mich gegen teures Geld nur noch "künstlerische Tätigkeiten" ausführen. Ich malte in Kinderzimmern allerlei Getier an die Wände, stattete die Sitzlauben in einer Weinstube mit Motiven aus der Weinlese aus und pinselte in einem Tanzlokal eine reizende ungarische Tänzerin an die Wand.

Bezahlt wurden wir zwar nicht sehr gut, dennoch erging es mir schon viel besser. Ich wohnte wieder daheim bei meinen

Eltern in der winzigen Wohnung auf der Teichgasse. Wir hausten sehr beengt auf einem verhältnismäßig kleinen Raum. Herr Kohl und Frau Zibulka, auf Deutsch "Zwiebelchen", wohnten natürlich auch noch bei uns, so dass wir uns oft gegenseitig auf die Füße traten.

Vor kurzem zeigte mir meine Cousine aus Wien einen Brief, den ich ihr damals geschrieben hatte, aus dem zu ersehen ist, wie es uns ergangen war. Hier ein wortgetreuer Auszug:

Fifejda, den 18. März 1946

Meine liebe Tante Pia, liebe Inge!

Euer Brief, für den ich mich herzlich bedanke, ist tatsächlich bis zu uns in die tiefsten Winkel der Fifejda vorgedrungen. Ich möchte ihn, da ich so plötzlich und unerwartet krank geworden bin, sogleich beantworten.

Ich freue mich, dass Ihr trotz allem Eure Lebensfreude bewahrt habt, aber schließlich wollen wir uns doch alle miteinander nicht unterkriegen lassen.

Was mich betrifft, so bin ich noch viel ernster geworden, als ich es in meiner Jugend bereits war. Na ja, Ihr kennt mich beide gut genug!

Heute liege ich in unserem luxuriösen Appartement, und zwar im Blauen Salon. Ich nenne ihn so, weil die Wand links neben meinem Kopf mit einer Unzahl großer Tintenkleckse verziert ist. Zwar habe ich die Wände mit gelber Farbe gestrichen, die Flecken jedoch haben sich nicht verdrängen lassen. Ihre Herkunft bleibt in tiefstes Dunkel gehüllt. Ich male mir aus, dass ein Schüler über das Ausmaß seiner Hausaufgaben so erbost war, dass er die Tinte statt in Form schöngemalter Buchstaben ins Heft, lieber in Form von Klecksen an die Wand befördert hat.

Wie bereits geschrieben, liege ich zu Bett, gehüllt in seidene Gewänder, und meine Lakaien fächeln mir frische Luft zu. Da mich schon seit dem frühen Morgen Magenschmerzen plagen, verzehrte ich zum Gabelfrühstück nur einen gebratenen Gänseschenkel und ein paar Semmelklöße. Man soll ja schließlich immer hübsch bescheiden bleiben, besonders, wenn man krank ist.

Wenn mich keine Krankheit plagt, bin ich natürlich über alle Maßen fleißig und verbringe meine Tage mit anstrengendster Beschäftigung. Davon zeugen mein Hosenboden und die Ärmel meiner Jacke in der Gegend der Ellenbogen, die total durchgescheuert sind. Podola hat mir kürzlich unter dem Siegel der Verschwiegenheit verraten, er habe noch nie einen Stift gehabt, der so fleißig herumsitzt wie ich.

Spät abends, gegen 15 Uhr, komme ich todmüde zu Hause an, die Kleidung durchnässt vom sauren Schweiß regsamster Tätigkeit. Erschöpft schleppe ich mich durch die unzähligen Gemächer unserer Wohnung. Meist bleibe ich bereits im fünften oder sechsten Zimmer, vom Schlaf der Erschöpfung übermannt, bewegungslos liegen.

Übrigens wohnen wir nicht allein! Bei uns sind zwei hochverehrte Untermieter eingezogen, die mir sehr lieb und teuer sind, da sie Kohl und Zibulka heißen, und ich, wie Ihr wisst, Gemüse besonders ins Herz geschlossen habe. Nachher werde ich Näheres über die beiden berichten.

Zuerst aber meine Eltern! Mama flickt gerade die Ärmel meiner Arbeitsjacke. Den Hosenboden hat sie bereits mit einem gehörigen Pflaster versehen. Sie ist sehr froh, dass ich wieder daheim bin. Besonders aber freut sie sich, mich abends meist zu Hause zu haben, woraus sie schließt, dass ich keine Freundin mein eigen nenne. Ich gönne ihr diese Freude!

Mein Papa, der liebe alte Herr, schält auf ärztliche Verordnung Kartoffeln und spült Geschirr. Außerdem befasst er sich intensiv mit der Lösung von Kreuzworträtseln und der Dressur unseres Haus- und Hofhundes Bibi von der Viehweide, wobei er schon erfreuliche Erfolge zu verzeichnen hat. Bibi hebt in der Wohnung nur noch den Vorder-, nicht mehr den Hinter-fuß.

Dann käme Herr Kohl, ein ehemaliger Dragoner. Er macht häufiger, als uns lieb ist, seinem ehemaligen Dragonertum Ehre, indem er sich einer Sprache bedient, die weniger unse-re Gehör- dafür aber umso erfolgreicher unsere Geruchsner-ven strapaziert. Und da sein Geruchsorgan anscheinend funktionsgestört zu sein scheint und er außerdem seit einer freundschaftlichen Unterhaltung mit einem Russen etwas schwerhörig ist, merkt er gar nichts davon. Auch nicht, dass wir es merken. Außerdem kocht er sein Essen selbst. Sein Glück, dass er nicht riecht, wie das riecht!

Nicht unerwähnt möchte ich an dieser Stelle lassen, dass er sich durch eine ihm angeborene, außerordentliche Freige-bigkeit auszeichnet. Als ihm neulich jemand Äpfel schenkte, da teilte er alle aus ...Einer bekam genauso viel wie der ande-re, ... nämlich nix.

Zuletzt der Stern, nein, die Sonne unseres trauten Heimes, Frau Zibulka, von ihrem Mann, dem Berterle, das Weibele ge-nannt. Ihre Meisterhaftigkeit und angeborene Genialität in der Kochkunst wird ihr ganz bestimmt noch Weltruhm einbringen.

Auch im Verschütten von Mehl, Grieß, Graupen, Erbsen usw. entwickelte sie im Laufe der Zeit ungeahnte Talente, so dass im Zimmer trotz häufigen Fegens der Fußboden mit al-lerlei Sorten von Nahrungsmitteln bedeckt ist. Beim Treten auf eine Erbse müsste man unter normalen Umständen täg-lich garantiert etliche Male den Boden küssen, sprich, sich auf den Hosenboden setzen, was aber jetzt nicht geht, weil zu solchen Exerzitien kein Platz zur Verfügung steht.

Sonst ist unser Zwiebelchen sehr lieb, und besonders bei Nacht erweist sie sich als wahre Meisterin beim Darbieten der interessantesten Schnarchchoräle. Ganze Oktaven, untermalt mit mehrstimmigen Pfeiftönen, unterbrechen die eintönige und langweilige Stille der Nacht. Die Bewunderung ihrer übermenschlichen Lungenkraft raubt mir den Schlaf.

Abends erscheint bei uns Besuch. Damen älteren bis ältesten Jahrgangs sitzen in eifriger Unterhaltung um den Tisch geschart. Es sind nicht viele, höchstens acht oder neun. Und wenn ihre Zahnlücken lachen, ihre Goldzähne glänzen, ihre Brillen blitzen und die Stricknadeln klappern, wenn ihre Zungen sich lösen und das sanfte Geplätscher ihrer Reden mich umhüllt, dann erst bin ich wahrhaft zu Hause. Vom Glück durchrieselt, schließe ich die Augen und lausche mit ehrfürchtiger Bewunderung, wie die alte Funiačka uns die Zukunft aus den Karten prophezeit. Dass wir alle in redlicher Eintracht alles verloren haben, dass aber wieder Geld ins Haus kommen wird und wir alle gemeinsam eine große Reise machen werden.

Ich glaube ihr! Ich glaube ihr alles, der lieben, alten Funiačka. Ich brauche mich nur umzusehen, dann weiß ich, dass wir alles verloren haben. Und rausschmeißen werden sie uns auch, darüber besteht kein Zweifel. Und der Rausschmiss wird bekanntlich mit einer Reise verbunden sein. Und Geld? Geld kommt immer ins Haus…

Soweit dieses Schreiben, das ich wenige Monate vor unserer Ausweisung verfasste.

Die Prophezeiung der alten Funiačka ist natürlich in allen Punkten in Erfüllung gegangen.

Anfang Mai 1946 sollte schließlich unsere endgültige Ausweisung erfolgen. Es ging noch einmal in ein Sammellager. Diesmal mit 50 Kilogramm Gepäck je Person. Schmuck, Uhren usw. durften nicht mitgenommen werden. Wir bekamen je 400 Mark als Ersatz für das Zurückgelassene, einschließlich Heimat, bar in die Hand gedrückt.

Dann kam der Tag unserer Abreise. Es war wieder einmal der 22. Mai, mein 22. Geburtstag. Das also war mein Geburtstagsgeschenk!

Ehe wir zum Bahnhof transportiert wurden, erfolgte eine genaue Gepäckkontrolle. Auch das Gewicht der mitgebrachten Koffer und sonstigen Gepäckstücke wurde überprüft und im Bedarfsfalle unter Entnahme von Gegenständen soweit reduziert, dass es die erlaubte Grenze nicht überschritt.

Gleichzeitig musste sich jeder von uns einer genauen Leibesvisitation unterziehen.

Natürlich hatte auch ich mich sämtlicher Kleidung zu entledigen. Meine Uhr und einen goldenen Siegelring, das einzige, was ich bisher noch gerettet hatte, steckten in meiner Jackentasche. Nun nahm ich die Dinge in die Hand und trat barfuß bis zum Hals in den Durchsuchungsraum.

Der Kerl, der mich von allen Seiten betrachtete, streifte sich schließlich noch einen Gummihandschuh über die rechte Hand. Ich musste mich bücken und ihn meinen Allerwertesten zuwenden. Er fühlte mit dem Finger nach, ob ich hinten vielleicht ein Klavier oder einen Perserteppich versteckt hatte. Seiner eifrigen Suche war kein Erfolg beschieden. Die Uhr und den Ring in meiner Hand fand er nicht.

„Du kannst gehen", sagte er brummig, nachdem er seinen Finger wohlbehalten wieder herausgezogen hatte.

"Natürlich gehe ich", dachte ich, "und das soll das Letzte gewesen sein, was du von mir zu sehen bekamst!"

Ich richtete mich auf, raffte meine Kleidung zusammen, die inzwischen ebenfalls vergeblich durchsucht worden war, und entfernte mich.

Ohne nennenswerten Abschiedsschmerz versammelten wir uns gegen Mittag vor dem Bahnhof, um unsere Heimatstadt für immer zu verlassen.

Wir sollten in Viehwagen verladen werden. Unser Reiseziel

war mit Oberbayern angegeben, Näheres war uns nicht bekannt.

Mit großer Mühe schleppten wir den gewaltigen Korb und ein paar Koffer, die unsere letzte Habe enthielten, auf den Bahnsteig. Dann saßen wir zu dritt auf dem Gepäck und warteten auf das Eintreffen des Zuges.

Meine Mutter weinte. Sie war die einzige, der der Abschied schwerfiel. Mein Vater ärgerte sich darüber. „Wein doch nicht, das hat doch überhaupt keinen Zweck! Was erwartet uns denn hier noch!" Er reichte ihr sein Taschentuch.

Mama schnäuzte sich und wischte die Tränen von der Wange. „Es war eben unsere Heimat. Deshalb weine ich."

Mikosch war es, der uns auf andere Gedanken brachte. Er war mit seinen Eltern in unserer Nähe gelandet. „Hardi, komm schnell mit, hilf mal ein wenig! Stellas Mutter kann das Zeug nicht alles tragen."

Ich sprang wie elektrisiert auf. Stella! Sie war auch bei diesem Schub dabei! Ich hatte sie ganz aus den Augen verloren, als das Lager aufgelöst wurde. Wo hätte ich sie auch suchen sollen!

Mühsam schlängelten wir uns zwischen dem Durcheinander von Menschenleibern und Gepäckstücken hindurch, wühlten uns durch das dichte Gedränge in der Bahnhofshalle und erreichten den Bahnhofseingang.

Hier standen die beiden, eingekeilt, eng aneinandergedrängt und hilflos: Stella und ihre Mutter.

Die Begrüßung war mehr als stürmisch. Stella, deren goldblondes Haar in der Zwischenzeit doch schon zu beachtlicher Länge nachgewachsen war, fiel mir um den Hals. „Jetzt ist alles gut", sagte sie, „ wenn du auch da bist!"

Ich hob sie empor und ergriff mit der anderen Hand einen Koffer. „Komm, ich trag' dich zum Bahnsteig! Bei dem Gedränge kommst du gar nicht durch!"

Sie strampelte mit den Füßen. „Hör doch auf, Hardi! Lass mich los! Immer hast du nur Dummheiten im Kopf!"

Gehorsam stellte ich sie wieder auf die Beine und nahm ein zweites Gepäckstück in die freigewordene Hand.

Stella stellte mich noch schnell ihrer Mutter vor: „Das ist Hardi, von dem ich dir erzählt habe."

Stellas Mutter lächelte erfreut und reichte uns die Hand. Ich ließ die Koffer fallen und ergriff sie. „Wie schön, dass ihr beiden uns helfen wollt", sagte sie erleichtert, „allein hätten wir es gar nicht geschafft."

Mikosch raffte die restlichen herumstehenden Gepäckstücke zusammen und bahnte sich rücksichtslos einen Weg durch die Menge.

Wir folgten in seinem Windschatten der Gasse, die er wie ein Tornado gebahnt hatte. In unglaublich kurzer Zeit erreichten wir die Stelle, an der meine Eltern auf ihrem Korb saßen.

Nun begann das geduldige Warten auf das Eintreffen des Zuges. Wir hatten auf den verbeulten Koffern Platz gefunden. Mit einem Male sah alles ganz anders aus, das Warten fiel uns nicht mehr schwer, und wir freuten uns auf die bevorstehende Reise, die wunderschön und abwechslungsreich zu werden versprach.

Am frühen Nachmittag tat sich wieder etwas. Wir wurden abgezählt und in einzelne Kolonnen eingeteilt. Jede Kolonne erhielt eine Nummer. Die gleiche Nummer sollte dann auch der Wagen haben, den wir mit unserem Gepäck besteigen mussten. Es war also alles bestens organisiert.

Als endlich der lange Güterzug eintraf, gingen das Einladen des Gepäcks und das Einsteigen verhältnismäßig reibungslos und ohne Schwierigkeiten vor sich.

Wie das bei Güterzügen so Sitte ist, standen wir nach dem Einsteigen noch mehrere Stunden auf dem Bahnhof. Dann ruckte der Zug an, setzte sich langsam in Bewegung, wurde schneller und schneller. Der menschenleere Bahnsteig glitt an uns vorbei, das Rangierhäuschen, dann die grauen Häuser der Vorstadt, die Brücke über die Oder.

Es war vorbei. Ein Zurück gab es nicht mehr. Die Brücken waren abgebrochen, die Banden zerrissen.

Es floss kaum eine Träne. Die meisten saßen auf ihren Gepäckstücken und warfen einen letzten Blick hinaus auf die Stadt, in der sie zur Welt kamen, in der sie ihre Kindheit und ihre Jugend verbrachten, sich eine Existenz aufbauten, in der sie ihr Glück fanden oder Leid erfuhren. Sie nahmen Abschied von einer Stadt, die von der Industrie geprägt und alles andere als schön war, die sie aber dennoch liebten, weil sie so viele Erinnerungen barg, weil sie durch nichts zu ersetzen war, diese ihre Heimat.

Vielleicht wurde vielen erst jetzt bewusst, dass nun alles vorbei war, endgültig und für immer.

Uns Dreien war das ziemlich egal. Wir hatten Stella in die Mitte genommen, saßen vorne in der offenen Tür auf dem Fußboden und ließen die Beine herunterbaumeln.

„Da schwindet unser schönes Ostrau dahin!", rief Mikosch und breitete seine langen Arme aus, „fährt dahin und kehrt nie wieder! ... Aber da du, meine liebe Stella, und du, mein edler Freund, da ihr beiden zwei an meiner Seite seid, macht mir die Reise richtig Spaß. Auf geht's nach Bayern, das wird a Gaudi!"

Stella lachte. Ihr Haar war schon so lang, dass es sogar schon ein wenig im Winde flatterte.

„Wisst ihr, was ich nicht schön finde?", schrie ich den beiden zu, um das Rattern des Zuges zu übertönen, der Ostrau schon weit hinter sich gelassen hatte, „im vergangenen Jahr steckten sie mich genau zu meinem Geburtstag ins Lager. Und heute? Heute habe ich wieder Geburtstag. Und was machen sie heute mit mir? Heute schmeißen sie mich hochkantig hinaus. Na, wie findet ihr das?"

„Schaurig finde ich das, schaurig. Zum Trost bekommst du

von mir einen Kuss auf die Wange. Wie findest du das?",
fragte Stella und küsste mich auf die rechte Wange.

„Ich finde das herrlich", brüllte Mikosch , „von mir, mein liebes Geburtstagskind, bekommst du auch einen Kuss auf die andere Wange. Wie findest du das?"

„Grässlich", schrie ich, „grässlich finde ich das!"

Zum Glück machte Mikosch keinerlei Anstalten, seine Drohung wahrzumachen, sondern er begann schrill, falsch und dafür umso lauter, außerdem viel zu spät "Muss i denn, muss i denn, zum Städtele hinaus" zu pfeifen. Und dann fing er auch noch an zu singen. "Hoch auf dem eisernen, dem eisernen Wagen" schmetterte er und trommelte mit beiden Fäusten den Takt auf den Fußboden.

Wir fielen in sein Gebrüll ein und sangen mit. Es klang, so dachten wir, sogar ganz schön und passte gut, bis auf die "trabenden Rosse".

Während der Zug unaufhaltsam über die Schienen ratterte, begannen wir schon zu vergessen. Die Schikanen, die Schläge, den Hunger, die Arbeit, all das lag schon so weit zurück und versank im Strom der Vergangenheit. Wie die Felder und Bäume und die Dörfer mit ihren spitzen Kirchtürmen, an denen der Zug vorbeifuhr, immer kleiner und kleiner wurden und fern hinter dem Horizont versanken.

Ende

FSC
www.fsc.org
MIX
Papier | Fördert
gute Waldnutzung
FSC® C083411

Zeitfracht Medien GmbH
Ferdinand-Jühlke-Straße 7
99095 Erfurt, Deutschland
produktsicherheit@kolibri360.de